Cette histoire n'est pas la vôtre

Du même auteur
Aux Éditions Albin Michel

LA PORTE DU CIEL

William Kittredge

CETTE HISTOIRE N'EST PAS LA VÔTRE

NOUVELLES

Traduit de l'américain
par Nadine Gassie

Préface de Raymond Carver

TERRES D'AMERIQUE
Albin Michel

« Terres d'Amérique »

Collection dirigée par Francis Geffard

Les nouvelles publiées dans le présent recueil ont été choisies et ordonnées par l'auteur. Elles proviennent pour la plupart de deux recueils : *The Van Gogh Field and other stories*, University of Missouri Press, 1978 et *We are not in this together*, Graywolf Press, 1984. Les autres ont été publiées dans des revues : *Atlantic Monthly, The Iowa Review, Tri Quarterly* et *Northwest Review.*

22, rue Huyghens, 75014 Paris

www.albin-michel.fr

ISBN 2-226-11651-6
ISSN 1272-1085

Préface

« Tout est affaire de pesanteur. Le lourd retombe et le léger s'envole. » Tels sont, dans *Le champ de Van Gogh*, nouvelle qui a donné son titre au tout premier recueil de nouvelles de William Kittredge, les propos d'un conducteur de moissonneuse-batteuse pour expliquer le principe du fonctionnement de son engin. *Le lourd retombe et le léger s'envole.* Et plus loin, dans un autre récit : « Tes actes t'engagent. Bons ou mauvais, tes actes ont des conséquences, mon frère. » Voilà qui a autant de valeur dans les situations de la « vie réelle » que dans les scènes de fiction que nous offrent les meilleurs auteurs. *Tes actes t'engagent.* Alors lecteur, écoute : les récits qui composent *Cette histoire n'est pas la vôtre* sont des petits chefs-d'œuvre situés dans une région insolite et très particulière des États-Unis que fort peu d'auteurs ont jusqu'ici exaltée. Wallace Stegner est le premier qui vienne à l'esprit. Puis, H.L. Davis et Walter van Tilburg Clark. Plus près de nous, Max Schott, John Keeble, James Welch, Thomas McGuane. Avec ce nouveau recueil, William Kittredge s'assure indiscutablement une place parmi eux.

Il est vrai que l'Ouest est un vaste territoire, mais l'Ouest dont il est question ici n'a rien de commun avec celui de la *côte Ouest,* avec des villes comme San Francisco, Portland, Seattle. Sans nier leur influence sur la vie des personnages de Kittredge, ces agglomérations pourraient tout aussi bien se situer sur le continent européen. Non, l'Ouest de Kittredge court de Red Bluff, au centre-nord de la Californie, jusqu'au fin fond du Wyoming en passant par l'Oregon, l'Idaho, le Montana. De petites bourgades, de vallées, de motels pour touristes ou d'exploitations agricoles épuisées, l'auteur tire des personnages situés à des années-lumière du rêve américain, des personnages enterrés vivants sous l'effondrement de leurs grands espoirs brisés, laissés sur le bas-côté comme de vieilles moissonneuses abandonnées.

Kittredge connaît par cœur le climat de son pays. Où le baromètre peut chuter à une vitesse vertigineuse, et entraîner blessure ou mort d'homme. Certains y meurent empoisonnés par l'alcool ; pour d'autres, c'est la glace qui se brise sous leurs pas au cours d'une partie de chasse et ils finissent noyés, quand ils ne brûlent pas vifs dans leur voiture stationnée au bord de la route pendant qu'ils dorment pour dessoûler. À moins qu'ils ne soient abattus par un môme pas net, un môme « pourri de l'intérieur », comme dans le long récit intitulé *L'ours en savon*, œuvre brillante et virtuose qui n'est pas sans me rappeler le *Pedersen Kid* de William Gass par son intensité démoniaque et sa peinture expressive d'un lieu. Lecteur, écoute ce qui suit. Quel effet cela te ferait-il d'avoir ce môme chez toi et de savoir que tu es le prochain sur la liste alors qu'il vient de commettre déjà cinq meurtres ?

> « T'as froid aux pieds, tu mets ton chapeau. C'est une règle. La tête, c'est comme un frigo, pour avoir bien chaud aux mains et aux pieds, faut la débrancher. Alors, tu mets ton chapeau. » [...] Il se leva et gagna le vestibule où son bonnet tricoté était fourré dans la poche de sa veste en peau de mouton. Il l'enfonça sur ses cheveux mouillés. « Voilà. Je ressens plus rien, aucune douleur, parce que j'ai la tête couverte. Y a plein de choses qu'il faut faire comme ça, dit-il, en coupant le contact dans sa tête. »

Voici les noms de quelques lieux campés au fil de ces récits : Vacaville, Nyall, Arlington, Horn Creek, Black Flat, Frenchglen, Mary's River, Corvallis, Prineville, Winnemucca, Davanero, Bakersfield, Shafter, Salem, Yakima, Paiute Creek, Klamath Falls, Tracy, Walla Walla, Donan, Red Bluff, McDermit, Denio, Walker Lake, Bitterroot, Clovis, Elk River, Clark Fork, Vermillon, Colorado Springs.

Et quelques noms de personnages : Clyman Teal, Robert Onnter, Jules Russel, Ambrose Vega, Davy Horse (« ainsi nommé après avoir eu la jambe droite écrasée contre un poteau en genévrier dur comme le roc à cause d'un jeune poulain sauvage et vigoureux qu'il avait voulu chevaucher un dimanche matin qu'il était soûl, pour épater la galerie féminine »), Ben Alton, Corrie Alton, Steffanie Rudd, Christie Ambler, Oralie York, Red Yount, Lonnie, Cleve, Big Jimmy et « son pote de toujours, Clarence Dunes », Virgil et Mac Banta, Sheriff Shirley Holland, sa femme Doris, Billy Kumar, « plus bête que les pierres », Marly Prester, Amos Frantz qui « entretenait une putain de Butte prénommée Annie », Dora et Slipper Count.

S'il y a de la poésie dans ces noms, il n'y en a guère dans la vie des personnages de Kittredge. Peut-être y en a-t-il eu un peu, naguère, au tout début, mais quelque chose s'est produit : cette poésie, ils l'ont perdue à force de travail ou de coups dans la gueule, ou bien à force de boire, trop et trop longtemps, elle a fini par les quitter ; et ils se retrouvent Gros-Jean comme devant, car il leur faut bien continuer, répéter les mêmes gestes, quand ils savent que ça ne sert plus à rien sinon à leur rappeler absurdement des jours meilleurs. Désormais, quoi qu'il advienne, même si c'est aujourd'hui qu'on enterre leur frère tué dans un bar, faut qu'ils sortent soigner les bêtes. Parce que, s'ils ne les soignent pas, elles mourront de faim. Faut le faire. Il y a des obligations. Et peut-être bien que ce frère-là, comme ils viennent de le découvrir, c'est lui le père du gosse que leur femme a dans le ventre. Va falloir s'y faire, à ça, s'adapter. Voilà pour *Trente-quatre saisons d'hiver*, l'un des récits les plus subtils de tous.

Si les personnages de Kittredge écoutent de la musique, ce sera Waylon Jennings, Roger Miller, Loretta Lynn, Tom T. Hall dans *Spokane Motel Blues*, Merle Haggard, Linda Ronstadt et *Party Doll* ; des cantiques religieux tels que *Sur la terre* et *Plus près de toi, mon Dieu*. Et s'ils lisent un tant soit peu, ce sera le *Sporting News*. Du reste, là où ils vivent pour la plupart, les journaux des grandes villes — Seattle, Spokane, Portland ou San Francisco — arrivent le lendemain, si bien que la folle gaieté des horoscopes vient souvent confirmer plutôt que prédire.

Il y a beaucoup de « malconfort » dans ces histoires, un terme forgé par Camus[1] pour décrire une certaine forme terrible de sédentarité casanière. Que dit Shirley Holland, le shérif de *L'ours en savon*, homme d'âge mûr sans enfant après vingt ans de mariage ?

> Comment fait-on pour entrer dans sa propre maison quand quelque chose a mal tourné à l'intérieur, quand elle ne ressemble plus au lieu où l'on doit vivre, quand on a du mal à se souvenir d'y avoir vécu alors que c'est là qu'on a pris la plupart de ses repas et passé la plupart de ses nuits de toute sa vie adulte ? Tenter de se rappeler deux ou trois choses de sa vie dans cette maison. Tenter de se souvenir d'y avoir préparé un repas. [...]
>
> Parfois, on n'a pas d'autre choix que d'entrer dans sa propre maison. [...] Et puis, un beau matin, on franchit le seuil de sa maison et on regarde autour de soi, comme n'importe quel visiteur.
>
> « Quand j'étais petit, dit le môme, vous connaissiez mon père. Il s'appelait Mac Banta, là-bas, dans la Bitterroot.

1. *In La Chute*, Le livre de poche, ch. 4, p. 104 ; ch. 5, p. 118. En anglais, la traduction de « malconfort » par *« dis-ease »*, terme qu'emploie R. Carver, introduit en outre une acception pathologique puisque *disease* signifie « maladie » (toutes les notes sont de la traductice).

— Je n'ai jamais connu de Mac Banta, répondit Holland.
— Ben, il était là-bas pourtant. Et il y avait ces matins de printemps quand les oies volent vers le nord, et moi, je sortais sur la pelouse dans le soleil qui perçait juste, avec la palissade peinte en blanc autour des roses de ma mère, et mon père appelait ça des matins de merles bleus, des matins de bonheur. [...] Il y avait ma sœur, et ma mère et mon père, et les oiseaux qui jouaient dans les lilas. Tout ça pour un monde de misère, disait mon père, et il riait parce qu'aucune misère ne pouvait nous atteindre par ces matins de merles bleus et de bonheur. »

William Kittredge écrit sur l'Ouest, il écrit sur son pays et ceux qui le peuplent, avec compassion, avec terreur, avec amour. Je trouve son œuvre éminemment singulière et inoubliable.

Raymond Carver.

L'arbre aux trophées

Ils trouvèrent la neige deux heures environ avant d'atteindre la vallée, la tempête, à la lueur du crépuscule, balayant par bourrasques l'étroite bande d'asphalte. Le break avançait lentement dans l'obscurité grandissante.

« Quelle trotte, dit son père. Eva doit se demander ce qu'on fait. »

Le garçon, grand, dix-sept ans, les mains derrière la nuque, observait la lumière imprécise par sa vitre embuée et givrée. Cette allusion à la femme était peut-être un signal, le commencement de quelque chose.

« Elle est jolie ? demanda-t-il.

— Suffisamment jolie pour moi. Et c'est joliment suffisant. »

Son père rit en gardant les yeux sur la route. C'était un homme massif, proche de la soixantaine, veuf. « Je suis trop vieux à présent pour me soucier qu'une femme soit jolie, dit-il. Tout ce que je demande, c'est qu'elle soit gentille. Quand c'est tout ce que tu demandes, la gentillesse, faut vraiment que t'aies pris un coup de vieux. »

Peu après, il ajouta : « Je me souviens de nos parties de chasse quand j'étais gosse. Ce n'était pas pareil, à l'époque. Y avait plus d'oiseaux, pour commencer, et fallait en choper un à tous les coups.

— Comment ça ? demanda le fils.

— On chassait pour la viande. Tu dépenses de l'argent

pour les cartouches, tu ramènes de la viande à la maison. C'est comme ça que j'ai vu mourir Teddy Spandau. Il est entré dans l'eau jusqu'à la poitrine rien que pour essayer de récupérer des canards qu'il avait tirés. Il a chopé une crampe et il s'est noyé. On est revenus l'après-midi avec un bateau pour le repêcher. »

La neige commençait à s'éclaircir et l'homme accéléra en se concentrant sur sa conduite.

« C'était exactement comme ça, à l'époque, dit-il. De la neige tout le temps, des épaisseurs de glace de trente centimètres, et en dessous de zéro toute la journée. »

Le garçon espérait que son père continuerait à parler de ces faits lointains et insoupçonnés. Mais l'homme, coupé depuis longtemps de cette vallée isolée et brumeuse de son enfance, se tenait courbé sur le volant, absorbé par la route et grimaçant.

« J'imagine que c'était différent, à l'époque, reprit le fils pour inciter son père à parler encore.

— Plutôt, oui, répondit l'homme. Une vie complètement différente. »

Après quoi, ils poursuivirent leur route en silence. L'obscurité était complète quand ils sortirent de la tourmente, et ils roulèrent parmi les derniers flocons voltigeant sous la clarté d'une pleine lune, dans un froid intense et immobile qui faisait cristalliser la neige fraîche et étinceler par endroits les cristaux sous les phares.

« Ce sera complètement gelé demain matin, dit l'homme. Ça fera venir encore des oiseaux. »

Il arrêta la voiture et éteignit les phares.

« Regarde là-bas », ajouta-t-il en tendant le doigt.

Le garçon abaissa sa vitre et regarda par-delà le paysage de neige déformé, bleu pastel sous la lune. Dans le lointain, il distingua une haute chaîne de montagnes noyées d'ombre.

« C'est la crête, dit son père. On sera chez nous dans une minute. »

Le garçon leva encore une fois les yeux vers la faille

noire. Comment cet endroit-là pouvait-il être « chez eux », cet endroit écrasé sous cette muraille menaçante ?

« Toute ma vie, dit l'homme, loin d'ici, je me suis surpris à lever les yeux avec l'espoir d'apercevoir cette crête. »

La longue pièce en soupente, inachevée, aux poutres apparentes sous le toit pointu, s'emplissait d'une ombre douce qu'illuminait la lueur bleue du clair de lune filtrant par les fenêtres des extrémités. Sur le plancher et le mur est, en pente vers l'intérieur, il apercevait un reflet de lumière provenant du rez-de-chaussée. Emmitouflé dans la chaleur de son duvet-sarcophage déroulé sur un lit de fer, le garçon observait la lumière en s'imaginant qu'il la voyait lentement progresser le long de la paroi à mesure que la lune descendait. Le froid, immobile et absolu dans cette pièce aux allures de grenier à foin au-dessus de la bergerie, faisait givrer son haleine quand il bougeait.

« Tu es jeune et solide, avait dit son père. C'est toi qui hérites de la chambre extérieure. »

Dans le noir, ils avaient déchargé en hâte sa valise et leur équipement neuf, en s'efforçant de faire le moins de bruit possible car, de l'autre côté de la route, la maison était plongée dans l'obscurité. Son père l'avait précédé avec la lampe torche pour monter tout l'attirail à l'étage par un vieil escalier extérieur accolé à la bergerie, et ils avaient poussé la porte délabrée donnant sur cette longue pièce nue. Après avoir déroulé le sac de couchage sur le lit de camp, son père lui avait étreint l'épaule en lui braquant la lumière dans la figure.

« Tu auras chaud dans le sac, avait-il dit. Roule ta veste au fond et dors tout habillé pour ne pas trouver tes vêtements gelés demain matin. Glisse tes bottes sous toi. On te réveillera pour le petit déjeuner. »

Puis il avait fait demi-tour, emportant la lampe et laissant le garçon debout dans le froid. Qu'est-ce qui attendait son père dans cette maison obscure d'en face ? Ils étaient tombés dessus au détour d'un virage sur la route gravillonnée qui desservait la partie supérieure de la vallée. Un bosquet d'arbres, une maison, une bergerie, quelques corrals ; rien d'autre au milieu de champs de neige clôturés à l'infini.

Ses bottes faisaient une bosse rassurante et le garçon se lova autour en tentant de se réchauffer. Soudain, il fut pris de panique et il aurait donné cher pour être de retour au lycée, dans son lit, à subir les vacances, à faire des conjectures sur le film du lendemain.

« Merde, dit-il, le corps crispé et tremblant. Merde, espèce de vieux salopard. »

Mais la tiédeur vint, accompagnée d'un paisible engourdissement. Il se sentit sombrer, puis s'endormit, étonné de ne pas passer la nuit à se creuser la tête pour deviner ce que lui réservait le lendemain.

Et soudain, tout aussi subitement, il fut réveillé, les yeux fixés sur la lente progression de la lumière sur le mur du fond. Puis il reconnut, presque imperceptible parmi ses pensées, une plainte d'un autre âge. Des coyotes. Le sourire aux lèvres, il se blottit dans son nid bien chaud, préservé de la nuit. Les hurlements résonnaient, nets et clairs, et il se débattit pour extraire un bras de la chaleur du sac. Il regarda le cadran lumineux de sa montre. Il n'était pas loin de trois heures.

Les plaintes cessèrent et ce fut le silence.

Des oies passaient. Il discerna, lointains mais cependant clairs et distincts, leurs appels de nomades. Il se sentit glisser à nouveau dans un sommeil serein. Puis les coyotes entamèrent un long ululement plaintif ponctué de jappements brefs. Il posa sa tête sur son bras et s'endormit, bercé par leur chant et un petit rythme au fond de lui.

Une main le secoua, douce et ferme, et, l'espace d'un instant, il fut ailleurs, désorienté, avant de s'éveiller tout à fait et de se souvenir. Il repoussa la chaleur du sac de couchage et ouvrit les yeux sur le matin, sur le sourire de cette femme inconnue et les vitres givrées, les poutres et les bardeaux du plafond brut. Son haleine s'élevait en douces volutes dans l'air froid. Il sourit à la femme et s'étira. Elle se tenait debout près du lit, le buste incliné, une main posée sur lui par-dessus l'épaisseur du duvet.

« Bonjour, dit-elle, et bienvenue. Par ce jour le plus glacial depuis mille ans. »

Vraiment rien de plus qu'une femme aux cheveux frisés. Elle était emmitouflée dans des vêtements de chasse, et de sa casquette en duvet nouée sous le menton émergeaient une frange et des boucles. Pas la femme à laquelle il s'attendait. Ses traits étaient plus lourds et plus marqués qu'il ne l'avait imaginé, et il comprit soudain que son père était presque un vieux.

« C'est vous, Eva ?

— En personne, dit-elle. La célèbre Eva. Allez, lève-toi, le petit déjeuner est bientôt prêt.

— J'peux pas. » Il esquissa un sourire, surpris de la décontraction de la femme, séduit malgré lui. « J'ai pas gardé mon pantalon.

— Allez. J'essaierai de pas regarder, je te promets. » Elle le tira par le bras en souriant.

Il s'extirpa de son duvet et fut saisi par le froid. Et quand elle prit l'une de ses chevilles nues entre ses mains froides, il eut un mouvement de recul. Il se dégagea et la femme lâcha les mitaines qu'elle tenait coincées sous son coude pour fouiller dans la chaude obscurité du sac, d'où elle repêcha finalement le pantalon et la veste pendant qu'il l'observait, les bras serrés autour du buste. « Habille-toi », dit-elle.

De la bergerie à la maison, on s'enfonçait jusqu'aux chevilles dans la neige fraîche souillée seulement par les traces de bottes de la veille et les empreintes matinales de la femme. Les arbres autour de la maison étaient chargés de glace et de neige. Il dut plisser les yeux à cause de la réverbération.

La maison était rustique et vétuste, sans le moindre tapis pour couvrir le sol en planches, meublée de chaises en bois faites main et d'une longue table flanquée de bancs. Debout sur le seuil, le garçon accueillit avec plaisir la bouffée d'air tiède qui détendit son visage. Dans un coin de cette pièce principale trônait un gros poêle, avec du petit bois et des bûches dans une caisse à côté. Assis sur un tabouret près du poêle, son père garnissait des cartouchières. Des boîtes de munitions ouvertes jonchaient le sol autour de lui.

« Entre donc, dit-il. Ferme la porte. Charlie va servir le petit déjeuner dans une minute. »

Par une porte ouverte au fond de la pièce entrait le reflet du soleil matinal. Derrière, le garçon aperçut un autre homme, de plus petite taille, qui s'activait au-dessus d'un fourneau à bois. La femme retira sa casquette et sa veste et les mit en tas au bout de la table. Personne, même pas elle, ne fit attention à l'eau et à la neige qui fondait sur le plancher.

« Sapristi, dit-elle en brossant ses cheveux vers l'arrière et en rentrant les pans de sa chemise dans son pantalon. C'est un miracle que ce gosse ait pas gelé avec le froid qui fait.

— Ça t'endurcira, hein, fiston. » Son père leva les yeux vers lui.

« Ça a été, dit le garçon. J'ai réussi à avoir chaud.

— Voilà une attitude positive. » Son père se leva en laissant glisser à terre les cartouchières. « Viens. »

Son fils le suivit dans la pièce voisine où l'autre homme surveillait deux poêles, l'une pour les œufs, l'autre pour le bacon. « Je te présente Charlie Anderson, dit son père. Charlie et moi, on est des vieux copains de chasse. »

Charlie se retourna pour lui serrer la main. « Content que tu sois là, petit, dit-il. On mange dans une minute. » Sur un hochement de tête, il se remit à ses fourneaux.

« Viens par ici. » Son père, imposant dans ses bottes et sa tenue de chasse kaki, se dirigea vers le fond de la cuisine et ouvrit la porte donnant sur l'extérieur. Le garçon le suivit dehors, et le froid le saisit de nouveau, implacable et brutal.

« Regarde ça », dit son père. Derrière la maison se trouvait un petit verger de six ou sept arbres. Sur le plus proche, tout tordu et brandissant vers le ciel impalpable ses membres rigides et nus, pendaient des oies et des canards morts. Ils étaient suspendus à de gros clous plantés dans les branches, par grappes d'une dizaine ou plus, attachés ensemble avec de la corde, gelés et parfaitement immobiles dans une carapace de glace, saupoudrés de givre et étincelants dans la lumière.

« Congelés, dit le père. On les suspendait comme ça quand on était gosses. »

Le garçon supposa qu'il devait sans doute dire quelque chose pour faire plaisir à son père, mais il ne savait pas très bien quoi. Il se détourna de l'arbre et regarda vers l'ouest où la crête enneigée qu'il avait aperçue au clair de lune surplombait l'extrémité la plus lointaine de la vallée. Dans l'air immobile, il distingua là-haut des silhouettes d'arbres se détachant çà et là parmi les buissons de genévriers. Il entendit encore les appels des oies et leva la tête pour les regarder passer, lointaines et oscillantes, et il se souvint de la nuit. « Elles ont l'air tellement loin, dit-il.

— On va les approcher, répondit son père. Dès qu'on se sera mis quelque chose dans le ventre. »

Le garçon regarda encore une fois l'arbre festonné d'oiseaux morts. Il était incapable de ressentir quoi que ce soit, hormis le froid qui lui perçait les os.

« On les suspendait là quand j'étais gosse, reprit son père. Le propriétaire s'appelait Basston, et mon père m'emmenait, le week-end, pour que je leur donne un coup de main. Ça ne désemplissait pas de la saison. Des gars de la ville. Basston est mort. Et ils sont plus revenus. Allons manger. »

Quand le père se retourna pour rentrer, le fils le suivit des yeux, étonné de la vie qui avait été la sienne. C'est peut-être pour ça qu'il m'a amené ici, pensa-t-il. Pour me faire voir ce qu'il a été.

« J'arrive », dit-il.

Le garçon se tapit plus bas dans la cache de joncs et de roseaux en souhaitant que les oiseaux se dépêchent de revenir. Son père et lui étaient à l'affût à quelques mètres à peine d'une petite ouverture d'eau dans la glace, sur un isthme de terre ferme au milieu des marais envahis de joncs de la vallée. Ils étaient seuls et bien loin de la chaleur du break.

« Tu vas venir avec moi », avait dit le père lorsqu'ils avaient repéré les oiseaux avec les jumelles. Il avait montré du doigt un point éloigné de l'endroit où ils avaient garé le véhicule, au-dessus des marais gelés, et le garçon les avait vus, une masse grouillante qui brassait l'eau et empêchait la glace de se reformer. Vision fantastique à travers les jumelles que ces milliers de canards rassemblés sur l'eau et ces troupes d'oies rieuses et de bernaches du Canada arpentant la glace autour d'eux.

« Eva et Charlie partiront devant et ils iront nous attendre aux appeaux, dit son père. Le temps qu'on fasse quelques cartons. »

Personne n'avait soufflé mot et, après avoir remis un peu d'ordre dans le matériel sens dessus dessous à l'arrière du break, ils s'étaient éloignés, deux dans chaque direction. Le garçon et son père avaient décrit un large arc de cercle afin de contourner les oiseaux, pour revenir ensuite vers eux par la langue de terre abritée et s'en approcher le plus près possible avant qu'ils ne lèvent. « On a tout notre temps », avait dit le père après qu'ils eurent parcouru près d'un kilomètre. Il suait et soufflait dans son lourd équipement. « Laissons à Charlie et Eva le temps d'arriver aux appeaux. »

Leur stratégie se révéla concluante. À eux deux, ils avaient cinq colverts mâles et deux canes. « Vise les colverts, lui avait soufflé son père avant qu'ils ne commencent à tirer. Vises-en un à chaque fois, avant de tirer. »

Les oies, plus avisées, s'étaient enfuies très vite, entraînant quelques canards dans leur sillage, mais le gros de la troupe, presque trop nonchalant, demeura quasiment immobile dans l'air durant la longue et soudain fracassante seconde qui vit leur envol, par vagues successives, le temps de recharger et de tirer encore avant qu'ils ne soient loin.

Ses deux premières cartouches, le garçon les tira simplement dans la masse en vol. Puis il se souvint des paroles de son père et visa soigneusement, un seul volatile à la fois.

Après cette première levée, l'homme et le garçon se baissèrent dans les joncs à la lisière de l'eau, laissant les volatiles abattus sur la glace. Les milliers de canards se regroupèrent et décrivirent un cercle au loin avant de revenir vers eux en longs vols bruissants, puis, sentant quelque chose, ils virèrent avant de parvenir à leur portée, non sans emplir l'air du crescendo de leurs ailes. Bouleversé par le spectacle au-dessus de lui et le bruit des ailes, le garçon demeura tapi près de son père, au bord des larmes, incapable de tirer à nouveau.

« Charlie et moi, on chassait ici quand on était gosses, dit l'homme au bout d'un moment, profitant d'une accalmie. C'est vraiment comme autrefois. Je me souviens quand je me réveillais, au printemps, et que les oiseaux partaient vers le nord. Je les entendais de mon lit, et je sortais sur la butte derrière la maison pour les regarder s'en aller, je les écoutais se répondre, je sentais l'odeur des corrals, et je contemplais les endroits où la vallée était redevenue verte, puis la crête où il restait un peu de neige près du sommet. Je crois bien que ç'a été les plus beaux jours de ma vie. » L'homme parlait doucement, et le garçon l'écoutait à moitié en retenant son souffle, attendant que les oiseaux reviennent en tournoyant vers eux, songeant qu'il n'avait jamais rien entendu de plus beau que le battement de leurs ailes.

Puis les oiseaux cessèrent de venir et il s'avança sur la glace avec son père pour ramasser les canards morts, cinq colverts magnifiques et les deux canes, qu'ils ramenèrent à leur cache. « Les dépouilles les ont effrayés, dit le père. Maintenant, faut qu'on attende un peu pour les oies. »

Ils attendirent donc et, tout en écoutant son père, le garçon s'efforçait de se sentir bien dans ses lourds vêtements.

« On les ramenait à la maison dans un chariot. Il y en avait bien dix fois plus dans le temps, et des quantités de morillons à tête rouge et de morillons à dos blanc. De ceux-là, on n'en voit plus maintenant. » L'homme se mouvait en souplesse et en silence dans leur repaire, rabattant bien sur eux les roseaux afin de se dissimuler complètement.

« Je me souviens d'un après-midi, il y avait du vent et les nuages étaient en dessous de la crête ; on était à l'affût, Charlie et moi, quatorze ans je dirais, on a tiré plus d'une boîte des cartouches de 12 du vieux Basston. Les oiseaux arrêtaient pas d'arriver et nous, on arrêtait pas de tirer. On en a tué cent cinquante dans l'après-midi. Il faisait presque nuit quand on est rentrés au camp et qu'on les a suspendus dehors dans le noir. Le vieux Basston est sorti et on est restés tous les trois sous l'arbre, et puis il nous a servi plusieurs rasades du meilleur bourbon de la terre avant de nous envoyer nous coucher comme des hommes. Je crois que ç'a été le plus beau jour de ma vie, celui-là, le summum. »

Est-ce que tout était allé de mal en pis par la suite ? Le garçon comprit, ou espéra comprendre, pourquoi il était là : son père essayait de se rattraper, de lui présenter un aspect de la vie avant qu'il soit définitivement trop tard. Mais le faisait-il seulement à son intention ? se demanda-t-il. En l'écoutant, il pensait à cette femme, Eva, et aux autres, et à l'homme différent que son père était devenu pour lui, ici.

Enfin, les oies arrivèrent, très haut, et virèrent de bord en grandes formations. Elles perdirent de l'altitude en commençant à décrire des cercles dès qu'elles aperçurent l'eau.

Leurs bataillons semblaient sans fin, succession de longs vols décrivant des cercles, tournoyant et descendant. « Je te dirai quand, dit l'homme. Ne bouge pas. »

Le premier vol s'était posé et se calmait dans l'eau et au bord de la glace, quand le suivant, sous un vol plus vaste de canards, les survola, se laissa planer et piqua droit sur l'eau, déterminé, inconscient du danger. « Maintenant », dit le père, et tous deux se dressèrent, des joncs jusqu'à la taille, et tirèrent trois fois chacun, abattant sans peine six volatiles, des oies énormes au plumage noir et blanc qui heurtèrent la glace avec un bruit mat.

« Impeccable, dit le père. Joli coup. C'est bon pour aujourd'hui. Allons-nous-en. Elles reviendront. »

Les oies s'égaillèrent et virèrent de bord au-dessus d'eux pendant qu'ils s'avançaient pour la seconde fois sur la glace et commençaient à ramasser leurs trophées. Des bêtes lourdes et magnifiques auxquelles le garçon tordit le cou comme le faisait son père, triste qu'elles n'aient pas pu vivre et content quand même qu'elles soient mortes. C'étaient des trophées de ce monde, ces oiseaux morts, lourds et doux.

« On va rester à la maison cet après-midi et faire un rami à quatre, dit son père, quand ils eurent récupéré leurs prises. Tu joues au rami ?

— Bien sûr, répondit le garçon. On joue de la petite monnaie et des boutons. » Ils attachèrent les canards à un bout de corde et les oies à un autre. « Tu portes les canards, reprit son père. Moi, les oies. On va couper par la glace pour rentrer. »

Un bon kilomètre les séparait du break stationné sur une hauteur. Avec la neige fraîche qui couvrait la glace, le parcours était glissant et semé d'embûches. Le garçon marcha prudemment d'abord, puis accéléra le pas. Bientôt, il eut une avance considérable sur son père. L'homme suivait d'un pas lent et lourd, la respiration forte.

Dans le lointain, le bord de la crête se détachait avec netteté. Entre lui et ce point culminant, le garçon observait les multitudes d'oiseaux, certains clairement visibles sur fond de ciel mat, d'autres quasiment indiscernables contre les versants enneigés.

Derrière lui retentit un cri lointain, assourdi.

Il se retourna et vit que son père avait disparu, évanoui de la surface de la terre. Puis l'homme reparut au niveau de la neige, se débattant dans l'eau. Lâchant fusil et canards, le garçon courut vers lui.

Pendant qu'il courait, il le vit se redresser violemment

en agitant les bras, et crier quelque chose, avant de retomber.

C'était l'ordre de ne pas approcher, comprit le garçon ; mais il continua de courir en glissant et en dérapant vers le trou dans la glace. Son père se débattait, de l'eau jusqu'à la poitrine, et les oies nouées à leur bout de corde flottaient autour de lui. L'eau fumait. La glace, chose incroyable, était molle et pas du tout épaisse.

L'homme lui fit signe de reculer et le garçon s'arrêta, à quelques mètres du bord. Il observait son père, guettant un signe qui lui expliquerait ce qui était arrivé, ce qu'il devait faire.

Immobile dans l'eau fumante et putride, l'homme hoquetait. Il avait eu la tête immergée et, à présent, l'eau lui arrivait aux aisselles. « Reste où tu es, lui dit-il en commençant à trembler. Il y a une source chaude et la glace est pourrie.

« Attends que je me repose un peu, ajouta-t-il. Ensuite, j'essaierai de regagner la glace solide. »

Le garçon était là, impuissant. Les bords de l'eau brisés et déchiquetés recommençaient à geler, à se solidifier sous ses yeux. « T'arrives à tenir ?

— C'est pas trop mal ici, dit l'homme, redevenu maître de lui, la voix calme et tremblant moins. Mais je vais cailler en sortant. »

Puis il recommença à bouger, progressant lentement, arrachant une jambe, puis l'autre, du fond boueux. Il avait presque atteint le bord de la glace quand il s'arrêta : « Putain. Ce que c'est froid. »

Le garçon l'entendit marmonner autre chose, en aparté, vit son visage se décomposer, se rétracter à l'intérieur de lui-même, s'éloigner. L'homme se mit à battre des bras en se jetant furieusement en avant, s'efforçant d'atteindre le bord de la glace, luttant et haletant en direction de son fils.

Puis, le regard fixé sur lui, il se renversa simplement sur le dos, ses yeux roulèrent dans leurs orbites et devinrent fixes. Il s'enfonça alors, en battant des bras, et les volatiles empêtrés dans leur corde plongèrent avec lui. Puis il n'y eut rien que de l'eau et quelques bulles.

Et puis il n'y eut plus de bulles, rien que les oies mortes flottant doucement, la tête entraînée sous la surface par la corde qui entourait toujours la taille de son père.

Le garçon redevint conscient du cacardement lointain des oies et d'un froissement d'ailes, celui d'un couple de canards qui fonça droit sur lui et l'évita au dernier moment.

Il se détourna et se mit à courir sur la glace, dérapant et glissant, tombant plusieurs fois pendant qu'il se précipitait vers le break.

À l'intérieur du véhicule, moteur en marche et chauffage allumé, il commença à trembler. Il s'étendit sur le siège et bascula telle une pierre hors de lui-même, dans ce qui aurait pu ressembler au sommeil.

Il s'éveilla complètement dans la tiède obscurité d'une chambre totalement étrange et inconnue, et se demanda où il se trouvait. Et puis, avec une soudaineté terrible, il revécut l'instant où l'inexplicable s'était produit — il revit les yeux de son père rouler dans leurs orbites. Il sut que c'était arrivé, comprit qu'il se trouvait dans une des chambres de la maison inconnue. Il posa les pieds par terre et fut surpris de se découvrir en sous-vêtements. Une porte claqua quelque part dans la maison et il entendit une voix. Celle d'Eva :

« Je me demande s'il dort encore. »

Elle apparut dans l'embrasure obscure de la porte.

« Il est réveillé », dit-elle par-dessus son épaule.

Elle entra dans la chambre et alluma la lumière. Ses cheveux brossés en arrière dégageaient son visage et retombaient en ondulant sur ses épaules. Elle paraissait plus jeune, pensa-t-il, et comme déplacée ici. Il ramena les draps sur ses jambes nues.

« Je vais bien maintenant, dit-il. Est-ce qu'on l'a sorti ?

— Oui, on l'a sorti. » La femme parlait avec lenteur et solennité, comme pour lui rappeler, songea l'adolescent, qu'ils n'étaient après tout que des étrangers l'un pour l'autre. « C'est la nuit, maintenant. Tu as beaucoup dormi. »

Le garçon se détourna et, de nouveau suffoqué par la terreur, se mit à pleurer. La femme éteignit la lumière d'un geste sec et s'approcha de lui. « Essaie de te reposer. Je vais me coucher aussi.

« Ton père adorait être ici, poursuivit la femme. Il m'a dit que c'était le seul endroit où il avait vraiment été heureux dans sa vie. Je reviens tout de suite », et elle quitta la pièce.

Le seul endroit où il avait vraiment été heureux.

La femme revint aussitôt, vêtue d'une robe de chambre en brocart qui lui descendait jusqu'aux pieds, les cheveux ramassés en chignon sur la nuque. Le garçon se tourna pour la regarder dans la pénombre, la vit se défaire de la robe de chambre, ouvrir l'autre côté du lit et se glisser sous les draps en tressaillant à leur contact. Il voulut se lever.

« Reste, nous allons parler », dit-elle. Elle le prit par le bras et l'attira vers elle, et il fut encore une fois surpris par la froideur de ses mains.

« Pourquoi ? dit-il. Pourquoi est-ce arrivé ? » Il se remit à pleurer.

« Son cœur, répondit-elle. Il avait des problèmes cardiaques. » La femme se rapprocha de lui et lui passa un bras autour des épaules. « Je suis désolée. Mon Dieu. »

Il se rendormit aussitôt, exténué et calmé, en venant progressivement se blottir contre la chaleur de la femme. Au milieu de la nuit, il se réveilla et la sentit secouée de sanglots près de lui.

Il s'éveilla à la chaleur des rayons du soleil entrant dans la chambre par la porte ouverte. Il était seul dans le lit.

Dans la grande pièce, la femme et Charlie Anderson étaient attablés en silence. « Assieds-toi, fit Charlie. Je vais te chercher à manger.

— Charlie ne me fait pas confiance pour la cuisine », dit la femme. Elle se leva et revint avec une tasse de café. Elle avait l'air gêné, presque timide.

Charlie Anderson revint de la cuisine avec des œufs et une tranche épaisse de jambon frit. « Vas-y, mange, dit-il au garçon.

— Il va manger », dit la femme.

Le garçon se demanda où était passé le chagrin et si on avait balayé aussi facilement le souvenir de son père.

« Nous avons vu la fin d'un homme bien », dit Charlie Anderson en commençant à débarrasser la table.

Alors, le garçon mangea en les observant, ces inconnus. Puis il traversa gauchement la maison et sortit par la porte de la cuisine, se planta sous l'arbre lourdement chargé, battit la semelle dans la neige et effleura l'écorce gelée tout en regardant encore vers la crête dans le lointain.

Eva sortit. Il était conscient de sa présence silencieuse dans son dos. Clignant des yeux dans l'éclat du soleil, il observa le vol haut des migrateurs, des oies voyageant en quête d'eau et de nourriture. Il entendit la femme produire un son derrière lui et, quand il se retourna, il vit son visage se décomposer. Elle étouffa un sanglot. S'approchant du garçon, elle se serra contre lui tandis que les pleurs la secouaient. Il resta les bras le long du corps, ressentant la douceur de ses seins sous son chandail, et ensuite rien que le froid dans ses cheveux dénoués et libres contre son visage.

Puis elle se calma.

« Rentrons, dit-elle. J'ai froid. »

Elle s'éloigna et il la suivit, oublieux de tout, complètement retiré en lui-même.

« Ça t'endurcira », avait dit son père.

« Tu fais chier avec tes conneries », pensa le garçon.

Il claqua la porte derrière lui et alla se mettre devant le feu. La femme était postée devant la fenêtre, les mains derrière le dos, tandis que Charlie Anderson s'activait à la vaisselle. La maison semblait remplie de l'odeur musquée des oiseaux morts. Les doigts gourds de l'adolescent palpitèrent et lui firent mal quand il les exposa à la chaleur rayonnante du feu. « Faites tous chier avec vos conneries », dit-il.

Trente-quatre saisons d'hiver

Ben Alton se souvenait des années en fonction des hivers. Les étés formaient un tout, le suivant identique au précédent, chaleur, poussière et balles de foin. « C'était en 59, disait-il par exemple. L'année de mon hiver en Californie. » Il se souvenait alors des allées d'un parc à bestiaux glissantes de fumier à la sortie de Manteca, horizon plat et pluie incessante.

Ou des inondations. « Mars 64, quand les digues avaient cédé. » Ou des hivers au balcon. « On avait soigné les bêtes tout le mois de février en bras de chemise. Pour le vieux Swarthout. » Il était alors gagné par la tristesse. « Une semaine, Art nous avait donné un coup de main. Tous les jours à midi, on avait expédié le boulot et à trois heures on était bourrés. » Tristesse parce que Art, son frère par alliance, s'était fait tuer, et qu'il n'y avait que haine entre eux au moment de sa mort.

Ben et Art s'étaient battus une fois, une seule, à l'âge de treize ans. Le père de Ben, Corrie Alton, s'était mis en ménage avec la vieille d'Art, sur le terrain désertique qu'elle possédait dans les collines au nord de Davanero, et les deux garçons avaient fait chambre commune dans une pièce du fond. La maison était entourée d'une cour poussiéreuse clôturée où picoraient des dindes et qu'ombrageaient trois pêchers desséchés ; et leur chambre était meublée de deux lits de camp en fer et d'une rangée de clous plantés dans le mur pour suspendre les vêtements de rechange qu'ils possédaient. La première nuit, pendant que leurs vieux étaient descendus boire en ville, les garçons s'étaient battus. Ben s'en était sorti avec un nez écrasé et une dent ébréchée contre l'armature d'un des lits ; il se le tint pour dit, et ne recommença plus.

L'année suivante, la mère d'Art avait vendu la maison pour la boire et, une fois l'argent bu, le vieux de Ben s'était tiré, direction Shafter, au sud de Bakersfield, pour voir des amis et faire la saison des patates. Corrie n'était jamais revenu, ni n'avait envoyé de nouvelles, si bien qu'au printemps suivant les deux garçons s'étaient embauchés chez un producteur d'oignons pour poser des canalisations. À deux, ils venaient à bout, dans la gadoue, du travail harassant qu'abattait un seul homme, assurant ainsi leur subsistance et celle de la mère d'Art. Elle mourut le printemps de leurs dix-sept ans ; alors Art se mit à parler de quitter la ville, de monter sur le ring, de devenir quelqu'un.

Il filait donc tous les soirs, et le jour, Ben et lui se faisaient invariablement leurs mille dollars dans la journée en charriant des balles de luzerne, vingt dollars l'unité ; puis à l'automne, Art était parti à Portland s'entraîner tous les après-midi dans une salle de sport, apprendre à boxer et passer ses soirées à la piscine de la YMCA ou au cinéma. Au début de l'hiver, il commença à décrocher quelques combats ; et il n'en perdit pas un, au moins pendant toute la première année. Son nom commençait à être connu dans des villes comme Salem, Yakima, Klamath Falls.

Il combattit chez lui une seule fois, dans la grange des Peterson à la sortie de la ville, par une nuit de janvier où la neige n'arrêtait pas de tomber. La grange se réchauffa lentement, perdant peu à peu son odeur de cuir de harnais et de paille pourrie ; et sous le cercle de lumière qui illuminait les adversaires d'un éclat bleu féroce, les gens de la campagne burent, fumèrent et parièrent. Tournant autour d'un jeune Mexicain en nage frisant l'épuisement, Art, calme et sûr de lui, tapa ses gants l'un contre l'autre et repoussa en arrière ses fins cheveux blonds d'un avant-bras rapide. Puis il esquiva un contre du droit en se baissant avec une vivacité nouvelle qu'il avait dû apprendre à Portland et se retrouva en corps à corps, les pieds posés bien à plat, poussant et grognant en mettant tout son poids dans chacun de ses coups. Le Mexicain recula contre l'un des montants de fortune en genévrier qui supportaient le ring, se couvrant le visage de ses gants qui se débattaient devant lui tandis qu'il commençait à tomber en se vrillant et à ployer les genoux ; à la fin du combat, le Mexicain était étalé par terre, une coupure sous l'œil, le nez en sang, et Art dans son angle du ring, la respiration légère, pliait les coudes et battait des bras comme s'il n'était pas encore libéré de son adversaire. Crachant son protège-dents blanc sur la toile grise et mouillée, il courba le dos et passa sous les cordes du ring.

Ce soir-là, assis sur le plus haut gradin de la petite tribune, Ben regarda deux hommes traîner l'autre combattant hors du ring et tenter de le ranimer en lui jetant de l'eau sur la tête. Étreignant ses genoux, il regarda le public se rasseoir et entendit le silence pendant que tous observaient. Enfin, le jeune Mexicain secoua la tête et se redressa sur son séant, et la foule se leva dans un grand soupir.

L'été suivant, Art débarqua avec Clara, qu'il ramenait de sa tournée de combats en Californie. C'était un après-midi d'août, chaleur torride dans les champs de foin de la vallée et poussière montant en longues spirales dans le champ d'en face, où cinq botteleuses progressaient en cercles lents, avalant les andains de foin fauché et recrachant derrière elles des ribambelles infinies de bottes uniformes. Ben travaillait à décharger les camions, le pantalon trempé de sueur tous les jours avant midi, le torse nu et pelant.

Précédant de peu la poussière qu'elle soulevait, la Buick décapotable jaune citron traversa le chaume en cahotant et zigzaguant dur avant de stopper à une vingtaine de mètres de l'équipe. Art sauta à terre, brandissant une boîte de bière au-dessus de sa tête. La fille resta debout près de la décapotable parmi les éteules de luzerne, les yeux plissés dans la lumière aveuglante, moite et l'air assoupi. Vingt ans peut-être, un corsage blanc sans manches gris de sueur sous les bras, toute chiffonnée d'avoir dormi dans la voiture. Mais elle était blonde, bronzée et saisissante sous les 40 degrés de l'après-midi. « Elle est canon, hein ? dit Art. C'est comme qui dirait un prix que je rapporte à la maison. » Et il tapa sur les fesses de la fille en riant.

« Salut, Ben, dit-elle. Art m'a parlé de toi. » Ils burent une cannette de bière glacée à la saveur métallique, et Art parla de ses combats en Californie, Fresno, et Tracy et, tout en parlant, il faisait lentement aller et venir ses doigts sur le bras nu de Clara. Accroupi à l'ombre de la décapotable, sa bière à la main, Ben s'efforçait de ne pas regarder la fille. Ce soir-là, il resta éveillé dans son lit à penser à elle, et tout dans cette rencontre paraissait trop beau et trop vrai, comme un souvenir d'enfance.

De toute façon, elle vivait et voyageait avec Art. Et puis, l'automne de ses vingt-cinq ans, lors d'un combat à Seattle, Art se fractura irrémédiablement la main droite. Il épousa Clara et revint vivre à la maison, conduisant un grumier l'été, buvant dans les bars et faisant durer son chômage l'hiver, laissant Clara travailler comme serveuse quand ils étaient fauchés. Les années s'écoulèrent, jusqu'à un après-midi dans une taverne, The Tarpaper Shack[1], l'année de leur trente et un ans à tous les deux. Art était attablé avec une fille prénommée Marie et, lorsque Ben entra et les rejoignit dans leur box, il fut surpris de trouver une fille douce et gentille, aux yeux châtains et aux cheveux bruns,

1. Littéralement : la cabane en papier goudronné.

pas le genre avec qui traînait Art dans ses beuveries ; à la fin de l'été, Ben et Marie étaient fiancés.

Cela ne causa aucun problème jusqu'à la Noël. Les boutiques étaient ouvertes tard, mais les rues désertes, avec leurs décorations, avaient l'air d'une fête foraine sur les quatre heures du matin, illuminée et sur le point de plier bagage, de s'en aller.

« Tu vas épouser cette pétasse ? » dit Art. Il était soûl. La tenancière du bar, une femme du nom de Vergie, s'appuyait des deux bras sur le comptoir.

« Faut croire que oui, répondit Ben. Mais relax, vieux, le prends pas mal. » Puis il remarqua que Vergie regardait par-dessus leurs têtes en direction du fond de la salle voûtée occupé par une rangée de boxes usés, derrière la table de jeu de palets illuminée et le bowling électrique. Il aperçut dans l'ombre la nuque de Clara qui dépassait du dernier box. Simplement les cheveux blonds, mais c'était elle, sans le moindre doute. Art souriait.

« Va la voir, dit-il, s'adressant à Ben. Elle a un problème. Personne la baise. »

Ben termina sa bière et reposa le verre sur le comptoir en bois. Il aurait bien voulu s'en aller, il en avait assez de leurs histoires. La tête renversée en arrière, Clara avait les yeux fermés et les mains nouées sur la table vide devant elle. Elle ne bougea ni ne souleva les paupières à son approche.

« Salut, Clara », dit-il. Et quand elle ouvrit les yeux, ça n'avait pas changé, du blanc sur du vert, comme des hérons survolant les marais de la vallée. Même fatiguée, elle était belle. « Tu permets que je m'assoie ? demanda-t-il. Je t'offre une bière ? »

Elle prit une gorgée de la sienne, lui ôtant le verre sans un mot, et leurs mains se touchèrent, puis elle sourit et se lécha la mousse sur les lèvres. « D'accord », dit-elle, et il commanda une autre bière en s'asseyant.

« Comment ça va, toi ? demanda-t-il. Bien ?

— Comme si tu le savais pas, dit-elle en lui jetant un regard oblique, sans regarder une seule fois dans la direction d'Art. Tu sais très bien comment ça va pour moi. » Puis elle sourit. « J'ai appris que tu allais te marier.

— Seulement parce que tu es déjà prise », dit-il, et elle sourit encore, un grand sourire, plus conforme cette fois à la Clara d'avant. « Je suis sincère. Fallait bien que je te le dise un jour.

— Non, dit-elle. Non, je t'en prie. Pas avec ce salaud qui se marre là-bas. » Elle but un peu plus de bière. « Je suis sérieuse, ajouta-t-elle après quelques instants. Laisse-moi. »

Ben se leva et se dirigea vers le bar en faisant tourner son verre vide dans sa main, sentant qu'il épousait parfaitement le creux de sa paume. Il se posta derrière Art, les yeux fixés sur sa nuque, sur les jolis cheveux, fins et blonds ; puis son poing se resserra sur le verre et il l'abattit dans le creux du cou de son frère. Le verre se brisa, Art piqua du nez sur le comptoir et Ben prit la fuite, enfonçant la porte avec fracas pour bondir sur le trottoir.

Sa main coupée saignait. Il retira de sa paume des éclats de verre et entoura ses doigts de son mouchoir tout en marchant, les yeux sur les vitrines de Noël brillantes et éclairées.

Cette nuit-là, Clara partit à Sacramento vivre avec son père, le soigner et travailler dans une usine de pièces détachées d'avion au sud-est de la ville, pour ne revenir qu'après la mort du vieux. Ben se demandait parfois si elle serait revenue de toute manière, même si son père n'était pas mort. Peut-être avait-elle seulement attendu qu'Art vienne la chercher. Et puis un jour, dans la rue, il lui avait posé la question : « Vous allez vous remettre ensemble, Art et toi ? », juste dans l'espoir de l'inciter à bavarder un peu.

« J'crois pas, répondit-elle. C'est ce qu'il m'a dit.

— Je regrette », dit Ben. Et il regrettait vraiment.

« Je suis revenue parce que j'en avais envie, reprit-elle. J'ai sûrement vécu trop longtemps ici. »

Ce printemps-là, Ben et Marie se marièrent et s'installèrent à l'extérieur de la ville, sur une propriété qui appartenait au père de la jeune fille ; l'automne suivant, le père de Ben mourut, écrasé sous une moissonneuse dans un champ en pente de l'État de Washington, juste au nord de Walla Walla, soûl, endormi au volant, mort quand on le dégagea. Ensuite, l'été où Art et Ben eurent trente-quatre ans, Marie tomba enceinte, et c'est cet hiver-là qu'Art fut assassiné, d'un coup de pistolet dans la nuque tiré par une gamine qui s'appelait Steffanie Rudd, une rousse fluette tout juste sortie du lycée et sans doute engrossée, d'après la rumeur. Art était installé au bout du comptoir au Tarpaper Shack, sur son tabouret attitré, quand la fille était entrée sans bruit et avait tiré avant que quiconque la remarque. Quand il roula à terre, il était mort, le visage fracassé, du sang partout sur le miroir et les verres alignés derrière le bar. Et pendant ce temps, les titres qu'il avait sélectionnés passaient sur le juke-box : *Trailer for sale or rent* ; *I can't stop loving you* ; *Time to bum again* ; *That's what you get for loving me*[1] : *Roger Miller, Ray Charles, Waylon Jennings.*

La nuit du meurtre, Ben se réveilla et entendit Marie au téléphone, il la sentit le secouer dans la pénombre de la chambre. Elle avait l'air immensément terrifiée et n'arrêtait pas de le secouer, comme pour se réveiller elle-même. Elle était enceinte de huit mois.

« Il est mort. » Elle parlait tout doucement, l'air atterré, comme si l'une de ses prémonitions s'était finalement réalisée. « Personne ne lui a jamais donné sa chance », dit-elle.

« Oh si, et plus d'une fois. » Ben se redressa dans le lit et passa son bras autour d'elle, arraché à sa stupeur.

---

1. *Caravane à louer ou à vendre ; Je peux pas cesser de t'aimer ; Temps de reprendre la route ; Voilà ce que tu récoltes à m'aimer.*

« On lui a jamais donné aucune chance dans la vie. » Elle courba le buste et se mit à pleurer.

Plus tard, à l'approche de l'aube, après beaucoup de café et de cigarettes, quand Marie eut capitulé et fut retournée se coucher, Ben resta assis tout seul à la table de la cuisine. « Ils ont peur de tout, avait dit Art. Voilà comment ils sont, ces ploucs. Tous autant qu'ils sont. »

Ben revoyait Art soûl, des propos bravaches plein la bouche, alors qu'il ne s'engageait jamais dans rien, sauf avec ces kyrielles de filles, comme celle qui l'avait tué. Et soudain, sans savoir pourquoi, la vision d'Art avec Marie s'imposa à lui. Cette façon qu'elle avait eue de pleurer et de délirer sur Art. C'était louche. Attablé là, avec cette certitude qui s'infiltrait en lui et sapait ses défenses, Ben comprit. Il se leva de sa chaise.

Dans la chambre, elle pleurait doucement, recroquevillée sous les draps. « Qu'est-ce que tu me caches ? demanda-t-il. Tu me caches quelque chose. » Elle n'ouvrit pas les yeux, mais ses pleurs semblèrent se calmer un peu. Ben attendait, debout près du lit, les yeux baissés, obsédé par le besoin de savoir, à mesure que l'évidence s'imposait à lui, s'ils l'avaient fait dans ce lit, tout en sachant que ça n'avait aucune importance qu'ils l'aient fait là ou ailleurs. Et c'était sa faute à elle. Pas la faute d'Art. Art était comme ça. Elle aurait pu le repousser. Ben éprouvait une drôle de sensation dans les mains, comme s'il devait faire quelque chose et qu'il ne se rappelait pas quoi. De nouveau, il posa la question et entendit la rudesse et la tension de sa voix : « Qu'est-ce que tu me caches ? Marie ? »

Elle ne répondit pas. Il la força à se mettre sur le dos et la maintint dans cette position, attendant qu'elle ouvre les yeux pendant qu'elle se débattait en silence, contorsionnant le buste pour lui échapper. Ses ongles s'enfoncèrent dans la chair de ses épaules et son poignet trembla. Un instant, ils restèrent ainsi, se poussant l'un l'autre. Puis elle se détendit et ouvrit les yeux. « Qu'est-ce que tu me caches ? répéta-t-il. Il y avait quelque chose entre Art et toi, c'est ça ? »

Le regard de Marie n'était plus le même, il s'était fermé. Elle secoua la tête. « Non, dit-elle. Non.

— Il te baisait, c'est ça ? C'est son gosse ?

— C'était il y a longtemps.

— Mon cul. » Il lui lâcha l'épaule. « Voilà pourquoi t'es dans tous tes états. Parce qu'il te baisera plus. » Il contourna le lit, incapable, pour quelque raison inexplicable, à cause de ce qui lui restait sur les bras, de lui demander s'ils l'avaient fait ici, dans ce lit. « Je me trompe pas, hein ? Comment ça se fait que tu m'aies épousé, alors ? Il t'a jetée ?

— Parce qu'il me faisait peur. Je voulais pas de lui. Il était pas sérieux. C'était toi que je voulais, pas lui. »

Ben la gifla, et elle se recroquevilla vite à nouveau, les mains plaquées sur la bouche, le dos rond, en larmes. Il la força à le regarder. « Tu t'en sortiras pas comme ça, dit-il. Alors moi, j'étais le brave toutou apprivoisé, et tu m'as pris.

— Tu vas faire mal au bébé.

— Son putain de bébé !

— Tout a été terminé entre nous quand je t'ai rencontré. Il m'a dit de pas hésiter, que tu serais gentil avec moi. » La première fois où il les avait vus tous les deux il avait été surpris qu'elle soit avec Art, mais curieusement, il n'avait jamais imaginé jusque-là qu'ils pouvaient sortir ensemble. « On l'a fait que quelques fois après que je t'ai connu. Il me suppliait.

— Alors comme ça, on m'a fourgué les restes. » Il l'injuria encore, en écoutant quand même vaguement ce qu'elle lui disait. « Il me suppliait. » Quelle tristesse. En se souvenant comment était Art, ces dernières années, après son retour définitif à la maison, Ben la crut.

« Alors, il t'a refilée à moi, dit-il. Je regrette de pas pouvoir le remercier.

— Non, c'était pas ça. Il t'aimait. Il voulait que je t'épouse et que je sois heureuse avec toi.

— Alors, tu l'as fait. Et j'ai été assez con pour marcher.

— C'était un petit garçon. On s'amusait avec lui, mais c'était un petit garçon.

— Je suis ravi, que tout se soit si bien arrangé pour toi. » Elle secoua la tête sans répondre. Ben se demanda ce qu'il devait faire. C'était comme s'il n'avait jamais été marié, comme s'il avait eu raison de s'imaginer célibataire toute sa vie. Il avait vu ses amis se caser, leurs gosses commencer à grandir, et il lui avait semblé que tout ça, c'étaient des choses auxquelles il n'avait pas droit, qu'il vieillirait en habitué des bars et des chambres meublées, à l'écart du monde des gens mariés. Et voilà qu'il se retrouvait au même point, en dehors. Et elle avait gardé tout ça secret. « Espèce de salope, dit-il lentement.

— Ben. C'était il y a longtemps. Ben. »

Il était fatigué et son travail l'attendait. Peut-être que oui, c'était il y a longtemps, et peut-être pas. Il la laissa là en train de pleurer pendant qu'il s'habillait pour sortir soigner les bêtes de son père.

En début d'après-midi, elle avait rangé la maison et préparé un repas. Elle le regarda manger, mais ils ne se parlèrent pas. Il lui demanda si elle voulait aller à l'enterrement, elle dit non, et ce fut tout. Pendant qu'il buvait son café, calme à présent, et si las qu'il en avait la poitrine douloureuse, il se mit à penser à Clara. Il se demanda si elle avait su. Ça n'aurait rien changé, pensa-t-il. Ça en plus de tout le reste.

Trois jours plus tard, en route pour l'enterrement, il était seul, courbé sur le volant, dans la neige fraîche qui s'amoncelait doucement d'un côté à l'autre de la route. Il avait les doigts gourds, et les crevasses de ses cals rugueux étaient incrustées de noir. Les chaînes d'un pneu cliquetaient contre une aile, mais il ne s'arrêta pas. Il était sorti soigner les bêtes avant l'aube, un travail nécessaire qui devait être accompli tous les jours de l'hiver, avant toute autre obligation. La Chevrolet marbrée de rouille tanguait dans les nids-de-poule verglacés sous la neige. La démarche pesante et régulière des chevaux avec lesquels il nourrissait le bétail, deux hongres belges massifs à la robe couverte de givre, et le mouvement grinçant et océanique de la charrette à foin l'accompagnaient encore, plus réels que ce qu'il avait sous les yeux.

Le cimetière du comté de Derrick était situé juste en contrebas de la route, à huit kilomètres environ avant la ville. Art serait enterré dans la partie réservée aux pauvres, à l'écart des allées plantées de peupliers d'Italie et de lilas sans âge. Quand viendrait le soir, sa tombe serait ensevelie sous la neige. Ben se gara, mit pied à terre et partit regarder au fond du trou. Au loin, dans la ville, les cloches de l'église catholique sonnaient faiblement le glas. Ben se tint là un instant avant de regagner sa voiture. Il resta assis sur le siège avant, les mains en coquille sur son sexe pour les réchauffer. Un moment après, il fit marche arrière et quitta lentement le cimetière.

Davanero se trouvait dans la partie orientale de la vallée, maisons dispersées festonnées de glace, fenêtres calfeutrées contre le vent par des bouts de bâche en plastique. La fumée immobile des feux de cheminée s'élevait à la verticale. Ben roula entre des lots à bâtir remplis d'immondices couverts de neige, dépassa des taudis aux portes à moitié défoncées où des zonards passaient l'été, et entra dans le centre-ville. Les magasins étaient ouverts et quelques passants se dirigeaient vers les cafés. Il se sentait coupé de tout, comme si c'était une île au centre de l'hiver.

La pancarte OUVERT était apposée à la vitrine du Tarpaper Shack. Ben se demanda si Clara était de service et si elle avait l'intention d'aller à l'enterrement. Il gara sa voiture et, dans la neige, se dirigea à pas lents vers la porte. Les cloches de l'église résonnaient plus fort à présent, proches et distinctes. À l'intérieur, la taverne avait des allures de grange obscure, et elle était déserte, à l'exception de

Clara qui lavait des verres dans un évier métallique. Ben se dirigea vers le bout du comptoir, là où Art avait coutume de s'asseoir, et se hissa sur un tabouret. « Je prendrai un whisky, dit-il. Double. Prends-en un toi aussi.

— Je ferme. Pas la peine de t'installer. » Elle ne bougea pas de l'évier et continua de laver ses verres.

« Tu vas à l'enterrement ? demanda Ben.

— Je ferme. » Elle avait toujours les mains dans l'eau. « Je suppose que t'as besoin d'un remontant, ajouta-t-elle. Va tirer le verrou. »

Il la trouva assise dans l'un des box quand il revint. « Tu vas pas à l'enterrement ? redemanda-t-il.

— Pour quoi faire ?

— J'imagine que t'en as gros sur le cœur.

— Plutôt. » Elle but lentement. « Il aurait pu tout me faire. J'aurais tout accepté. Putain, tout. Et cette sale conne qui le tue. J'aurais donné n'importe quoi pour avoir un enfant de lui. »

Ben termina son whisky, et Clara prit son verre pour aller le resservir. « Qu'ils aillent se faire foutre avec leur putain d'enterrement », dit-il.

Clara mit de la musique sur le juke-box, de la country douce, et dans les bras l'un de l'autre, ils dansèrent en titubant entre les tabourets et la table de jeu de palets. Clara le repoussa au bout de quelques chansons. « Tu danses comme un pied. Art était un super bon danseur. » Elle s'assit dans le box, allongea un bras sur la table et posa sa tête à côté, tournée vers le mur. « Merde, dit-elle. Je pourrais pleurer. J'ai pas pleuré depuis que j'étais toute petite. Pas une seule fois. Pas une seule fois depuis que j'étais toute petite. »

Ben déambula dans le bar, son verre à la main. Il appela sa femme au téléphone. « Et comment que je suis bourré, salope », beugla-t-il, quand elle répondit, et il raccrocha.

« Putain, t'es un vrai héros », dit Clara. Elle but son fond de whisky. « T'es rien du tout. Absolument rien. »

Dehors, les cloches s'étaient tues. Rien. C'était bien ce

qu'il ressentait. Rien. Comme si ses mains étaient privées de force pour conduire. Il demeura un moment assis sur le siège du conducteur avant de démarrer en direction de la prison, un bâtiment gris en briques avec du grillage épais aux fenêtres. Le shérif adjoint, un petit homme en uniforme gris, était assis au bureau qui occupait le centre de la pièce principale, une tasse de café près de lui. Il sourit en apercevant Ben, mais ne dit rien.

« Est-ce qu'il y a moyen de voir cette fille ? » s'enquit Ben. Il ne savait pas pourquoi il était venu. Juste une idée comme ça : si cette fille avait haï Art au point de le tuer, justement pour ça, peut-être qu'elle comprendrait et qu'elle pourrait lui dire, à lui, Ben, pourquoi il n'était pas rien. Le temps de prononcer les mots, il sut que c'était une idée idiote, une idée de poivrot.

« D'accord, dit l'adjoint du shérif au bout d'une minute. Viens. Je pense que t'as le droit. »

Ils franchirent deux portes verrouillées pour atteindre une vaste pièce en parpaings dépourvue de fenêtres. La lumière provenait d'un long tube au néon fixé au plafond. Il y avait deux cellules séparées par des barreaux d'acier espacés d'une dizaine de centimètres. Il faisait bon dans la pièce. La fille était assise sur un lit de camp dans la cellule de gauche, les jambes croisées, ses cheveux roux lâchés sur ses épaules, vêtue d'une robe de grossesse bleue froissée, sans poches. Elle regardait ses mains, jointes sur ses genoux. « Quoi encore ? » fit-elle en levant les yeux. Sa voix était étonnamment forte.

« Ben voulait vous voir, dit l'adjoint.

— Comme au zoo, c'est ça. » La fille sourit en levant les épaules et en les rabaissant.

« Et tu regrettes même pas ? demanda Ben. Tu regrettes même pas un peu ce que t'as fait ?

— Pas un poil, dit la fille. J'ai eu tout le temps pour y réfléchir. Je regrette rien. Je suis contente. Je me sens bien.

— C'était pas un mauvais bougre. Pas vraiment. Il a jamais été mauvais.

— Putain, sûr que c'était pas Winston Churchill. Il a même pas *essayé* de me rendre heureuse. » Elle reposa ses mains sur son ventre.

« Je vois pas ça comme ça, dit Ben. Je peux pas te donner raison. Il était pas si mauvais.

— Ce que j'aimais chez lui, c'est qu'il était assez vieux. Il était comme toi. Assez vieux pour être capable de tout. Il aurait pu être gentil s'il avait voulu. »

L'adjoint rit.

« Je me sentais tellement mal avant que ç'a été facile de le tuer, dit la fille. La seule chose qui me chagrine, c'est de pas avoir pu le mettre à genoux devant moi et de pas l'avoir fait ramper. C'est la seule chose. Ça, je regrette, mais c'est tout.

— Il te devait rien », dit Ben.

La fille regarda l'adjoint. « Faites-le sortir. »

Ben conduisit lentement sous la neige pour rentrer chez lui. Sur l'allée menant à la maison, il ne distingua que le contour flou des arbres de chaque côté. Il gara la voiture, tapa ses bottes pour en ôter la neige et pénétra à l'intérieur. Marie était dans la chambre, endormie. La pièce obscure était grise et froide, le lit une île chiffonnée, le ventre de Marie, couchée sur le dos, un dôme sous les couvertures. Elle avait la bouche entrouverte.

Après s'être déshabillé, Ben s'assit au bord du lit. Marie soupira dans son sommeil et bougea un peu, mais sans se réveiller. Ben tendit la main pour lui toucher l'épaule, puis se ravisa. Les paupières de Marie se soulevèrent. « Allons, viens te coucher.

— Dans un moment », dit Ben. Il retourna à la cuisine et fuma une cigarette. Puis il revint dans la chambre, se glissa près d'elle sous les draps et posa sa main sur son ventre, espérant sentir bouger le bébé. Il se souvenait d'une tiède journée de février, Art et lui en manches de chemise se hâtant de balancer les dernières bottes de foin au bétail qui suivait, pressés tous deux de filer en ville, l'éclat d'un soleil de midi se réverbérant sur les champs de neige vernis par le vent.

L'ours en savon

Un monde neuf chaque matin. Chaque soir, pensa Banta, chaque fois que le soleil se tourne de l'autre côté. *Sur la terre, Plus près de toi, mon Dieu,* psalmodies au milieu des parasites de la radio Hallicrafter, voix s'élevant en harmonie pendant que les scènes de cartes postales de son enfance demeuraient accrochées sur un autre versant, et que ses matins de merles bleus lui échappaient, résorbés dans le bruit blanc qui crissait avec la musique.

Donc Grace était morte, Danzig était mort, ils étaient tous morts. Et quelqu'un devrait nettoyer le gâchis. Mais pas moi, pensa Banta. Debout, les mains posées sur le rebord froid de l'évier en émail de la cuisine, il observait dehors les longues ombres de lumière projetées par les fenêtres. Elles reposaient sur la neige fraîche, aussi douces que le reflet d'une lune d'été.

Des étincelles jaillirent en éventails de l'échappement du groupe électrogène à moteur diesel et disparurent dans le crépuscule comme des lucioles en plein hiver. Banta tira un bonnet en tricot jaune de la poche de sa veste en mouton retourné, des lunettes de ski à verres teintés orange, et il sortit dans le froid. Il resserra la sangle sous le ventre de son hongre noir, puis il monta en selle et s'éloigna.

Comment survivre dans les bois et la neige — leçons d'autrefois. *Éviter la panique. Penser à prendre des otages.* Virgil Banta chevauchait le long d'un chemin non déneigé entre des peupliers aux branches nues et il franchit le pont résonnant au-dessus de Marshall Creek, pour redescendre vers la Clark Fork, un affluent de la Columbia River et vers la grand-route. La neige tombait avec régularité, comme elle n'avait cessé de le faire depuis le troisième jour après Noël, de gros flocons fragiles chutant dans le froid sans vent.

N'aie pas peur de raconter des mensonges. Souviens-toi de ça, souviens-toi de ci, souviens-toi de chaque détail, chaque étape sur cette voie. Dans les bois et la neige. Les instructions de Danzig. Mais Danzig était mort.

Juste en bas de la colline, passé la clôture où il gisait, gelé, à moitié enseveli sous la neige, Virgil Banta descendit de cheval. Il songea à Danzig gelé, à ces solides doigts blancs assez rigides pour se briser net comme des baguettes si on les heurtait d'un coup de marteau. Danzig déneigeait la piste au départ de la grand-route quand il était mort. Quand Banta l'avait abattu. Le vieux chasse-neige Caterpillar D7 était une ombre noire là-haut au milieu des pins de Banks où il avait calé lorsque Danzig avait dégringolé de son siège, mort. Banta ouvrit sa braguette et pissa, ses gants en daim jaune raidis de sang coincés sous le bras. Quand il eut fini, debout au-dessus du trou fumant dans la neige, il gratta un instant avec l'ongle du pouce les croûtes de sang gelé, jeta les gants dans un fourré en contrebas de la piste et enfourcha de nouveau son cheval, se carrant au fond de sa selle western déjà poudrée d'un frimas de neige.

Lorsque Virgil Banta atteignit la grand-route qui longeait la rivière, la nuit tomba dans le canyon encaissé et deux biches et un cerf coiffé de bois fourchus vinrent lécher la tache d'urine jaune et salée. Dans le fourré, un porc-épic commença à grignoter les gants ensanglantés.

Un autre versant de sa vie. L'année de ses dix ans et des huit ans de sa sœur Grace, l'été de cette année-là, leur ami Skinny Burton s'était noyé, son corps aux côtes saillantes, blanc et flasque dans un maillot de bain rouge, couché dans l'herbe entre deux souches de saules. Un dimanche après-midi, et leur père qui, accroupi au-dessus de Skinny, lui massait la poitrine, tandis qu'un maigre filet d'eau coulait du nez de Skinny, mais Skinny était mort.

Grace était restée pour regarder. Virgil avait couru se cacher dans le cellier à viande où des blocs de glace de montagne survivaient à l'été sous de la sciure de bois humide. Il avait gratté des copeaux de glace et les avait sucés. L'intérieur obscur de cette glacière était infiniment paisible. Son seul visiteur fut un chat au pelage tacheté en quête de souris.

Cette nuit-là, sous la véranda vitrée surplombant la vallée de la Bitterroot River, Virgil demanda à sa mère si les morts pleurent. « Non, répondit sa mère, son bras pesant autour des épaules du garçon, ta grand-mère n'a pas pleuré quand elle est morte. »

Il se souvenait de la voix éraillée et sifflante de sa grand-mère avant sa mort, dans la chambre du fond, chantant sans fin des couplets inintelligibles de quelque chanson de son enfance. Des lumières provenant des autres ranchs, alentour, dans ce pays de prairies et de saules noyé d'ombre où Virgil était enfant, ces lumières brillaient en tremblotant à travers la baie vitrée qui entourait la véranda. Virgil pouvait les faire trembloter en remuant la tête. Son père était rentré du funérarium d'Hamilton, où l'on était en train de vider Skinny Burton de l'eau de la rivière et de son sang, de l'habiller et de le maquiller pour qu'il soit tel qu'on le verrait trois jours plus tard dans le cercueil ouvert. Le pick-up GMC rouge terne avait fait cliqueter la grille pare-bétail près de la grange et s'était arrêté au ras du perron, l'avant du capot dans la lumière. Quand il avait bu son café debout dans la cuisine, dégageant une odeur de whisky, son père avait eu l'air vieux et fatigué.

« Comment voulais-tu qu'il pleure ? » dit plus tard Grace, assise sur son lit dans leur chambre mansardée où du givre se formait sur les poutres en hiver. Elle avait de longues nattes, et son visage frictionné au gant de toilette luisait sous l'unique ampoule suspendue à la poutre maîtresse. « Il était sous l'eau. »

Sous l'eau, pensait Banta.

Virgil resta éveillé dans son lit cette nuit-là après que Grace se fut endormie et il l'écouta respirer. Il se demandait comment ce serait de mourir sous l'eau, les yeux levés vers la lumière. Et désormais Grace était morte, et elle avait pleuré — il y avait des larmes sur ses joues quand elle était morte. Grace était morte, et Danzig aussi, et dans la maison là-haut ils étaient tous morts, et c'était lui qui les avait tués.

Les tempêtes arrivaient du Pacifique par-dessus la chaîne des Cascades et les plaines à blé de l'est de l'État de Washington. Toute sa vie, Shirley Holland les avait regardées franchir les Bitterroot Mountains pour se déployer et s'abattre sur le Montana en chutes de neige tournoyant dans le vent léger qui poussait les flocons le long des rues comme de la poussière. C'était comme le flux et le reflux de la mer. Comme le mouvement de la marée.

Sous l'évier de la cuisine, avec les bouteilles d'eau de Javel et d'ammoniaque, il y avait une bouteille non entamée de Sunnybrook. Shirley Holland achetait du Sunnybrook parce qu'il aimait bien le nom[1]. Délicatement, il découpa le capuchon en plastique de la pointe de son couteau et versa quelques bons centimètres de whisky dans un verre, où sa teinte d'ambre miroita comme une eau poissonneuse dans les derniers jours d'automne. *Un monde neuf chaque matin*. Il était jeune alors, sa troisième année de shérif, quand il avait loué les services d'un peintre itinérant pour peindre ces mots en lettres noires de quatre-vingt-dix centimètres de haut sur le mur extérieur de sa prison en parpaings. C'était une devise qu'il tenait de son père. Le vieux faisait allusion aux ivrognes qu'on mettait

1. Littéralement : Ruisseau ensoleillé.

au trou pour y cuver toute la nuit, et à lui-même quand il était devenu trop âgé pour tenir le compte des saisons. Dans son grand âge, son père avait vécu seul, et il disait s'éveiller parfois le matin, regarder dehors en espérant voir de la neige et être surpris par le lilas en fleur. On pourrait croire qu'un homme saurait deviner la saison rien qu'à la lumière, disait son père. Sa voix se tarissait, et il regardait fixement le mur, comme stupéfait de découvrir à quel point il était bête. Le vieux n'avait aucune indulgence pour les ivrognes, même à l'époque où lui-même buvait. Shirley Holland pensait à cette phrase dès qu'il se tapait un whisky. *Un monde neuf chaque matin.* Des lettres fanées sur le côté de sa prison, comme une devise pour sa vie.

Shirley Holland sirotait son deuxième verre de whisky, installé à la table de sa cuisine, quand quelqu'un cogna à la porte d'entrée. « Doris, dis-leur de traverser la rue et d'aller trouver Billy. »

Mais, après avoir marmonné quelques mots au quidam qui se trouvait là, Doris revint, traînant ses pieds chaussés de pantoufles en daim dans le couloir. « Holland, tu ferais mieux de t'amener.

— Dis-leur que je suis pas en service », répondit Shirley Holland.

Doris se mordait la lèvre supérieure tout en regardant son reflet dans la vitre obscure au-dessus de l'évier. « C'est que, dit-elle, celui-là te ressemble trait pour trait. » Elle lui lança un regard, l'un de ses vifs coups d'œil d'autrefois, en partie sourire, qui le ramena en arrière, à l'époque des salles de bar, quand ils se fréquentaient avant de se sauver ensemble pour se marier. Peut-être était-ce une autre de ses « blagues », comme elle disait maintenant. En l'espace de cette seule année, elle était devenue étrange et distante avec lui. Après seize ans de vie commune, cette femme, avec ses lunettes sans monture de maîtresse d'école et ses cheveux blonds qui se clairsemaient et viraient à présent au gris, s'était éloignée de lui. Le jour de Noël, alors qu'elle retirait des cuillerées de farce à l'huître de leur dinde, juste pour eux deux puisqu'il n'y avait jamais eu d'enfant — elle ne voulait pas d'enfants qui grandissent dans une maison de shérif, telle avait été son excuse pour se faire ligaturer les trompes —, elle s'était mise à parler d'une chanson qu'elle avait entendue à la radio, une chanson dont le titre était *Satan's Jewell Crown*[1]. Doris avait dit que ça la faisait penser à ces gens qui fricotaient avec le diable, qui coupaient les langues et les parties génitales des vaches mortes et abandonnaient le reste. Elle avait dit que cette chanson la rendait triste parce que personne ne lui avait jamais offert de brûler sa vie, et qu'elle songeait à aller passer le printemps à San Francisco.

« Même Coit Tower, avait-elle ajouté. Je suis jamais allée à Coit Tower[2]. J'y serais même allée avec une femme. Si elle me l'avait demandé. » Holland n'avait pas répondu, il s'était contenté de se servir des haricots verts et il avait laissé tomber. Ce soir-là, levant les yeux d'un livre d'art illustré sur les rois de France, elle avait dit que c'était une « blague ». « Du moins l'histoire d'aller à San Francisco avec une femme, c'était une blague.

— Vachement drôle », avait dit Shirley Holland, et elle l'avait regardé en secouant la tête.

Maintenant, alors que quelqu'un attendait à la porte, voilà qu'elle secouait encore la tête, comme si Holland était responsable du fait que régnât partout une épouvantable tristesse, comme si elle allait pleurer.

« C'est ton portrait craché, insista-t-elle. Sauf que peut-être », et elle sourit au milieu de sa tristesse, « peut-être qu'il est gaucher. »

Le gosse ne lui ressemblait pas un brin, ce n'était qu'un gosse bien baraqué, vingt ans peut-être, un bonnet de skieur en tricot jaune sur la tête, du givre et de la neige plein ses longs cheveux et sa barbe, mais un gosse qui savait bosser, vu l'aspect de ses mains. Mais bon, peut-être que

1. *La Couronne de diamants de Satan.*
2. Tour offrant des vues spectaculaires sur San Francisco.

Doris ne blaguait pas tout à fait. Le môme aurait pu être le fils de quelqu'un qu'Holland avait connu.

« Y a un problème, commença le môme d'une voix neutre, comme s'il ne s'agissait de rien d'important. À la maison de Danzig, là-bas, en haut près de Marshall Creek.

— Y a pas de maison de Danzig, dit Shirley Holland, tu veux dire la propriété de Frantz.

— La maison que louait ce type, Danzig, dit le gosse.

— Pour ça, oui, on peut dire qu'y a un problème là-bas. Tu fais partie de la bande ?

— Ma sœur, c'était Grace. Je suis Virgil Banta. Vous avez connu mon père. Il s'appelait Mac Banta. »

Le gosse retira son bonnet jaune tricoté. Ses yeux étaient des points noirs dans la lumière tamisée du vestibule. « Il y a eu plein de gens tués, dit-il. Ma sœur, ils ont tué Grace. »

Shirley Holland se demanda ce qu'il allait faire avec ça, tandis qu'il regardait les yeux du môme se remplir de larmes. C'était comme regarder un animal se mettre à pleurer.

Il faisait assez bon dans la cabine du pick-up Chevrolet 4 × 4. Les essuie-glaces allaient et venaient, le chauffage projetait un souffle brûlant sur ses mains par les évents de dégivrage, et l'air sentait le tabac et les vêtements mouillés. Mais toutes les vingt minutes environ, Shirley Holland devait s'arrêter pour laisser son adjoint, Billy Kumar, mettre pied à terre afin de casser la glace sur les essuie-glaces, et Holland sentait alors le froid cristallin de minuit. Billy remontait dans la cabine, de la neige sur son blouson rouge et noir de prospecteur forestier, et tout se remettait à puer un peu plus la laine humide, une odeur de mouton noyé.

« C'est à cause des bombes, disait Billy Kumar, parlant de la météo, à chaque fois qu'ils balancent encore une de leurs bombes atomiques. »

Shirley Holland mâchonnait une allumette. Il avait mal

aux épaules. Les ornières de la piste étaient durcies par le gel et, quand le pick-up cahotait et patinait, le volant lui sautait entre les mains. La moitié d'une vie pour ainsi dire à conduire des ivrognes, à regarder des mécanos désincarcérer au chalumeau des cadavres d'ivrognes et les extraire de l'habitacle broyé de vieilles bagnoles, quand ce n'étaient pas des femmes abattues au fusil de chasse dans leur sommeil. Une épave ou une chambre empestant le whisky après l'autre, et ensuite un long après-midi au bureau, à taper des rapports. Et cet adjoint, là, ce Billy Kumar, plus bête que les pierres, qui discourait à présent sur les bombes atomiques.

« Le temps est plus pareil », reprit Billy Kumar en esquissant un geste rapide de la main gauche où il portait une grosse bague en argent ornée d'une opale verte polie. Son Stetson couleur chamois entre les genoux, il tripotait inlassablement le ruban tout en faisant tourner le chapeau dans le sens inverse des aiguilles d'une montre.

« Où t'as eu cette bague ? demanda Shirley Holland.

— À Las Vegas, l'an dernier.

— T'as l'air d'une tapette avec ça. »

Billy Kumar ne répondit pas. C'était peut-être bien les bombes, médita Holland. De la neige avant Thanksgiving, et puis des journées de dégel et d'inondations comme au printemps juste avant la Noël, avec des ponts emportés, et maintenant, cette semaine de blizzard. Au moins, ils n'étaient pas en train de se geler le cul à cheval. Moins de deux kilomètres à présent les séparaient de la maison. Dans le temps, c'était un pavillon de chasse. Avant qu'Amos Frantz ne meure et que sa propriété soit vendue. Pavillon de chasse et bordel à ses heures. Depuis, on n'y avait plus vu un seul chasseur. Dans le temps, ça n'existait pas, ces gens riches qui jouaient la comédie, en costume d'Indien, à califourchon sur des motoneiges. « Y a des joueurs à Las Vegas qui portent des bagues comme ça, dit Billy Kumar, et personne a intérêt à les traiter de tapettes. »

Ils étaient pile à la clôture dont le môme avait parlé,

juste en contrebas de l'endroit où ce Cat D7 était immobilisé sur la colline dans les pins gris. De ce côté-là, le versant du canyon remontait hors d'atteinte du faisceau des phares, et sur la droite, l'obscurité était celle des remous de Marshall Creek. À partir d'ici, la piste ne serait même pas partiellement déneigée. « Billy, dit Holland, repose-toi un peu. Et attends-moi ici. »

Après avoir noué en bandeau autour de ses oreilles un des vieux collants en nylon de Doris et enfoncé son chapeau de rancher, Holland s'éloigna dans la poudreuse jusqu'aux genoux et se mit à grimper en direction de l'ombre noire du Caterpillar D7. La pente était si raide qu'il semblait que l'engin, l'eût-on effleuré du bout du doigt, pouvait se renverser, tourner lentement sur lui-même et dévaler la colline avec fracas. Mais la question qui se posait était : que diable faisait-il là ?

Holland se reposait, mains sur les genoux et tête baissée, étourdi, le souffle court, quand il entendit Billy Kumar appeler, et il crut que c'était un effet de son imagination. Puis un autre appel, étouffé, effrayé, répercuté par l'écho, et il comprit que c'était Billy. Son adjoint était tombé sur le cadavre gelé d'un homme recouvert par la neige. « Vous l'aviez pas vu, hein ? dit Billy. Y avait un bras qui dépassait. Ça m'a sauté aux yeux. Bonté divine. »

Quel sombre crétin, pensa Shirley Holland. Comme si on avait besoin de ça ; en plus, il s'est foutu une trouille bleue maintenant. En tirant sur le bras, Billy s'était retrouvé avec une main gelée dans la sienne et il était tombé à la renverse. Il s'était relevé, couvert de neige et l'air si épouvanté qu'il aurait pu pleurer. Shirley Holland s'agenouilla près du corps et brossa la neige pour dégager le visage.

« M'a tout l'air d'être un môme », dit-il, mais ce n'était pas un môme du tout. Il ôta un peu plus de neige du visage. C'était Danzig, un type d'une cinquantaine d'années, les traits déformés dans la lumière des phares réverbérée par la neige, juste un visage maigre et des cheveux longs gelés en grosses mèches cassantes. Shirley Holland continua de brosser la neige, puis il s'arrêta. Cet homme mort, dont il polissait les traits comme de la pierre, avait été abattu d'une balle entrée juste au-dessus de l'oreille droite par un petit trou net dû à la grande vitesse et ressortie par la nuque en laissant une plaie gelée aux bords déchiquetés de la taille d'une tasse à thé. La chair dure était rugueuse comme du bois au toucher, la bouche à demi refermée sur le dentier du haut tordu, les yeux révulsés, ouverts et fixes, blancs de givre.

Il n'y avait rien à dire. Billy Kumar bougea comme s'il s'apprêtait à prendre la fuite, mais il tint bon. « Attrape-lui les pieds, dit Holland. Je prends la tête.

— Vous croyez, fit Billy Kumar, vous croyez qu'on doit le déplacer tout de suite ?

— Ouais, dit Shirley Holland, je crois qu'on doit le faire. »

Le corps était gelé en croix, les membres écartés comme une étoile de mer. Holland lâcha prise deux fois avant d'arriver à la camionnette. Il avait la poitrine douloureuse et ses mains étaient devenues insensibles. « T'as même pas trente ans, dit Shirley, alors, me regarde pas comme ça. Allez, hisse-le par-dessus le hayon, sinon, on va y passer la nuit. »

Les yeux fermés, ceinturant le mort par la taille, Billy saisit le cadavre à bras-le-corps. Le plateau métallique couvert de neige rendit un son sourd quand ils lâchèrent le mort gelé dans la camionnette. Ils se réchauffèrent à l'intérieur de la cabine, Billy alluma la radio et tomba sur une station de musique country. Roger Miller chantait *Trailer for sale or rent*[1]. Shirley eut envie de rire. C'était quand, la dernière fois qu'il avait entendu cette chanson ? Une nuit qu'il avait passée à boire et à danser avec toutes les femmes qui se présentaient, ils n'avaient pas arrêté de passer cette chanson. Il ne remarquait jamais quand les chansons sor-

1. *Caravane à vendre ou à louer.*

taient des juke-box. Aux alentours de 1965, ça remontait au moins aussi loin que ça. « Si tu veux que je me concentre, dit Holland, va falloir que t'éteignes ça. »

Se concentrer pourquoi ? Il n'y avait qu'une chose à faire : retourner chercher de l'aide. Mais ça ne semblait pas logique. Le gosse était là-bas avec Doris. « Tu ne quittes pas la ville », lui avait-il dit. « Il peut rester ici, avait proposé Doris. Je vais lui faire un peu de bacon et des œufs. Comme chez sa maman. » Le gosse avait essuyé ses yeux pleins de larmes et lui avait souri.

« Il y a un fantôme là-haut », dit Shirley Holland à Billy Kumar. Le pick-up avançait en labourant une soixantaine de centimètres de neige fraîche, mais sans patiner dans les ornières comme avant. « Le fantôme d'un Chinois. »

Il avait onze ou douze ans quand son père l'avait jugé digne de faire sa première expédition de chasse, et les hommes lui avaient raconté une histoire de cuisinier chinois mort et enterré dans les fondations de la maison. « On l'a mis sous l'angle sud, avait dit son père, et on l'a recouvert de pierres pour pas attirer les coyotes. Au printemps suivant, il avait séché et ça ne sentait pas du tout. »

« Là-dessous, avait précisé son père en montrant un tas de cailloux contre l'angle sud-est de la maison. Ses os sont encore là, si ses ancêtres sont pas venus le chercher. Les Chinois croient à des trucs comme ça, comme quoi des fantômes viennent récupérer tes os. »

Billy Kumar tripotait de nouveau le ruban de son chapeau. « Ça existe pas, les fantômes, dit Shirley Holland. Pas plus que les fantômes de vaches. »

Dans une chambre à l'étage, Amos Frantz gardait une putain originaire de Butte qui s'appelait Annie. Elle était restée presque toute une saison de chasse, et c'est les pieds tout crottés qu'elle avait pleuré et agité la main quand Amos l'avait traînée de l'autre côté du pont et avait mis ses affaires dans son pick-up pour la ramener en bas du canyon, dans sa Bluebird House[1] de Butte. Des flocons de neige voletaient comme du duvet d'oie dans la lumière des phares. Pas le moindre fantôme.

Un soir de beuverie, Holland avait pissé dans la cheminée, là-haut dans cette maison, sur les charbons de cèdre rougeoyants. Il dormait dans la pièce commune et, comme les charbons crépitants l'empêchaient de dormir, il avait voulu les éteindre, en écoutant les autres hommes couchés dans la pièce jurer dans leur barbe. Il avait encore dans les narines la puanteur de cette urine bouillante. La suie au fil des ans avait noirci le manteau en calcaire de la cheminée, et le lendemain matin ils avaient tous gravé leurs initiales dans la pierre tendre. Shirley Holland avait gravé un S et un H au centre d'un cœur.

Là-haut dans la neige brouillée par la distance, la maison était suspendue comme une sorte de vaisseau illuminé qui s'avançait vers eux, sa lueur se répandant en auréoles qui se chevauchaient sous les flocons de neige, particules pointillant l'obscurité. Shirley Holland refusa de franchir le pont au-dessus de Marshall Creek avec la camionnette : « On va marcher. Suffit qu'une roue glisse par-dessus bord, et adieu la valise. »

Billy Kumar tendit le bras pour attraper le calibre 12 à canon scié dans le râtelier fixé derrière la banquette. « T'en auras pas besoin, fit Shirley Holland. Y aura personne là-haut. Le môme a dit qu'y avait plus personne de vivant dans cette baraque, et si y a quelqu'un, il nous dégommera avant qu'on arrive. Ou bien y sera content de nous voir, ajouta-t-il en ramassant sous son siège sa bouteille de Sunnybrook. Y en a qui seraient contents de voir arriver n'importe qui. »

1. Maison du merle bleu ou Maison du bonheur (le merle bleu étant synonyme de bonheur en Amérique).

Doris Holland avait mis de la musique sacrée, un disque, d'un coffret de quatre 33-tours de Noël, la seule musique religieuse de la maison. *Le Messie.* Le garçon aux cheveux longs, il s'appelait Virgil Banta, voulait écouter quelque chose de bon pour l'âme. C'était ce qu'il avait dit, bon pour l'âme. Il était assis en tailleur par terre près de l'électrophone, vêtu d'une vieille chemise de flanelle appartenant à Holland qui lui allait presque. Juste un peu courte aux poignets. Doris lui avait donné la chemise quand il était sorti de la douche. Elle avait frappé à la porte de la salle de bains envahie de vapeur pour lui dire que l'omelette était prête, avec un reste de haricots rouges réchauffés et de jambon, et il était arrivé torse nu en frictionnant ses longs cheveux à l'aide d'une serviette, la poitrine au moins aussi poilue que Holland. Elle avait fait demi-tour pour aller lui chercher la chemise délavée dans la commode de son mari.

Pauvre gosse, avec sa sœur morte. Doris avait un frère, mort lui aussi. Elle revoyait encore son visage maquillé tourné vers le plafond blanchi à la chaux de l'église méthodiste d'Elk River, Idaho. Tous ces gens qui étaient présents, cela faisait un bout de temps qu'elle ne les avait pas revus — Dora et Slipper Count, menus comme des petits enfants ridés avec leurs soixante-dix ans, les mains tremblantes parce qu'ils survivaient tous les jours, sauf le dimanche, à coups de pinard ; Marly Prester et sa nouvelle épouse ; et les autres, le vieux Duncan Avery et tous ces gosses.

La musique se tut et le garçon continua de fixer ses pieds nus. Doris se leva pour tourner le disque et il l'arrêta. « C'est pas cette musique... Pourquoi vous voulez que je lui ressemble ? demanda le garçon.

— Je veux pas que tu lui ressembles, tu lui ressembles, c'est tout.

— C'est votre avis », dit-il.

Ses yeux étaient gris, comme ceux de Holland. « Sa chemise te va, dit Doris.

— Ah, vu comme ça. C'est probablement le seul truc qui soit à lui qui pourrait m'aller. » Il leva les yeux et sourit lentement, comme s'il avait oublié que sa sœur était morte.

« Comment tu le sais ? demanda-t-elle.

— T'as froid aux pieds, tu mets ton chapeau. C'est une règle. La tête, c'est comme un frigo, pour avoir bien chaud aux pieds et aux mains, faut la débrancher. Alors tu mets ton chapeau. C'est la règle numéro onze. Danzig m'a appris cette règle. »

Il se leva et gagna le vestibule où son bonnet tricoté était fourré dans la poche de sa veste en peau de mouton. Il l'enfonça sur ses cheveux mouillés. « Voilà. Je ressens plus rien, aucune douleur, parce que j'ai la tête couverte. Y a plein de choses qu'il faut faire comme ça, dit-il, en coupant le contact dans sa tête. Danzig m'a appris tout ça. Et comment rester en vie. » Le garçon rit, et retira son bonnet. « Mais maintenant, Danzig est mort.

— T'es pas du tout comme Holland, dit Doris. Tu lui ressembles physiquement, c'est tout.

— Vous vous y ferez, dit Virgil Banta en se rasseyant par terre, pile cette fois en face d'elle assise sur le canapé. Vous ne croyez pas ? Je m'étais fait à Danzig. Pendant longtemps, j'ai été habitué à Danzig. Mais maintenant, Danzig est mort, et dans pas longtemps, ils m'auront.

— J'ai l'impression que tout ça ne tient pas debout », dit Doris en restant parfaitement calme, car il lui touchait le pied, faisait glisser son chausson de son pied droit et commençait à promener doucement ses doigts entre ses orteils. Non, il n'a absolument rien de commun avec Holland, pensa-t-elle. Pauvre gosse, avec une sœur morte. Il était important de garder à l'esprit que c'était un pauvre gosse avec une sœur morte, et rien autour de lui que cette maison.

Sept sacs à dos orange, bourrés jusqu'à la gueule, sacs de couchage étroitement roulés compris, étaient alignés contre le mur du fond. Leur couleur contrastait vivement avec le vert aquatique du papier peint, et le nylon orange était éclaboussé de sang séché. Mais ce ne fut pas le sang qui surprit Shirley Holland, ce fut la chaleur qui régnait dans la maison, une chaleur de propane, ainsi que l'ordre et la propreté de tout, sauf des cadavres. *Blown away, milk in the pudding*[1], songea Shirley Holland. Les paroles d'une chanson qu'il connaissait enfant. Quel sens pouvaient-elles avoir à présent ? Les murs avaient été abattus pour faire une pièce unique, comprenant la cuisine, au rez-de-chaussée, et le matériel était là : sept paires de jumelles posées sur une table noircie poussée contre le mur près des sacs à dos, sept étuis en cuir qui devaient renfermer des jumelles. Et les fusils automatiques, Holland les reconnaissait pour les avoir vus en photos, tous alignés près des sacs à dos. Et au-dessus du tout, une inscription peinte tout en haut du mur vert : LES SEPT NAINS. Aux deux extrémités de la pièce, des affiches géantes en noir et blanc, l'une de Che Guevara, l'autre du président Mao. Et un poste de télévision qui fonctionnait sans le son. L'image, sur l'écran, était la seule chose mouvante dans la pièce. Shirley Holland se détourna. « Il vaut mieux que t'ailles attendre dans la camionnette, dit-il à Billy Kumar, debout derrière lui sur le perron d'entrée.

— Et s'il y a quelqu'un ?

— Y aura personne, personne qui puisse nous faire monter l'adrénaline en tout cas. » C'était un vieux secret, ne pas laisser monter l'adrénaline, bien observer et tenter de comprendre, compter les impacts et réfléchir aux raisons possibles. « Y aura pas une putain d'âme qui vive dans cette baraque, dès que tu seras sorti et que t'auras éteint cette télé au passage. » Shirley Holland se retourna et tomba nez à nez avec le pistolet automatique .38 Detective

1. Littéralement : *Sidéré* (mais en argot : *se faire flinguer* ou *atteindre l'orgasme*), *du lait dans le pudding* (en argot : *se masturber*).

Special à canon court de Billy Kumar dirigé droit sur son dos.

« Fais gaffe, Billy, dit Shirley Holland, tu pourrais me descendre, et ça nous avancerait à quoi ? Va t'asseoir sur les marches du perron. » Il le croyait capable de prendre la fuite au volant s'il retournait à la camionnette. « Tu vas ranger ce pétard et te détendre un peu. Tout ça, c'est mon problème, et absolument pas le tien. »

Là, sur l'écran de télé, on voyait le bleu lumineux et pâle de l'aube, et de la neige sur de basses collines parsemées de conifères. Du fond de l'horizon, une silhouette progressait vers la caméra, puis le plan fut coupé et la silhouette se trouva plus près, il y eut ensuite une série de plans brefs jusqu'à ce que l'homme en raquettes soit assez près pour être identifié. C'était l'homme mort, celui en qui Shirley Holland avait reconnu Danzig. Encore une chose à essayer d'élucider. Shirley Holland éteignit la télévision pendant que Danzig souriait dans l'objectif en retirant son bonnet tricoté. Le même style de bonnet que celui du môme. Peut-être portaient-ils tous un bonnet. Holland effleura le manteau de la cheminée en calcaire granuleux au-dessus de l'âtre rempli de cendres. Un de ces gamins avait décapé les années de suie accumulée sur la pierre jaune, rugueuse comme du papier de verre sous le bout de ses doigts, mais ses initiales étaient toujours là, un S et un H dans un cœur, à côté des noms et des initiales des hommes qui étaient ses amis à cette époque.

Maintenant qu'il était capable de les regarder, il en dénombra cinq, morts dans cette grande pièce. Il était difficile de distinguer les garçons des filles, ils avaient tous les cheveux longs et la même tenue, chemise de travail, Levi's effrangé et chaussettes en laine, et aucun ne portait de chaussures ou de bottes aux pieds, cinq gosses morts sur ce plancher de bois dur. Cinq, c'était le nombre juste. Il y avait Danzig mort dans la camionnette, et il y avait le môme en ville avec Doris. Ça faisait le compte, sept. Sept sacs à dos, sept paires de jumelles, sept fusils automatiques, et l'inscription sur le mur : LES SEPT NAINS. Ça collait parfaitement.

Ils avaient dû poncer et vernir le plancher parce qu'il brillait comme jamais il n'avait brillé autrefois. Le mur vert était tatoué d'impacts de balles dessinant deux longues rangées ondulantes, des trous qui n'avaient pu être faits que par un de ces fusils automatiques appuyés contre le mur vert près des sacs à dos. C'étaient des armes suédoises BAR, M-37, chargées. Shirley Holland en souleva une et fut surpris de la trouver si lourde. Pendant qu'il tenait le fusil automatique, il revit de vieilles images de télé, des jungles floues du Viêt-nam, qui se modifièrent en même temps que le poids de ce fusil entre ses mains ; il pouvait presque goûter le vert acide des tropiques marécageux tandis qu'il tenait l'arme à hauteur de ceinture et pivotait en imaginant le bruit puissant et saccadé que l'arme produirait, le frémissement des balles dans la pièce. S'il allait dehors et tirait quelques salves dans la citerne de propane, la maison brûlerait.

« Billy », appela-t-il, et, lorsqu'il regarda dehors par la porte ouverte, il vit son adjoint, des flocons de neige fondant sur sa veste à carreaux, le .38 Detective Special toujours au poing. « Billy, mets la sécurité, et range-moi ce putain de flingue. T'as qu'à te faire une boule de neige ou un truc comme ça. On trouvera personne ici, je t'assure. »

Puis Holland se détourna et il se décida : il effleura la détente et le fusil bondit entre ses mains, plus puissant et plus indomptable qu'il ne l'avait imaginé, plus rapide aussi, et la détonation plus forte qu'il ne l'aurait cru, assourdissante et sauvage à l'intérieur de cette pièce ; une nouvelle rangée d'impacts de balles s'inscrivit dans le mur vert, Holland pensa : *Billy, Billy est dehors devant la porte*, et il fit volte-face, prêt à se jeter à terre en roulés-boulés si son adjoint s'amenait en canardant comme un fou, mais il se retrouva seulement là, tout seul, le fusil automatique braqué vers la porte ouverte.

À la camionnette, se dit-il, imaginant Billy galopant à travers la neige en direction du pont. Il aurait dû garder ses clés avec lui. « Billy, ça va ?

— Ouais. » Billy franchit le seuil. Il souriait, le .38 rangé dans son holster de poitrine.

« Voilà ce qu'on va faire, dit Shirley Holland, étonné de son idée à mesure qu'il la formulait, on va passer la nuit ici, et tâcher de comprendre ce qui se passe. » Il attendit que l'insolence eût quitté le regard de son adjoint.

« Y a de quoi manger sur la cuisinière, dit Billy. Ils faisaient la cuisine. Quelqu'un a éteint les brûleurs. » Il agitait une paire d'éperons argentés à molettes aussi grosses que des dollars d'argent, et leur cliquetis évoqua la démarche lente de quelqu'un. « Ces éperons, reprit Billy, comme s'il n'y avait rien à craindre, étaient pendus à un clou là-dehors. Ce type a dû venir à cheval. Y a aucune trace, sinon. »

Billy fit de nouveau cliqueter les éperons, le regard presque vide tant il était intense, comme si l'histoire de ce soir-là avait cautérisé la zone sensible dans sa tête qui faisait de lui un être toujours apeuré. Holland savait ce que c'était, la surcharge due à la vue de trop de cadavres. Voyez-en assez et les morts cessent de vous ressembler, ils ne deviennent guère plus importants que des chaises cassées.

« Billy, dit Shirley Holland, on ferait mieux de boire un coup. Réchauffer un peu de ce ragoût et boire un coup. Tiens, tu vas mettre à chauffer ce truc qu'ils ont cuit, pendant que je vais à la camionnette chercher la bouteille. » Ses mains tremblaient, et Holland savait qu'il ne passerait pas la nuit là. Quelle idée folle ! Le mieux encore était de manger quelque chose de chaud, de boire un verre, et de partir. Il était dehors, déjà à mi-chemin sur le sentier menant au pont, quand il s'avisa qu'il tenait toujours le fusil automatique, alors il le posa délicatement dans la neige, repartit, puis revint sur ses pas et l'emporta jusqu'au pont où il le lâcha dans le trou d'ombre que le petit cours d'eau avait creusé dans la neige amoncelée.

C'était un ragoût épais aux poireaux émincés. La fille morte par terre juste derrière la gazinière devait être végétarienne, ils devaient tous être végétariens, car il n'y avait pour toute chair que des morceaux de poisson, des crevettes et des clams pour accompagner les légumes. Une fois rassasié, Shirley Holland se décida à examiner attentivement l'un des cadavres : la fille étalée par terre derrière la cuisinière, près de la longue table de laboratoire où trônait, telle une énorme mante religieuse de métal gris en hibernation jusqu'au printemps, le microscope sophistiqué Bausch & Lomb équipé d'accessoires photographiques. Entre la gazinière et le microscope, un tapis d'Orient usé, suspendu au plafond comme une tapisserie, séparait la pièce en deux. Côté cuisinière, il était poissé de graisse. C'est en touchant le tapis, le ventre réchauffé par le ragoût et la gorge brûlante de whisky, que Shirley Holland comprit qu'il s'était trompé pour les végétariens. Quelqu'un avait fait revenir de la viande.

La fille, celle-là était clairement une fille, lorsqu'il eut écarté ses longs cheveux rougeâtres de sa figure, la poitrine forte sous une blouse paysanne blanche brodée, la fille avait un visage menu et ressemblait presque à une étrangère. Même avec ce nez, elle avait dû être assez belle avant de tomber et de se mordre la langue jusqu'au sang.

« Ça a peut-être son importance, dit Holland.

— Quoi ? » Billy Kumar avait encore sa cuillère à la main.

« Qu'ils aient éteint le gaz. » Celui qui était sorti vivant de là avait eu assez d'égards, ou de présence d'esprit, pour éteindre les brûleurs, ce qui signifiait qu'il n'était pas fou. Ou qu'il était assez fou pour l'avoir fait, à moins que ça ne signifie rien du tout. Plus vraisemblablement, cela signifiait que celui qui avait éteint le gaz avait l'habitude de veiller à certaines choses dans cette maison. Ce qui encore une fois ne voulait rien dire, puisqu'il savait que le môme se trouvait là. Donc, c'était peut-être le môme, même avec sa sœur morte, qui avait éteint le gaz. Laquelle était la sœur ? Sûrement pas celle-ci, non, celle-ci ne pouvait pas être sa sœur, pas avec ce nez.

« Ben, c'est peut-être le gosse, dit Billy Kumar. Là-bas avec Doris.

— T'en fais pas pour Doris.

— C'est bien d'elle, ça, dit Billy Kumar.

— Quoi donc ?

— Doris sait se débrouiller comme un chef. »

Shirley Holland grommela en allumant le microscope et jeta un coup d'œil par l'oculaire. L'objectif était braqué sur ce qui ressemblait à un cheveu, rendu épais et cellulaire par le grossissement sur le fond blanc aveuglant. Holland éteignit la lampe. Regarder dans un instrument pareil, c'était comme conduire dans la neige, cela vous incitait à voir le mauvais côté des complications, là où il n'y avait qu'une question simple : que s'était-il passé ? Et la réponse était tout aussi simple. Quelqu'un avait arrosé tout le monde de balles de M-37, et le sang avait giclé partout dans la pièce, et les impacts de balles dans le mur vert, voilà ce qui s'était passé ici. Il était temps de rentrer. Il fallait qu'ils cessent de toucher à tout et de déplacer des objets, et qu'ils envoient des spécialistes des empreintes digitales qui se feraient une idée générale du tableau en attendant que se dessine la sombre signature d'un meurtrier.

« Ce que je vais faire, dit Holland, c'est te laisser ici monter la garde. Je rentre en ville et je te laisse ici pour surveiller les lieux cette nuit. Peut-être que celui qui a fait ça reviendra et tu pourras le pincer. »

Billy Kumar sourit comme si c'était une bonne idée. « D'accord, faites comme ça.

— Non, je plaisantais, dit Holland. Éteignons la cuisinière, fermons la porte et allons-nous-en.

— Je plaisante pas. Ça me dérange pas du tout.

— Ça devrait.

— Du moment que vous voyez que je me dégonfle pas, dit Billy. Vous me verrez pas me dégonfler dans cette histoire. Du moment que vous savez ça.

— J'ai bien compris. Tu te dégonfleras pas. T'es pas un type qu'on effraie facilement.

— Tant mieux. Y a vraiment pas de quoi s'en faire ici. Il est là-bas en ville avec Doris. C'est là-bas qu'il faudra commencer à vous en faire. »

Ce n'est qu'à cet instant, en regardant Billy éteindre les brûleurs de la cuisinière, l'éclat bleu mourant du propane, que Holland sut laquelle était la sœur. C'était celle qui était affalée au pied de l'escalier conduisant au premier étage et aux chambres. Tout ça était de sa faute en quelque sorte. Holland imaginait la scène, le môme debout près de la porte avec le fusil automatique, la sœur descendant les marches avec arrogance après que le gosse l'eut appelée, d'une voix perçante et pleine de colère, la remarque dédaigneuse de la sœur, négligeant la colère du frère, puis l'effleurement du gras du doigt, le crépitement des balles ricochant contre ce mur vert, et tout le monde sur le carreau. Un différend d'enfance finalement réglé. Mais peut-être que non. Peut-être Danzig y était-il passé le premier, abattu au volant de son D7 dans l'après-midi finissant, quand le gamin était arrivé à cheval ; peut-être tout cela avait-il été prémédité.

Il n'y avait aucun moyen de le savoir, mais, à coup sûr, personne d'autre que le môme n'avait pu se tenir là avec le M-37 au poing pendant que chacun vaquait à la préparation du dîner. Seul le môme avait pu arroser la pièce avec ce M-37 comme s'il la nettoyait à grands coups de jet.

La fille au bas de l'escalier avait une physionomie simple de campagnarde et des cheveux noirs coupés court, et Holland sut qu'il avait raison. C'était elle la sœur. Il l'enjamba et grimpa les marches pour rejoindre l'obscurité du premier étage et, lorsqu'il alluma la lumière de la chambre juste en face du palier, il en eut vraiment la confirmation. C'était une chambre sans porte, même pas un rideau pour fermer l'entrée, pas la moindre intimité, mais une chambre quand même où des gens avaient dormi. Un matelas à deux places était posé à même le sol, recouvert d'une imitation de tapis d'Orient aspergé de peinture jaune, une longue table et une chaise étaient installées sous la fenêtre obscure contre le mur du fond, mais l'important n'était pas le mobilier. C'était le type qui était mort. Un petit homme brun, porto-ricain peut-être, cubain ou malaisien, enfin l'une de ces personnes brunes à ossature fragile originaire d'un autre continent ; recroquevillé dans l'angle du fond, il avait été éventré par de courtes rafales croisées de M-37, littéralement haché menu au beau milieu de sa nuit. Son visage était déchiqueté, ses intestins répandus et explosés, et du sang et des matières fécales agglutinés séchaient sur le plancher. L'homme était nu, à l'exception d'un short de bain en nylon vert olive. Pauvre petit mec paumé, songea Holland, il t'a pas raté, hein. Ça t'apprendra à faire confiance aux filles blanches.

Voilà donc la raison, pensa Holland. Toujours les mêmes vieilles raisons. Affiches sur le mur et motoneiges dans la remise, où naguère par les matins d'hiver les couples de juments de trait fumantes fourrageaient dans leur avoine, fusils automatiques et tout ce que ces gamins s'imaginaient qu'ils allaient mener vers la perfection, et voilà que resurgissait toujours le même vieux démon. Danzig le premier ; Danzig était plus âgé, il avait de l'argent, il faisait ça pour s'amuser, point. Holland n'en voulait pas au môme d'avoir buté Danzig le premier, de s'être au moins assuré de cela.

L'ours en savon : ses tout petits crocs minutieusement sculptés.

L'ours en savon était entouré de copeaux taillés au burin dans le bloc dur et jaune dont il était issu ; il n'y avait que cela sur la table devant la fenêtre, à part la boîte en bois soigneusement compartimentée contenant couteaux et burins à sculpter de marque Exacto à lames fines, minuscules marteaux chromés et aiguilles servant sans doute à graver. La fille se préparait à faire carrière dans la sculpture. L'hiver pouvait vous pousser, par l'enfermement, à chercher le moyen d'être quelqu'un d'autre, tout en observant d'une fenêtre du premier étage les jeux des bruants des neiges. Holland essaya la lame d'un des couteaux Exacto contre l'ongle de son pouce. Le fil sorti d'usine n'était pas moins tranchant que celui des couteaux qu'il affûtait lui-même. Un jour, dans l'entrée de la U.S. National Bank à Cody, Wyoming, pendant qu'il attendait qu'on lui encaisse un chèque, Holland avait observé un homme sculptant la tête d'un aigle dans du bois noir à grain dur. Cet homme utilisait exactement les mêmes outils. On aurait dit des instruments de chirurgien-dentiste.

Quel doigté chez cette fille. Holland se demanda si elle était en train de sculpter juste avant d'être appelée au rez-de-chaussée pour mourir. Holland voyait parfaitement la scène, le petit homme brun endormi en caleçon de bain vert olive, et la fille à son travail, l'appel en bas des marches, l'outil dont elle se servait soigneusement replacé dans son casier ; et puis le vacarme du fusil automatique à son arrivée au bas des marches. Holland imaginait le petit homme brun terrorisé sortant avec confusion de son sommeil pendant que le tueur montait lentement vers lui, l'homme se réfugiant dans le coin, et le regard fixe et impitoyable du tueur. Même là, t'as pas voulu y croire, songea Holland, il a fallu que tu sois mort pour comprendre que c'était arrivé.

Holland prit l'ours en savon. Le corps était seulement dégrossi entre les épaules, mais la tête avait été sculptée avec une grande précision, les oreilles, les crocs, et cette bosse hirsute du grizzli, par une artiste qui s'y connaissait. C'était épatant. Autrefois, ils avaient grossièrement gravé leurs noms dans le manteau en calcaire de la cheminée, et cette rusticité leur avait mieux réussi qu'à elle sa délicatesse d'artiste. À moins que non : il y avait toujours l'odeur de pisse bouillante dans ce souvenir. Holland secoua la tête et redescendit l'escalier. Laissant les lumières allumées, il sortit dans la neige. « Laquelle était la sœur à votre avis ? demanda Billy.

— Tous, je suppose, dit Holland, attendant sur le perron. Je suppose qu'ils étaient tous sa sœur. On ferait bien de reprendre la route.

— Pas moi. Je reste ici.

— T'es pas payé pour faire ce que tu veux.

— Très bien, dit Billy. Alors, je démissionne. Je reste ici.

— D'accord. Tu restes ici. Mais oublie la démission. Tu restes ici pour garder les preuves. » Holland glissa l'ours en savon sous sa veste, à l'abri de la neige. L'humidité risquait de faire fondre l'un de ses détails délicats. Tu restes ici, pensa-t-il, et ensuite, t'es tranquille pendant au moins vingt ans, tu ne seras plus jamais bouleversé par rien, parce que tu auras tout vu ce soir. Ça te fera du bien de rester.

Quand il arriva à la camionnette, Holland braqua sa lampe torche sur le visage glacé de Danzig. Il brossa la neige pour le dégager. Circuit de télévision interne, pensa-t-il. Tu devais être un fameux connard pour attirer tous ces emmerdes sous le même toit. Billy l'avait suivi depuis la maison. « Ça n'a aucun intérêt de rester ici, dit Billy. C'est en ville qu'est le meurtrier. »

Les dentelles et les broderies de la robe de chambre en nylon balayèrent silencieusement la moquette lorsque Doris entra pieds nus dans le salon. Elle s'assit par terre devant la cheminée et ouvrit les portes en laiton du foyer. De l'album photos à reliure de cuir, elle retira vivement trois clichés des supports qui les maintenaient sur la page et, d'un rapide mouvement du poignet, elle les expédia l'un après l'autre sur les cendres froides. Puis elle avança la main pour les récupérer, comme si elle devait recommencer depuis le début, en s'appliquant.

Après avoir allumé le petit lustre en cristal taillé, elle reprit les photos et cette fois examina chacune d'elles avant de les lâcher dans l'âtre. De temps en temps, elle tombait sur de vieilles photos de Holland, petit garçon dépenaillé, les cheveux longs, grimaçant dans le soleil depuis le plateau d'un camion Ford V-8, le même, accroupi en compagnie d'une nichée d'oisons en bordure de roseaux au printemps, des photos de gens âgés qu'elle n'avait jamais connus, partis ou décédés avant même qu'elle ait rencontré Holland, une femme grisonnante portant une robe à fleurs informe et une visière de croupier, debout près d'une vieille automobile noire, les sourcils froncés. Ces photos-là, elle les mit de côté, à l'intention de Holland. Ce fut seulement lorsque le tas à brûler fut plus gros qu'elle ne l'avait imaginé — elle n'avait aucun souvenir d'avoir posé pour tant de clichés —, alors qu'elle se dirigeait vers la cuisine pour aller chercher des allumettes, qu'elle imagina ce que donnerait le feu, une flamme, et puis un monticule rabougri de cellulose qui ressemblerait aux derniers instants d'une poupée carbonisée, ses fins cheveux blonds et ses petits vêtements dévorés, son corps en plastique se recroquevillant vers l'intérieur. Elle arracha un cheveu de sa tête, craqua une allumette, enflamma le cheveu et le regarda brûler avant de laisser les photos en tas dans le foyer et de remonter à l'étage où le garçon dormait. Toutes ces photos d'elle ; Doris en robe jaune, un dimanche au bord de la rivière, le visage alangui par l'alcool, et le rouge à lèvres éclatant, de cette couleur floue d'autrefois, de la Deuxième Guerre mondiale, du rouge comme une tache. Elle ne put se décider à allumer le feu.

« Ils se mettent à déjanter, dit Holland. Pas comme s'ils étaient idiots. Simplement, ils n'ont jamais eu l'occasion de rien apprendre. » La nuit virait au gris à l'approche de l'aube, et ils longeaient lentement les rues latérales assourdies par la neige, à moins d'une centaine de mètres de chez lui et de la prison en face. « Ce qu'il ne faut jamais oublier, avec les gens qui sombrent dans la folie — ou on ne sait pas trop dans quoi ils sombrent —, c'est qu'ils sont comme des animaux. Il n'y a plus rien d'humain en eux », ajouta-t-il.

La neige avait enfin cessé de tomber. La maison grise à étage, avec son grand cèdre bleu du Colorado sur le devant, avait l'air de n'avoir reçu aucune visite cette nuit, ni vu aucun départ. L'épaisse couche de neige avait enseveli jusqu'à leurs propres traces de pneus. Toutes les fenêtres étaient obscures, cela méritait réflexion. Doris laissait toujours une lumière allumée au salon. Un monde intact au petit matin. Holland se gara dans l'allée et se pencha pour taper sur le genou de Billy. « On aura des histoires à raconter, dit-il, quand cette boue aura décanté. »

Là-haut, dans la maison de Frantz, il avait gravé son nom dans le manteau de la cheminée. « Marrant, mais on ferait jamais un truc comme ça chez soi », dit Holland. Billy ne répondit pas. Holland tenta de penser à quelque chose dans sa maison, cette maison qu'il habitait depuis l'âge de onze ans, quelque chose qui semblerait aussi tangible à sa mémoire que son souvenir d'avoir effleuré cette pierre calcaire et d'y avoir gravé ses initiales. Il coupa le moteur qui tournait au ralenti. Comment fait-on pour entrer dans sa propre maison quand quelque chose a mal tourné à l'intérieur, quand elle ne ressemble plus au lieu où l'on doit vivre, quand on a du mal à se souvenir d'y avoir vécu, alors que c'est là qu'on a pris la plupart de ses repas et passé la plupart de ses nuits de toute sa vie d'adulte ? Tenter de se rappeler deux ou trois choses de sa vie dans cette maison. Tenter de se souvenir d'y avoir préparé un repas.

« Ça sert à rien de tergiverser, dit Billy. Cette fois, je prends le fusil. Il faut qu'on aille l'arrêter. Vous, entrez par-devant. Ils se méfieront pas de vous. Je couvrirai l'arrière. Donnez-moi la clé de la porte de derrière, et je les prendrai à revers.

— Quoi ?

— Je couvrirai l'arrière.

— Toi, tu restes assis là et tu fais pas de bruit, dit Holland. Tu laisses ce fusil où il est, et tu restes assis là sans faire de bruit. Il n'y a aucun problème à l'intérieur et, s'il y en a un, je ne te veux surtout pas chez moi avec ce fusil.

— C'est un ordre ?

— Oui, c'est un ordre. Tu vas rester assis tranquillement ici, et moi, je vais rentrer et allumer les lumières. Ensuite, je te ferai signe depuis la porte d'entrée, et tu viendras sans fusil. C'est un ordre. »

Et voilà le tableau. Doris et ce môme, endormis côte à côte, comme si jamais personne ne devait monter cet escalier qui craquait, une marche après l'autre, pistolet au poing, pour les abattre dans ce lit où il avait toujours dormi jusqu'à ce jour. Parfois, on n'a pas d'autre choix que d'entrer dans sa propre maison. De loin, on pense, et on refuse de voir. On rentre chez soi en disant, ne me raconte rien. On dit, j'ai passé la journée à chasser l'élan dans les champs de neige de la Selway, et je ne veux pas savoir ce qui s'est passé ici. Et puis, un beau matin, on franchit le seuil de sa maison et on regarde autour de soi, comme n'importe quel visiteur.

Le .38 Detective Special était froid comme une pierre dans sa main, et Holland pensa : Je pourrais les tuer, un, deux, terminé, mais après je serais un vieil homme tout seul ici dans ce salon, et on me demanderait des explications.

« Ils sont là ? » C'était Billy, chuchotant fort au pied de l'escalier. Billy avec son propre .38 Detective Special au poing. On pouvait faire demi-tour, redescendre l'escalier et dire non à Billy. On pouvait répondre non à Billy et traverser la rue pour rejoindre la prison, passer des coups de téléphone, au coroner, à la police d'État, et revenir ici plus tard en disant qu'on ne savait pas comment on les avait loupés, qu'on ne comprenait pas comment ils avaient pu être ici tout ce temps, chez soi, sans qu'on s'en doute.

« Ouais, répondit Holland d'une voix forte et rude. Bon Dieu oui qu'ils sont là. Tu devrais venir les voir. Monte un peu pour les voir. » Il alluma les lumières de la chambre pendant qu'ils se réveillaient, empêtrés dans les draps, et le découvraient debout devant eux avec ce pistolet noir au poing, le môme barbu et Doris, son visage doux et vieux sans ses lunettes, Doris qui se redressait, ses seins plats et nus, flasques et vides, comme elle ne lui permettait jamais de les voir. Holland ne bougeait pas, leur accordant un peu de temps pour imaginer qui ils seraient ce matin.

« Est-ce que c'est pas le comble ? dit Holland, pendant que Doris continuait à rester là, assise et dénudée, le regard myope sans ses lunettes. Je m'étais toujours dit que ça serait moi. Un de ces pochtronnés au whisky se pointerait et me trouverait en train de sauter sa bonne femme, et ça serait moi, assis là à me demander s'il va me buter, et quand. » Il entendait Billy monter les marches une à une.

« Billy, dit Holland, laisse tomber. Redescends. On sera tous en bas dans une minute. J'arrive. » Il se retourna vers le lit. « Vous deux, habillez-vous. Ensuite, descendez, on va se faire un café et discuter de la suite des événements. » Il alla secouer les vêtements du môme pour s'assurer qu'il n'avait pas de flingue, puis il les laissa.

Mais c'était une erreur. Au pied de l'escalier, il comprit que c'était une erreur. Dans un râtelier au fond de son placard, il y avait le 30-30 que son père avait laissé, le fusil à lunette 30-06 dont Holland se servait pour chasser l'élan et le cerf, et les deux fusils de chasse, le calibre 12 pour les canards et les oies du Canada, et le calibre 20 pour le gibier à plumes, les faisans, les cailles et les perdrix des rochers qu'il avait chassés une fois, là-bas, dans la région de falaises désertique du sud-est de l'Oregon, près de la frontière du Nevada, sur les versants de montagnes arides couverts d'armoises. Et il y avait une provision de boîtes de cartouches à côté des fusils.

Tandis que Billy lui tournait autour, Holland prépara le café à la cuisine, conscient d'avoir commis la pire bêtise et s'efforçant de penser à autre chose. Remonter là-haut ne servirait à rien, soit le môme avait un fusil, soit il n'en avait pas. Et comme il fallait s'y attendre, il en avait un. Quand Holland se retourna après avoir branché la cafetière, le môme était là, debout sur le seuil de la cuisine, pieds nus et sans rien sur lui sauf son pantalon, le calibre 12 entre les mains. Doris se tenait derrière lui, enveloppée dans une couverture. Debout près de la cuisinière électrique, les mains en l'air, son .38 braqué vers le plafond, Billy était redevenu inutile. Holland aussi leva les mains en l'air. « Tu restes calme, dit-il, et nous on pose nos armes. Ensuite, on va tous boire une bonne tasse de café pour se réchauffer, avec du sucre et de la crème.

« Billy, ajouta-t-il, baisse très lentement ton arme, en la dirigeant vers la fenêtre, et pose-la dans l'évier. Et toi, Doris, viens par ici. Tu vas retirer mon pistolet de mon holster, et après tu l'emporteras avec celui de Billy et tu les jetteras tous les deux dehors dans la neige par la porte de derrière. Ensuite, tout ira bien, et on prendra le café. »

Sans compter le flingue, c'était comme un jour de vacances, ou un de ces lendemains de bal, l'hiver, quand tout le monde fait la grasse matinée le dimanche matin et se réveille encore à moitié soûl, et que c'est très bien comme ça, parce qu'il n'y a rien à faire qu'à paresser à la cuisine en buvant du café sans penser du tout que le lundi va arriver. Quatre tasses de café fumant et la lumière grise du matin qui entre par les fenêtres, et seulement le môme renversé en arrière sur sa chaise avec l'un des deux .38 Police Special à la main pour gâcher le tableau. « Si tu tires pas, dit Holland, je vais prendre un peu de whisky sous l'évier. Il y a une autre bouteille là-dessous.

— La bouteille est au salon, dit Doris, sur le dessus de la cheminée. On en a bu hier soir. Il tremblait à en crever, le pauvre.

— Alors, tu vas aller la chercher à ma place, dit Holland. S'il te plaît, sinon il va me buter pendant que j'essayerai d'aller la chercher moi-même.

— Tout ce que tu peux imaginer est faux, dit Doris. Il avait besoin de chaleur humaine. Il crevait de froid. Tu peux comprendre ça.

— Je comprends ça. De la chaleur humaine et crever de froid. Pourquoi tu vas pas me chercher ce whisky, on se sentirait tous mieux dans un petit moment.

— Non, dit le môme, quand Doris fut sortie pour aller chercher le whisky, on se sentira pas mieux du tout. Ma sœur est morte, vous les avez vus, ils sont tous morts là-haut, et c'est pas une goutte de whisky qui pourra nous faire aller mieux.

— On pourrait quand même en rajouter un peu dans notre café, dit Holland. On est tous restés dehors dans le froid, et le whisky peut faire de mal à personne.

— Exact, dit le môme, et pour la première fois, ses yeux ne glissèrent pas pour éviter ceux de Holland. On est tous restés dehors dans le froid. On peut tomber malades d'être restés trop longtemps dehors dans le froid, pas tellement d'être frigorifiés ou quoi, non, rien qu'à force de frissonner, on arrive plus à penser. C'est ce qui doit mettre la puce à l'oreille, qu'on arrive plus à penser. Y a un nom pour ça, Danzig connaissait le nom, et on peut en mourir. Hier soir, quand je suis arrivé ici, j'arrivais plus à penser clairement, et elle s'est occupée de moi. C'est tout ce qu'y a eu. Le remède, c'est des vêtements secs et de la chaleur humaine. Y a un nom pour ça.

— Cette femme, dit Holland, je ne sais pas ce qu'elle t'a fait, mais il faut que tu comprennes que c'est une vieille femme. Pas plus tard qu'hier, elle n'était pas vieille, mais à présent elle l'est. Y a des tas de façons de tomber malade.

Rien que de penser à tous ces morts, ça peut faire déjanter quelqu'un.

— Danzig connaissait le nom, répéta le môme.

— Danzig t'en a appris des tonnes, hein ?

— Y avait un truc de bien avec Danzig, c'est qu'il savait des choses », répondit le môme en penchant sa chaise en avant et en posant ses coudes sur ses genoux, le .38 Police Special braqué sur Holland tandis que Doris revenait avec la bouteille de whisky.

« Allez-y, ajouta le môme en désignant la bouteille de whisky de la pointe du pistolet, allez-y, servez-vous. Ça devrait vous faire du bien, un peu de whisky. Vous avez été dehors comme moi. Mais il faut que vous compreniez qu'y avait quelque chose qui tournait pas rond chez Danzig. Il avait des aspirations justes, mais quelque chose tournait pas rond chez lui... Quand j'étais petit, vous connaissiez mon père. Il s'appelait Mac Banta, là-bas, dans la Bitterroot Valley.

— J'ai jamais connu de Mac Banta, répondit Holland.

— Ben, il était là-bas pourtant. Et il y avait ces matins de printemps quand les oies volent vers le nord, et moi, je sortais sur la pelouse dans le soleil qui perçait juste, avec la palissade peinte en blanc autour des roses de ma mère, et mon père appelait ça des matins de merles bleus, des matins de bonheur. C'est ça que Danzig voulait, des matins de merles bleus. Il y avait ma sœur, et ma mère et mon père, et les oiseaux qui jouaient dans les lilas. Tout ça pour un monde de misère, disait mon père, et il riait parce qu'aucune misère ne pouvait nous atteindre par ces matins de merles bleus et de bonheur. Et c'est ça que Danzig voulait. »

Holland servit le whisky et resta assis dans sa cuisine, tous les quatre installés autour de la table en chêne pendant que le môme parlait en caressant le .38, tous, sauf le gosse, buvant leur café corsé au whisky en l'écoutant leur parler de Danzig, et de l'argent de Danzig, et comment Danzig allait tout arrêter avec ces fusils automatiques et ces motoneiges et son circuit fermé de télévision, puisqu'on n'avait besoin de rien d'autre en ce monde que de matins de merles bleus et de bonheur. « Mais ça l'a plus intéressé, dit le môme, et au bout de quelque temps, on aurait dit que c'était plus qu'un jeu pour lui. Au bout de quelque temps, tout ce qu'ils faisaient tous là-haut, c'était fumer de la came et baiser. »

Le môme dénommé Banta se tourna pour regarder Doris. « Je m'excuse de dire ça, mais c'est tout ce qu'ils faisaient tous là-haut, fumer de la came et baiser. Y a pas d'autres mots pour le dire. C'est à ce moment-là que je suis parti. Ma sœur, Grace, elle voulait pas partir, c'était la pire de tous, alors je l'ai laissée là-bas.

« Et maintenant, elle est morte, poursuivit Banta, et elle a pleuré. J'ai vu les larmes sur sa figure. Mais c'est Danzig qui aurait dû pleurer.

— Mon gars, dit Holland, laisse-moi te montrer quelque chose. Dehors, sur le siège de mon pick-up, il y a une sculpture. Je veux te montrer cette sculpture. Tu vas laisser Doris sortir pour aller la chercher, et je vais te montrer quelque chose. »

Ils regardèrent, debout devant la baie vitrée du salon, Doris sortir pieds nus dans la neige et ouvrir la portière du pick-up, enveloppée dans sa couverture comme une femme indienne, et revenir avec l'ours en savon. Dans la cuisine, ils se rassirent autour de la table en chêne pendant que le môme regardait fixement la face de la sculpture, les crocs subtils de l'ours en savon et la fine gravure du poil sur la bosse. « Maintenant, laisse-moi te montrer quelque chose », dit Holland, et il prit le savon sculpté des mains du garçon et l'emporta jusqu'à l'évier. Holland ouvrit l'eau chaude et la fit couler jusqu'à ce qu'elle soit fumante, puis il amena la tête de l'ours sous le jet, et là, les mains brûlantes, il se mit à frotter le savon glissant qui moussait, à le laver jusqu'à ce que ses traits finement ciselés soient effacés et que la sculpture ait presque entièrement disparu, jusqu'à ce qu'il ne reste que la surface lisse et mouillée de ce qui auparavant avait été aussi précis et aussi parfait que cette fille avait su le faire. Holland tendit l'objet dégoulinant au garçon. « Regarde ça maintenant, dit Holland. En entrant ici, tu as détruit des choses qui m'appartenaient, et moi j'ai détruit ce que ta sœur faisait sans que tu en aies la moindre idée. Chaque trait gravé par ta sœur a fondu. Alors, tu vas lever la tête et me descendre si tu crois que tu peux le faire, mais il y a une chose que je veux te dire, c'est que nous sommes quittes désormais. Tu m'as fait du mal en venant dans ma maison comme tu l'as fait, et je t'ai fait du mal, mais peut-être que ta place est la meilleure, parce qu'un beau matin, tu pourrais finir par ouvrir les yeux et comprendre que personne ne t'as jamais dû aucun merle bleu, jamais. Mais peut-être aussi que ce même matin, tu comprendras que le plus beau merle bleu que tu aies jamais eu, c'était cet ours en savon, et qu'il s'est dissous si facilement. Alors nous sommes quittes. Tu me descends si t'y tiens toujours, mais moi j'ai envie qu'on s'en tienne là.

« Ou bien, ce que tu pourrais faire encore, reprit Holland, c'est te lever et sortir de cette cuisine, sortir d'ici. T'as une chance de pouvoir remonter à l'étage te rhabiller pendant qu'on reste tous assis autour de cette table, et de partir. Si t'as un peu de jugeote, c'est ce que tu vas faire. Si t'as laissé aucune empreinte vraiment récente là-haut avec tous ces morts, personne pourra jamais te mettre ce carnage sur le dos, et tu t'en tireras en gardant ta liberté. Si tu me descends, tu devras descendre tout le monde ici, et alors t'es un homme mort. T'as liquidé ta sœur, et t'as expédié Danzig aussi, mais c'est pas comme ça que le monde restera propre autour de toi. Peut-être que pendant quelque temps, tu devrais laisser un peu les choses aller comme elles vont, et partir. Les gens comme toi oublient toujours les fantômes qu'il y a dans ce monde.

— Il y a trop de trucs qu'on oublie pas, dit le môme. Si on commence à les laisser s'enfuir, ces trucs-là, on n'est plus personne. Vous l'avez fait peindre sur le mur de votre prison. Quand j'allais au lycée, ça nous faisait rire, et Danzig aussi, ça le faisait rire. Un monde neuf chaque matin. On se réveille et ce qu'on a fait la veille ne compte plus.

« Et vous voulez que je vous dise ? continua le môme. C'est des conneries, tout ça. Vous voulez savoir ce qu'ils faisaient là-haut ? Vous voulez savoir ce que ma sœur a fait pour Noël ? Elle a fait cuire trois dindes. Et vous voulez savoir ce qu'elle a fait ? Elle les a toutes peintes en vert avec du colorant alimentaire. Ça vous est déjà venu à l'idée de bouffer une dinde verte ? Vous avez déjà vu de la farce verte ? Des oiseaux verts pour un monde vert, voilà ce qu'elle a dit, comme si les dindes devaient être de la couleur de l'herbe. Des dindes de printemps, voilà comment elle les a appelées. Voilà avec quoi on se retrouve. Un monde neuf chaque matin, et vous avez des dindes vertes. » Le môme n'arrêtait pas de heurter la table avec le canon du pistolet, laissant de minuscules encoches dans la surface de bois dur ciré.

« C'était une blague, dit Holland. Cette inscription était une blague.

— Eh ben, la plaisanterie est terminée, dit le môme.

— Pas encore. » C'était Billy Kumar, et il avait à la main un petit pistolet pas plus grand que sa paume, un pistolet à un coup de joueur de poker tel que Holland n'en avait jamais vu qu'au cinéma dans les westerns. D'une cachette dans ses fringues, pendant que le môme faisait son prêche à Holland, il avait fait apparaître ce minuscule joujou au canon chromé long de quatre centimètres à peine, qu'il tenait braqué droit sur la tempe du môme, droit sur Virgil Banta, à moins de deux mètres de distance. Pendant tout ce temps, pensa Holland, il avait gardé ce machin-là caché.

« On a encore une petite plaisanterie à partager », dit Billy Kumar, et quand bien même sa main tremblait imperceptiblement, il n'avait pas l'air effarouché, ni même courroucé, c'était plutôt comme si une grande porte venait de s'ouvrir largement et qu'il voyait pour la première fois de sa vie une chose qui lui faisait vraiment plaisir. Les yeux plissés, les lèvres retroussés, il se mordillait juste le bout de la langue. « Tu poses ce pistolet. Allez, ouvre la main et pose-le.

— Billy, intervint Holland. Attends une minute.

— Je vais tuer le vieux, dit Virgil Banta sans bouger. À trois, je vais tuer le vieux. »

Billy faillit le louper. Son seul coup de feu atteignit Virgil Banta à l'épaule, mais cela suffit. Le môme ne tira même pas. À mettre peut-être à son crédit, pensa plus tard Holland, peut-être n'avait-il pas eu l'intention de tirer. Mais sur le moment, tandis que Holland plongeait de sa chaise en roulé-boulé, sûr qu'il y aurait une seconde déflagration dans la pièce, en plein dans sa figure, le coup qui ne retentit jamais, il crut qu'il s'était tué lui-même. Toute ma vie, songeait-il, sachant que Billy avait échappé à son contrôle dès avant le coup de feu. Toute ma vie, songeait Holland, à attendre ça, qu'un petit con qui y voit pas clair me tue sans le faire exprès. Toute ma vie, me faire tuer.

« Il pensait que tu comprendrais, dit Doris, c'est pour ça qu'il était venu ici, parce qu'il pensait que tu comprendrais.

— Et qu'est-ce que je dois comprendre ? demanda Holland. Je le trouve là-haut dans ma chambre, nu comme un ver, avec toi, et je suis censé voir quelque chose de merveilleux là-dedans ? C'était un assassin, et un fou. Mais bon, oublie ça. Et je parle sérieusement quand je te dis d'oublier ça. Tout ça n'est qu'un épisode à oublier. »

La fin de l'après-midi allait s'obscurcissant ; on avait nettoyé le sang sur le plancher de la cuisine, et le môme Banta était en sécurité à l'hôpital du comté sous la garde de policiers fédéraux ; Billy Kumar était rentré chez lui avec son pistolet à un coup de joueur de Las Vegas à crosse ornée de perles, rentré chez lui pour être un homme neuf ; et Shirley Holland était de nouveau à la table de sa cuisine, mangeant du bout des dents une omelette au bacon et aux champignons. Du bacon de campagne épais, et pas de ces champignons en boîte, non, des vrais champignons que Doris ramassait sur les rives sablonneuses de la Clark Fork au printemps, juste au moment où les peupliers carolins se couvraient de nouvelles feuilles. Des vrais champignons congelés pour l'hiver. Une tasse de café, songea Holland, et puis j'irai me coucher. Dehors, derrière la fenêtre de l'évier, la neige tombait, drue encore. « Qu'est-ce que j'aurais pu comprendre ? » dit Holland, et il se demanda ce que ces mômes avaient pensé quand ils avaient décapé la suie sur la pierre calcaire de la cheminée et trouvé un cœur avec un S et un H gravés à l'intérieur. Qu'avaient-ils compris ?

« Rien, répondit Doris. C'est simplement ce qu'il s'était dit, il s'était dit que tu comprendrais. Il ne s'est rien passé dans la chambre. Je le jure. Holland ?

— Très bien, fit Holland. À la première vraie journée de printemps, une belle journée, je badigeonnerai cette inscription de peinture. Arrivé à mon âge, un truc comme ça n'a plus ni rime ni raison. »

Doris ne détourna même pas les yeux de la poêle qu'elle rinçait.

« Il s'est rien passé, dit-elle.

— Il se passe jamais rien. »

Une question de temps

La radio de Winnemucca annonçait de la pluie sur le haut désert du nord du Nevada pour les deux jours à venir. À cet instant, de délicates nappes d'éclairs flamboyaient entre les falaises et, dans le soir d'été fraîchi et obscurci, de grosses gouttes s'écrasaient dans la poussière, et les odeurs d'armoise mouillée et de fumier se mêlaient tandis qu'Ambler, le vieil homme, sortait du corral à cheval.

Christy était morte à vingt-trois ans. Le vieil homme n'arrivait pas à penser à elle, sauf pour se la rappeler telle qu'elle était à l'âge de dix ans, rieuse, ses cheveux noirs coupés au-dessus des oreilles, son visage aigu brûlé par le soleil et le vent. Dans l'écurie, il avait sellé le cheval hongre sans bruit, avec des gestes mécaniques, rassemblé ce dont il aurait besoin, passé un ciré froid et raide, et sanglé autour du ventre du cheval les sacoches et l'étui du 30-30. Puis il avait éteint la lumière capricieuse de la lampe à pétrole avant de monter en selle et partir.

De soudaines rafales de vent firent crépiter la pluie sur son ciré. La pluie devint plus drue et le vent se mit à souffler sans discontinuer. Le vieil homme parvint à allumer sa pipe et se carra sur sa selle, humant l'arôme du tabac grossièrement coupé et ne voyant que le petit rougeoiement du fourneau.

Il y avait une clôture, puis une barrière, et le vieil homme mit pied à terre pour faire passer le cheval, avant de s'engager le long de deux étroites ornières de chariots. Les traces serpentaient doucement en s'élevant dans les collines sablonneuses sur une vieille piste empruntée par les chèvres des Rocheuses, les mustangs et les Indiens Païutes. Finalement, le cheval entama la grimpée véritable, trébuchant dans les pierres et le gravier où les ornières érodées des chariots n'étaient plus que de petites rigoles. Ambler respirait l'odeur âcre et mouillée des acajous de montagne qui croissaient en bosquets sous les falaises, puis, comme le terrain s'aplanissait, il tira sur les rênes et se reposa, de biais sur la selle pour soulager ses membres.

Très loin en contrebas, il distingua les premières lueurs de la maison, lueurs provenant des fenêtres sans rideaux et scintillant entre les feuilles de ce qu'il savait être une longue allée de peupliers d'Italie. La piste des chariots déboucha sur une route nouvelle, et du gravier neuf crissa sous les sabots du cheval. À une centaine de mètres de la maison, il y eut une accalmie au milieu du vent, un silence, et soudain une demi-douzaine de chiens se précipitèrent vers lui en jappant. Le vieil homme fit claquer sa lanière tressée sur l'arçon de la selle et le hongre bondit en avant, puis, tout près de la clôture, il tira sur les rênes et mit pied à terre, pour parler aussitôt à l'animal, le flatter, pendant que les chiens glapissaient.

La porte d'entrée s'ouvrit. L'homme sur le seuil cria un seul mot à l'adresse des chiens et les envoya se coucher de l'autre côté de la maison. À présent, les seuls bruits étaient le ronron du groupe électrogène Delco et le crépitement de la pluie et du vent. Le grand jeune homme s'avança sur le devant de la porte, assez loin pour voir qui était là. « Jésus-Christ, Walt », dit-il.

Le vieil Ambler, son cheval hongre bien en main, approcha en le guidant facilement par les rênes. « Bonsoir, Barry, dit-il. Christy est morte hier.

— Qu'est-ce que vous racontez ? Allons mettre ce cheval à l'abri. »

Ils le rentrèrent dans la petite grange au toit en pente

qui tenait lieu d'écurie. Cela fait, le jeune homme s'arrêta sur le seuil de la grange, le regard tourné vers la maison à l'autre bout de la cour. Il alluma une cigarette. « Qu'est-ce qui est arrivé à Christy ? demanda-t-il enfin.

— J'ai besoin d'un endroit pour dormir, dit le vieil homme.

— La chambre d'Eddie est libre. Il est parti en ville il y a une semaine, et il a pas encore eu son compte. Tôt ou tard, je vais devoir aller le chercher. »

Ils traversèrent la cour boueuse en direction de la maison, en direction de la lumière qui miroitait dans les flaques. Passé la porte à moustiquaire de derrière, le jeune homme aida Ambler à se débarrasser de son ciré et de ses jambières qu'il accrocha aux patères le long du mur du fond. Dehors sous la pluie étaient garés trois voitures presque neuves et un vieux camion à plateau aux vitres des portières cassées.

En entrant dans la lumière et la chaleur de la cuisine, Ambler fut un instant aveuglé. Le plus jeune des frères, celui qui l'avait aidé, lui dit : « J'crois que vous connaissez tout le monde, Walt.

— Assez bien », répondit Ambler, et c'était vrai, il se souvenait de chacun d'eux, les trois frères et l'absent. Même le vieil ouvrier agricole, sa tête lui disait quelque chose. L'aîné, John, qui dirigeait l'affaire, se leva et lui fit signe de prendre un siège devant le poêle à mazout, le débarrassa de sa grosse veste en laine à carreaux et dit : « Asseyez-vous et chauffez-vous. Nora peut vous servir un café et à manger. »

L'un des garçons était en train de jouer de la guitare. Il s'interrompit et laissa ses doigts courir doucement sur les cordes. Avec un sourire gêné, il claqua des deux mains sur la caisse de l'instrument et alla le suspendre au mur. « Trop de parasites pour écouter la radio », dit-il. Dans la maison, le bruit du vent était assourdi, mais Ambler le percevait pendant qu'il mangeait sous le regard silencieux de la famille.

« Vous devez vous demander pourquoi je débarque ici tout d'un coup, dit le vieil homme, quand il eut rendu son assiette à la femme. Six ans que j'avais pas mis les pieds dans cette maison. La dernière fois, c'était pour tuer Eddie. Ce soir, j'avais la même idée derrière la tête. Ce qu'y a eu, c'est que Christy s'est fait tuer dans la nuit de samedi. Elle était jamais rentrée à la maison depuis l'époque où elle avait filé avec Eddie. Mais tout ça c'est du passé et je veux que tous ici vous sachiez que ça m'est égal à présent, et qu'on en finisse sans plus de haine. » Quand il eut terminé de parler, le vieil homme ralluma sa pipe sans quitter le fourneau des yeux.

« On se conduit comme des goujats. » Le frère aîné plongea la main dans le placard sous l'évier et en sortit une demi-bouteille de bourbon. L'une des jeunes femmes posa cinq gros verres à whisky sur la table. Après avoir bu, l'ouvrier se leva sans dire un mot et monta dans sa chambre où on l'entendit aller et venir, puis laisser choir ses bottes et grimper dans son lit. Le fils aîné montra sa chambre au vieil Ambler — une pièce ni peinte ni décorée au-dessus de l'escalier.

« On est tous désolés qu'elle soit morte, Walt. » L'homme avait parlé doucement, la main sur la poignée de la porte, un pied dans la pièce, l'autre dehors. « C'était la fille la mieux de tout le pays, Walt, mais je vois pas comment ça serait Eddie qui l'aurait bousillée. »

Le vieil homme s'assit sur le lit.

« Peut-être que non.

— Peut-être que vous l'aviez placée trop haut. À vivre si longtemps tout seuls tous les deux. » L'homme, le frère d'Eddie, referma la porte, laissant Ambler seul dans la pièce.

Le vieil homme entassa ses effets sur une chaise, retira ses bottes au milieu des affaires éparpillées du jeune frère absent qui, six ans plus tôt, s'était enfui avec Christy avant de la laisser tomber complètement, une fois que le shérif les avait ramenés de Reno au bout de trois semaines.

Ambler tira sur la ficelle qui commandait l'unique ampoule électrique nue et fut surpris de voir que le réveil à cadran lumineux indiquait qu'il était plus de minuit.

Couché, immobile, il avait conscience du tambourinement de la pluie rabattue par le vent contre le toit en pente au-dessus de sa tête. *Morte*, pensa-t-il. Elle sait tout depuis deux jours. Il se retourna dans le lit du garçon qui l'avait dévergondée et se demanda comment c'était, dans la lumière et les ombres nettement découpées sur la poussière, au milieu des amarantes du parking d'une salle de bal de campagne, à trois cents kilomètres de là, juste de l'autre côté des Ruby Mountains. Elle avait été tuée d'une balle en pleine poitrine, et morte avant que quiconque se fût aperçu de rien, au milieu d'une bagarre entre deux inconnus ivres. La jolie fille aux longs cheveux noirs, déjà morte à l'arrivée des secours — l'adjoint du shérif avait baissé la tête, raconté d'une traite toute l'histoire, et il était parti dans une gerbe de poussière couleur calcaire qui était montée haut et avait plané loin dans l'immobilité de l'après-midi précédant l'orage. Les yeux fixés sur l'obscurité des poutres, Ambler souhaita bonne chance à l'inconnu qui écoperait d'une lourde peine de prison au pénitencier de l'État pour l'avoir tuée. Il regrettait qu'elle ne fût pas revenue au moins une fois à la maison récemment, et il se demanda si, au fond, il aurait tué Eddie Matson avec le 30-30. Il tenta de se souvenir d'elle et il aurait bien aimé avoir des photos prises ces dernières années parce que tout ce qu'il arrivait à se rappeler, c'était les longs cheveux dansants noués avec un ruban rouge la dernière fois qu'elle était venue, et le visage pointu de la petite fille. Il s'endormit alors, engourdi par le whisky et déjà soûlé par son propre désespoir.

Le lendemain matin, il partagea leur repas, sella le cheval et partit, son ciré jaune faisant ressortir sa silhouette sur les collines vert argent. La pluie trempa son chapeau dont le bord se mit à pendre devant son nez. De l'eau dégoulinait en rigoles régulières de la crinière du cheval.

L'animal gardait la tête basse et, le pas lourd, trouvait sans peine son chemin au milieu des sentiers naturels parmi l'armoise. Dans le lointain, à travers l'oblique des rafales, l'horizon était plat avec des falaises en escaliers de place en place, mais, la plupart du temps, le vieil homme gardait le regard rivé tout près, au bord du sentier que le cheval empruntait, et il constata que les longues herbes qui croissaient entre les rochers étaient déjà plus vertes. Les pâtures tiendraient jusqu'à la fin de la saison sèche. Il n'y avait pas de vent. Lâchant les rênes sur le pommeau de la selle, il enfonça ses mains dans les poches de son ciré. Le cheval continua de choisir lui-même son chemin.

Arrivé sur la crête du canyon, Ambler mit pied à terre. Ce sentier était dangereux même par temps sec et pire à présent, et il n'y avait aucune raison d'aller esquinter un cheval avec ce genre de sottises. Aussi l'homme et l'animal, glissant et trébuchant, descendirent-ils la piste côte à côte jusqu'à atteindre le fond du cours préhistorique de la rivière, qu'ils remontèrent vers l'amont en direction de la grotte et de la source. Le trou d'eau était entouré de broussailles de saules et, à l'entrée de la grotte, où le minuscule ruisseau émergeait à la lumière du jour, le vieil homme vit des signes du passage de bétail venu se désaltérer, ainsi que des empreintes de chèvres des Rocheuses et de cerfs. Les chevaux sauvages avaient fréquenté ce point d'eau caché jusqu'après la guerre, quand on les pourchassait et qu'on les abattait par avion pour en faire de la nourriture pour chiens.

La grotte était aussi vaste qu'une grande pièce. Quand il eut dessellé le hongre, le vieil homme emporta sa selle et son couchage à l'intérieur de l'abri, déroula sa bâche goudronnée et entrava le cheval dans un lieu abrité au milieu des saules. Ambler fuma en réfléchissant pour décider comment accomplir cette dernière besogne.

Comme la nuit approchait, il descendit à la source et but, puis il retourna à son couchage tirer de ses affaires un sac de fines lanières de gibier séché dont il coupa des copeaux avec son couteau, et il mâcha lentement pendant que la lumière grise du jour se fondait dans le noir du soir. La grotte se prolongeait au fond des ténèbres derrière lui et il flairait l'odeur tiède et âcre des animaux qui nichaient, entendait le bruissement des souris et des écureuils, et tomber goutte à goutte l'eau qui s'accumulait pour former la petite source. Quand il lui devint impossible d'y voir, il retira ses bottes, se fourra entre les couvertures rêches et s'endormit.

La foule se pressait au comptoir sur deux rangs, et il joua des coudes jusqu'à ce que le barman lui servît un verre et ramassât ses vingt-cinq *cents*. De tout côté on voyait des cavaliers avec des chiffres épinglés dans le dos de leurs chemises aux couleurs vives.

Encore un verre. Il le sirota lentement, silencieux parmi les femmes sans charme et trop musclées et les hommes maussades qui mâchonnaient des cure-dents, puis se fraya de nouveau un chemin jusqu'au trottoir. Il prit sa clé à la réception de l'hôtel et monta dans sa chambre, s'arrêta devant la porte et frappa. Pas de réponse. Elle n'était pas là. Sur la coiffeuse nue, il trouva un mot lui disant qu'elle était descendue à la cafétéria de l'hôtel.

Il s'allongea sur le lit, les pieds sur l'extrémité, le regard errant tout autour de la pièce fruste. La femme n'avait rien résolu. Il roula sur lui-même pour se lever, s'approcha de la fenêtre et, les deux mains sur le rebord, observa la foule dans la rue. Les hommes cherchaient dans leurs poches de quoi se confectionner des cigarettes, les yeux plissés et le visage animé par la discussion, une rangée de types de la campagne se livrant à des commérages, le pied posé sur le pare-chocs haut de voitures délabrées, de camions à plateau. Un autre groupe se tenait près de l'entrée de l'hôtel — des ranchers à cigare et ceinturon de cuir repoussé, avec des voix d'hommes d'affaires. Le stand de hot-dogs au coin de la rue était entouré de femmes et d'enfants. Il les observa en recherchant quelque indice au mystère face auquel il se trouvait. Puis il entendit sa jeune épouse dans le couloir, sa voix discrète lui parvenant clairement à travers le vasistas.

Christy était morte.

Sa mère : cheveux noirs et corps blanc ployé tandis qu'elle se regarde dans le long miroir d'une chambre à coucher, les côtes saillant sous la chair, et cette merveille qui le fascinait, les méandres de la longue chevelure qu'elle tressait en une natte serrée pour dormir. Et puis la naissance, leur unique enfant. La femme avait commencé à rester éveillée la nuit près de lui et s'était mise à le dédaigner. Puis un beau jour d'été elle était partie, sur la meilleure jument de selle qu'il eût jamais possédée, lui laissant le soin de découvrir à la lueur du crépuscule la petite fille de sept ans assise sur les marches du perron, qui attendait.

Ambler était réveillé. La pluie avait cessé. À l'est, une bande de ciel bleu intense et limpide se découpait entre l'horizon et la couche de nuages. Son cheval broutait en contrebas du trou d'eau. L'herbe et l'armoise ployaient sous la rosée, l'air était frais et glacé.

Peu après, Ambler se redressa et enfila ses bottes en frissonnant. Il mangea encore un peu de viande séchée. Puis il sortit, attrapa le cheval, ôta l'entrave et, d'une claque sur la croupe, chassa l'animal effarouché qui partit au galop.

De retour dans la grotte, il chargea le 30-30 tout en se demandant s'il devait se laver, au moins la bouche avec une gorgée de l'eau de la source, puis il se dit au diable tout ça. Il se demanda aussi s'il devait prier ou autre chose, avant de se moquer de lui-même en riant.

Peut-être que tout ça ne suffit pas, pensa-t-il, et il souleva le 30-30, le soupesa dans sa main, relique de temps meilleurs et révolus. Comme il couchait le fusil sur son lit, un éclat de blanc sombre au fond de la grotte lui tira l'œil. C'était le crâne d'un blaireau gisant parmi des résidus d'ossements et de peau, proprement nettoyé par les souris et les fourmis, identifiable seulement aux lambeaux de fourrure.

Ambler examina la structure minuscule et délicate des os du crâne comme si c'était quelque chose qu'il n'avait jamais vu auparavant et observa attentivement la façon dont les dents étaient implantées dans la mâchoire, conçues pour ne pas lâcher prise. Pauvre fou que tu es, songea-t-il, puis il déchargea le fusil et le roula à l'intérieur de son couchage. Il entassa ses biens sur une saillie à l'intérieur de la grotte et entama à pied le long retour à la maison.

Le soir du deuxième jour était tombé quand il arriva chez lui. Le cheval l'attendait, paissant devant la première barrière. Le soleil était couché et, tout autour de lui, Ambler percevait les mouvements discrets de petits animaux. Le vieil homme se prépara un repas et regarda l'air s'assombrir et fraîchir derrière les vitres. Il se coucha et dormit. Puis, sans raison aucune sinon le raclement de son souffle, il se réveilla, yeux grands ouverts sur son mur en planches. Il se retourna dans le lit, pensant qu'il ne dormirait plus à présent, mais, alors même qu'il se retournait, il fut frappé par l'étrangeté. De l'autre côté de la pièce, la fenêtre était un éclat de lune, avec tout autour la clarté jaune, dense et solide, et, au moment où il vit cela, il eut une sensation incontestable de *présence* — quelque autre personne partageant la chambre avec lui.

Sans surprise, il aperçut une silhouette appuyée contre le mur, qui le considérait, puis qui se tourna vers la fenêtre. Un instant, dans le clair de lune, un visage se découpa, le profil de quelqu'un qu'il avait peut-être connu, jadis, pas un fantôme, mais un visage sur lequel il parvenait presque à mettre un nom, une femme hagarde, puis elle disparut et Ambler eut la sensation que tout cela lui échappait, comme des images rêvées. *Qui est-ce ?* se demanda-t-il.

Le vieil homme se renfonça dans le lit et tourna son visage vers le mur en se demandant ce qui lui était arrivé, ou avait tenté d'arriver, quelle révélation lui avait été faite qu'il n'était en mesure ni de comprendre ni d'aborder avec autre chose que de la répulsion. Il était incapable de se souvenir du visage, seulement qu'il avait vu un visage, et tout son corps tremblait d'une terrible nervosité chargée d'énergie.

Il resta éveillé le restant de la nuit. À l'approche de l'aube, il se leva, alluma le feu dans la cuisine et fit du café qu'il but avec beaucoup de sucre et de lait condensé. Le café chaud contribua à le calmer. Enfin, il prépara son petit déjeuner, steak de gibier et sauce au jus de viande et au lait. Après avoir mangé, il fit la vaisselle et alla s'asseoir dans l'un des gros fauteuils de la grande pièce, des fauteuils qu'il avait achetés aux enchères et ramenés d'Elko après la fermeture de l'hôtel Sheepman. Dans la pleine lumière du jour, il se souvenait peu de l'expérience de la nuit passée, simplement que cela s'était produit.

Longtemps, il ne s'éloigna guère de la maison et des corrals, ni de l'écurie et de ses petites prairies. Il travailla lentement à mettre son foin en meules près de l'éolienne et à le rentrer dans le grenier de l'écurie. Au fil des jours passés à accomplir ces tâches lentes, travaillant seul comme il l'avait toujours fait, Ambler tenta de ressaisir ce qui était arrivé cette nuit-là au clair de lune.

L'été finit par perdre son éclat et ce fut l'automne. Il partit à cheval dans le désert parce qu'il le fallait, et ramena son bétail en le poussant vers les prairies pour qu'il fût à la maison aux premières neiges. Certains jours, il travailla à l'écurie, aux préparatifs de l'hiver, réparant des harnais et fabriquant de nouveaux râteliers latéraux pour le traîneau qui lui servait à nourrir les bêtes quand la neige était là.

Du grenier de l'écurie, le regard tourné vers l'est pendant qu'il détachait à l'aide d'un manche de pelle les nids de boue des hirondelles, Ambler aperçut le cavalier tête nue qui descendait de selle pour ouvrir la dernière barrière. Il observa l'homme refermer la barrière en fil de fer, remonter sur son hongre gris rouan, et il vit alors qui c'était, Eddie Matson, le gars qui avait filé avec Christy à l'époque. La seule chose qui le chagrina, ce fut de voir sa solitude interrompue — c'était bien d'un gosse, ça, de chevaucher sans chapeau en plein désert, un bandana rouge noué autour du front et drapé sur la nuque en guise de protection contre le soleil qui, somme toute, en cette saison d'automne, n'était plus assez fort pour qu'on s'en soucie.

Mais Eddie Matson n'était plus un gosse, il n'était pas rasé, et c'était un homme, pas loin de trente ans, qu'Ambler dévisagea, une fois descendu du grenier de l'écurie. Et ce qui clochait chez Eddie Matson clochait vraiment. Il avait les yeux plissés et chassieux, comme s'il n'avait pas dormi, et ses jambières en cuir de cheval étaient trouées aux genoux par l'usure. Eddie Matson se suça la lèvre inférieure, comme pour sentir la présence de sa barbe. « Seigneur Dieu, dit-il, me voici. »

Ambler hocha la tête, mais sans répondre, et se dirigea simplement vers la maison en écoutant les pas lents du hongre d'Eddie Matson derrière lui. Ambler se retourna. « T'as passé combien de temps sur ce cheval ? Tu ferais mieux de le laisser aller pour qu'il se repose. Il y a de l'avoine à la sellerie. »

Dans la maison, Ambler réchauffa le café du matin, sortit deux tasses et versa un peu de whisky dans chacune sous le regard d'Eddie. « Tu peux rester dormir cette nuit, dit Ambler, et laisser reposer ce cheval, ensuite, tu feras aussi bien de repartir. »

C'est seulement quand ils eurent fini de boire le café, après qu'Ambler eut fait frire un peu de bacon pendant qu'Eddie Matson buvait une autre tasse, alors que le jeune homme mâchait son gros sandwich, le bacon entre deux épaisses tranches de pain, qu'ils bavardèrent un peu, et encore ce fut Ambler qui lança la conversation. « Y a de quoi en crever, quand on commence avec ces trucs-là. »

Eddie Matson acquiesça : « Avec pas mal de trucs, oui. On s'y épuise. On tient le temps qu'on peut, et puis on tient plus.

— C'est la vérité, ça oui. Dis-moi donc ce qui t'amène ici. »

Eddie Matson mâcha une autre bouchée et s'essuya la bouche du revers de la main. « C'est difficile à expliquer. C'était pour vous dire que je suis désolé pour Christy, mais que j'ai jamais pensé que vous aviez raison. On est partis à Reno, les gars du shérif sont venus et ils l'ont ramenée à la maison. Je suis jamais revenu la chercher, elle serait pas restée avec moi non plus, vous le savez, elle est jamais restée ici avec vous après ça, jamais beaucoup. Vous pensez que c'est ma faute, mais je crois pas. » La main en coupe, Eddie Matson balaya des miettes sur la toile cirée de la table et dévisagea Ambler assis en face de lui, de ses yeux couleur d'ardoise montrant une profonde concentration et résolus à exprimer quelque chose qu'il ne pouvait renoncer à tenter d'exprimer, et qui était probablement la raison principale de sa présence ici. « Elle a commencé toute seule — il n'y a personne d'autre à blâmer.

— J'ai l'impression que tu te cherches des excuses, dit Ambler. On peut tous se trouver des excuses, et faire des trucs qu'on déteste, et s'il y a une chose à faire justement, c'est arrêter ça. Je me suis foutu une trouille bleue il y a quelque temps, c'était personne d'autre que moi, et maintenant, peut-être bien que je ne fais plus rien, mais du moins j'essaye de ne plus faire des trucs que je déteste. » Ce discours se construisait à mesure qu'il sortait de sa bouche, et Ambler se demanda, en s'écoutant lui-même, dans quelle mesure il croyait vraiment ce qu'il disait, et ce qu'il avait cessé de faire, mis à part se fier à son courage.

« Je vais te faire une proposition », dit Ambler. Eddie

Matson détourna les yeux et hocha simplement la tête, comme si oui, une proposition devait être faite. « Viens vivre ici, dans cette maison, dès que tu te sentiras prêt. » Ambler se demanda ce qu'il offrait là au juste.

Eddie Matson continuait de hocher affirmativement la tête, puis son regard revint se poser sur Ambler et, cette fois, ses yeux étaient redevenus d'un gris de terre. « Vous vous faites trop vieux ? »

Ambler se leva et leur resservit à tous deux du café amer, et du whisky, avec la bouteille posée sur la table entre eux. « Pas tant que ça, plutôt par-dessus la tête de tout.

— Dès que j'en aurai l'occasion, dit Eddie Matson. D'accord. C'est vrai qu'il y aurait de quoi faire par ici. »

Mais l'occasion ne se présenta jamais. La dernière semaine d'octobre, le vent apporta du froid depuis le nord. L'été indien avait pris fin et la première chose que faisait toujours Ambler ces temps-ci en rentrant de travailler, c'était ranimer le feu et se réchauffer. Il n'y eut que quelques jours de pluie de neige fondue avant le jour gris de novembre où il se mit à neiger en fin d'après-midi. En regardant tomber la neige, Ambler se souvint de sa fille.

Elle l'avait suivi dans les prairies glissantes et il l'avait prise par la main pour l'aider à garder l'équilibre pendant que l'humidité s'élargissait en demi-cercles sur les pointes usées de ses bottes. Elle riait en haletant dans l'air glacial et tous deux regardaient la vapeur de son souffle s'envoler. Il semblait y avoir trop de lui-même dans ces souvenirs. Il se demanda si, comme disaient les gens, il ne l'avait pas placée trop haut, et puis il pensa, qu'ils aillent au diable.

Le lendemain matin, la neige blanche couvrait le sol et tombait droite et douce dans un silence absolu. Le soir, il se leva de son fauteuil, épuisé, surpris de s'apercevoir qu'il n'avait pas mangé et qu'il devait avoir faim. Il se força à allumer du feu, fit cuire un steak et une pomme de terre au four, émulsionna une sauce grise au jus et au lait, trancha du pain, puis s'assit et mangea lentement. Quand il eut fini, il se sentit réchauffé et en paix, et il fuma en regardant dehors vers l'endroit où le petit ruisseau qui coulait devant la maison creusait son lit dans les nouveaux amoncellements de neige. Le printemps arrivera tôt, songea-t-il, et les pâtures seront bonnes. Je vais me lever de bonne heure pour aller faire un tour en ville. La somnolence rendant ses pensées floues, il commençait à se diriger vers la chambre quand il tomba. Il resta deux heures gisant sans connaissance, avant d'essayer de ramper pour aller quelque part, et c'est là qu'il mourut, de mort naturelle.

Personne ne le découvrit jusqu'à ce qu'Eddie Matson finisse par arriver et trouve ses quelques têtes de bétail crevant de faim et allant et venant le long de la clôture en rongeant les piquets. Après un temps de recherches, on localisa sa veuve qui fit vendre la propriété aux enchères. Le tout revint à une compagnie d'élevage d'Imperial Valley en Californie, qui achetait comme pâturages d'estive des terrains avec de l'eau tout le long du versant occidental de la Steens Mountain. Eddie Matson loua la maison et y vécut seul sept ans avant d'épouser l'une des sœurs Lamar de Bonanza et de déménager près de Klamath Falls. Il disait toujours, sur la fin de sa vie (dans la ferme laitière dont avait hérité sa femme), que le vieil Ambler lui avait appris une chose, une seule, même si elle était difficile à définir. Quelque chose comme ne jamais regarder l'heure du jour, ne jamais posséder de montre, toujours évaluer d'après la position du soleil. Et la nuit, disait-il avec un rire, la nuit ne compte pas.

La rivière souterraine

Red Yount, l'adjoint du shérif, prenait son temps. Tandis que le vent froid de novembre bougeait, telle une eau lointaine entre les cimes de pins ponderosa à l'écorce jaune, Cleve se remémorait le rêve de la nuit passée : un vieil homme aux cheveux longs monté sur un cheval gris descendait au galop un versant ondoyant et herbeux en direction d'un village en bordure d'un torrent — maisons à toit de saule derrière des carrés de céréales jaunissantes, trembles et conifères au-delà du cours d'eau. Sans bruit, encadré par les branches des sapins, fusil brandi dans la main droite de l'homme, le cheval galopait sans s'arrêter.

« Lonnie n'était jamais raisonnable quand il buvait », lâcha Red Yount au beau milieu de son récit. Cleve regardait fixement le sol recouvert d'une épaisse couche de poussière volcanique, aussi jaune et légère que de la farine de maïs.

Le shérif de Donan avait envoyé Red Yount chez Cleve dès que la nouvelle était arrivée de Red Bluff : Lonnie était mort la veille dans la cellule des ivrognes du comté de Tehama, ce qui signifiait qu'il avait réussi à vivre cent vingt-trois jours après sa majorité et l'encaissement de sa part de l'argent tribal. « Au moins, dit Red Yount, tu as les moyens de payer l'enterrement. »

Cleve hocha la tête. Voilà à quoi avait mené l'argent : plus de quarante-trois mille dollars, le fruit de sept ans d'intérêts reversés par une banque de Portland. Cleve, après avoir résisté pendant deux ans, depuis qu'il avait lui-même atteint l'âge de vingt et un ans, avait cédé à ce qui ressemblait au bon sens, et retiré son argent en même temps que son frère, soit une somme identique de quarante-trois mille six cent trente-neuf dollars et quarante-deux *cents.*

« Bigre », dit Red Yount. Il avait une limousine Plymouth noire d'un an. « C'est pas vraiment une surprise. Qu'est-ce que t'en penses ? Tu dis rien.

— Je me souvenais de son comportement en prison, répondit Cleve. Il n'y était pas retourné depuis longtemps.

— Il a eu un bon passage.

— Ouais, fit Cleve. Il a eu un bon passage. Ça a duré quelques années. » Red Yount dit que le verdict du coroner était « intoxication alcoolique ». Quelque médecin blanc chauve et à moité raté avait griffonné ces mots sur un certificat de décès, plus tard dactylographié par une fille dans les nuages. « Quelques années. » Sous le bruit froid du vent, Cleve percevait le murmure de la rivière en contrebas de la berge qu'elle creusait dans la terre juste derrière la maison. Depuis le départ de Lonnie, il avait le bruit de l'eau dans la tête même quand il ne l'entendait pas. Toute sa vie, il s'était couché avec ce murmure et s'était éveillé avec lui, avait dormi bercé par lui et passé des nuits sans dormir à écouter le souffle tuberculeux de son frère et le cours de l'eau en été. Son père avait construit cette maison de quatre pièces au cours du printemps et de l'été 47, alors que Cleve avait deux ans et que Lonnie n'allait pas tarder à naître. Il l'avait bâtie à l'aide de planches et de clous achetés à l'automne 45, avec la prime de démobilisation de l'armée, des planches gauchies et des clous rouillés quand l'année 47 était arrivée. Par son apparence, la bâtisse semblait incarner ce qu'ils étaient : pelée, jamais repeinte, perchée toute seule au-dessus de la rivière dans des tourbillons de poussière jaune.

« Alors comme ça, il s'était tiré d'ici, dit Red Yount. Enfin, il a dû y trouver son bonheur.

— Probable.

— On va le rapatrier. Mais il faut que tu t'occupes d'organiser l'enterrement.

— Attendez une minute, dit Cleve. Je vais chercher ma veste, je voudrais que vous me conduisiez en ville » — ce qui était contraire au règlement et probablement illégal.

Mais ce vent de début d'hiver qui soufflait de l'horizon clair et sec au sud vous brûlait la peau, et il se disait que Yount, qui était l'adjoint indien depuis bien avant la naissance de Cleve, ne pourrait pas lui refuser ça. Ex-marine décoré de retour d'Okinawa, Yount était rentré au pays en 1945 pour y occuper ce poste. « J'ai le droit de prendre personne, dit l'adjoint. Tu te baisseras si on croise quelqu'un. Je te déposerai avant d'arriver en ville.

— J'en ai pour une minute », dit Cleve. Il fut surpris de voir Yount le suivre à l'intérieur. Sur la table, la lampe à kérosène tremblotait dans les courants d'air. Sur une mousseline blanche près de la lampe gisaient les pièces détachées d'un Remington 30-06 que Cleve avait vérifiées et huilées. Il avait acheté le fusil dans un mont-de-piété de Klamath Falls et voulait s'assurer qu'il était en état de marche, qu'aucune pièce n'était usée ni aucun ressort détendu. Tout autour sur les murs étaient suspendus ses pièges et deux autres fusils dans leur étui. Entassés dans un coin, il y avait sa selle et son attirail de cavalier.

« C'est à cause de tout cet argent, dit l'adjoint. C'est jamais bon de donner des sommes pareilles aux gens. »

Cleve fouilla pour trouver sa veste dans le tas de vêtements d'hiver empilés derrière le lit à deux places où il dormait seul.

« T'as chopé un cerf ? demanda l'adjoint.

— Ouais, j'en ai eu un. » Cleve avait tué treize cervidés en tout, sept cerfs et six biches. Il avait vendu les cerfs à des chasseurs blancs dont le bras s'était figé au moment de tirer ou qui avaient trop bu au cours de leur expédition de chasse depuis Portland, Eugene ou ailleurs. L'une des biches dépecée et vidée était suspendue dans la chambre du fond. Les autres se trouvaient dans une chambre froide à Donan. La pièce sentait le cuir et la graisse, le sang séché, la chasse. « Je l'ai accroché dans la chambre du fond, dit Cleve. Je me nourris avec.

— T'as payé la bague d'identification ? demanda l'adjoint. Maintenant que vous avez du fric, les gars, faut que vous vous comportiez comme les autres.

— Ouais, je l'ai payée. » Jusqu'à la dissolution de la réserve, les tribus avaient chassé librement. Aujourd'hui, elles étaient assujetties aux lois de l'État. Cleve avait tué treize cervidés et n'avait pas payé la moindre bague. La présence de la biche dans la chambre du fond était illégale.

« Peut-être bien que tu l'as fait, dit l'adjoint. Je me souviens avoir entendu dire que t'avais acheté une bague. » Il fit le tour de la pièce à pas lents, examinant le matériel. Cleve boutonna son blouson Levi's doublé de flanelle. La manche droite était déchirée et la doublure constellée d'épillets d'ivraie. Il l'avait porté l'hiver précédent quand il avait travaillé à nourrir du bétail. Ces derniers temps, il avait pensé s'acheter une veste en mouton retourné comme celles qu'on voyait dans les magazines en papier glacé sur le présentoir de la taverne, chez Prince's.

« On y va ? demanda Cleve à l'adjoint.

— Je jette un coup d'œil. Laisse-moi jeter un coup d'œil. » La poussière volait autour de la Plymouth et, sur la grand-route, trois camions à bestiaux vides passèrent, se suivant à la queue leu leu. Cleve aurait voulu que la maison fût à des kilomètres au fin fond des bois, dans un lieu où la rivière coulerait tranquillement et où il n'aurait rien d'autre à voir que l'eau et les ombres des arbres sur sa surface ridée, avec des porcs-épics, des oiseaux et quelques cerfs peut-être. Il détestait le fil barbelé et les barrières canadiennes en traverses de chemin de fer, et la Plymouth qui l'attendait dans la cuvette poussiéreuse devant la maison.

Red Yount tripotait les pièces du mécanisme du 30-06 étalées sur la table. Cleve regrettait de lui avoir demandé de l'emmener en ville. Il détestait la présence de cet homme dans sa maison. Il se souvenait de la cellule de prison au sous-sol du vieil hôtel de ville de Donan. « T'as l'habitude, avait dit Red Yount en lui apportant de quoi manger — un hamburger et un verre de lait du comptoir de chez Prince's. C'est un peu comme si tu rentrais à la maison. » Cleve était resté six mois au trou cette fois-là, la dernière. Vol de voiture. Virée d'ivrogne dans la Jeep d'un chasseur de cerfs. L'adjoint lui avait passé le plateau par-dessous les barreaux de la porte. Cleve avait déjà fait trois séjours en prison, toujours pour tapage et ivrognerie, mais jamais plus d'une semaine ou de dix jours à chaque fois. Six mois, c'était différent, six mois assis dans la pénombre et l'humidité, à écouter les souris et à perdre tout un été de sa vie.

Cleve se souvenait qu'il entendait le carillon marquer les heures en haut du dôme de l'hôtel de ville. Il demandait à l'adjoint quel jour c'était, et Yount, refusant de le lui dire, répondait : « On te le fera savoir. T'en fais pas. »

Cleve n'était jamais retourné en prison. Il n'avait plus jamais bu. Et il n'y retournerait pas.

Il se demandait comment tenir Yount à l'écart de la chambre du fond et de la biche braconnée.

« Ça sert à rien de traîner ici plus longtemps », dit Cleve.

L'adjoint s'installa dans la chaise à bascule et alluma une cigarette filtre. « J'ai arrêté de les rouler, dit-il en laissant tomber son allumette de cuisine par terre. Ces roulées me foutaient les poumons en l'air ; elles te coupent le souffle. » Yount se mit à parler de Lonnie. Les flics de Red Bluff l'avaient trouvé inconscient sur la voie piétonnière du pont routier franchissant la Sacramento River, avec trois mille cent quarante-sept dollars répartis dans son portefeuille et dans ses nombreuses poches, quand ils l'avaient emporté, inconscient mais encore vivant. « Ils auraient pu lui faire un lavage d'estomac, s'ils avaient su, dit l'adjoint. Mais on peut pas penser à tout. » Ils avaient trouvé le reste de l'argent, vingt-sept mille deux cent quatre-vingt douze dollars, dans une boîte contenant une paire de bottes Justin toutes neuves et jamais portées, un sac en papier brun renfermant les billets fourré dans la tige d'une botte. Yount écrasa sa cigarette sous son talon. « Allez, dit-il en se levant. Avant qu'on y aille, tu veux bien me montrer cette dépouille ? Je veux seulement jeter un coup d'œil à la bague.

— Pas la peine, dit Cleve. Je lui ai coupé la tête. Je l'ai enterrée. La bague était sur l'oreille.

— Peut-être que je vais quand même y jeter un coup d'œil.

— Et peut-être que non. Lonnie est mort. Vaut mieux que je descende en ville. Vaut mieux que je m'occupe de tout ça.

— Je vais voir ce cerf, insista Red Yount. Ensuite, on descend en ville tous les deux. » Il fit sauter le bouton pression de l'étui en cuir renfermant son pistolet .38. « Tu vas pas faire de difficultés maintenant. Je veux pas avoir à te boucler pour résistance à agent.

— Allons-nous-en, dit Cleve. Comme si on était de bons copains. Y aura aucun problème.

— Mais j'suis pas ton copain. On peut absolument pas être copains. C'est quelle porte ?

— Pourquoi vous laissez pas tomber ? Allez-vous-en, laissez-moi et oubliez même que je vous ai demandé de m'emmener en ville.

— Contente-toi de me montrer cette bête. » L'adjoint sortit le .38 de son holster et le fit tourner dans sa main. « Faut juste que j'y jette un coup d'œil.

— Bon, d'accord. Je vais vous montrer. » Sa propre voix lui parut bizarre, et il passa rapidement devant l'homme.

Au moment où l'adjoint entrait dans la pièce obscure où était suspendue la dépouille, Cleve ouvrit son couteau à dépecer.

« Une biche, dit l'adjoint. J'en étais sûr, putain. » Il arma le chien, et il commençait à pivoter sur lui-même quand Cleve lui glissa son couteau juste sous l'oreille droite. Il fit tourner la lame et sentit le jet brûlant du sang sur sa main et son bras.

Red Yount était à terre, agité de soubresauts sous le cadavre de la biche. En se demandant s'il regrettait son geste, et en sachant que non, qu'il n'avait pas éprouvé un seul regret depuis l'instant où il l'avait tué, Cleve contempla l'adjoint jusqu'à ce qu'il fût sûr que c'était fini. Puis il rangea son couteau, se lava les mains et sortit. Il conduisit la Plymouth derrière la maison, où elle serait invisible de la route.

Cleve se mit en marche vers Donan. Il faisait presque nuit quand il commença à descendre la colline située derrière la ville en suivant une piste de débardage de bois, le sang déjà sec sur la manche de sa chemise. En contrebas, à travers les cimes des pins nains, il apercevait les bâtisses aux toits de zinc, la fumée montant de la cheminée en briques du poêle artisanal installé au fond du garage Decker & Preston. Cleve se demanda combien ils étaient là-bas, si quelqu'un était allé chercher une caisse de bières chez Prince's, et s'ils savaient pour Lonnie. Le vent soufflait le long de la rue déserte gagnée par le crépuscule lorsqu'il franchit la porte de derrière du garage et vit trois d'entre eux autour du poêle. Big Jimmy et son pote de toujours, Clarence Dunes, et Lester, le mécano. La seule voiture rangée dans le garage était la décapotable bleu ciel de Big Jimmy. Une caisse ouverte de Bud était posée par terre près du poële.

Cleve se dirigea lentement vers le demi-cercle qu'ils formaient, se tourna de dos au poêle et resta debout avec eux.

Lester Braddock, le plus âgé de tous, près de trente-cinq ans, était un petit homme au torse de taureau vêtu d'une combinaison de travail neuve et raide. Il ouvrit une bière pour Cleve. « Bois ça, dit-il. Ils te cherchent, mec. Ils ont trouvé le vieux Yount. »

Cleve resta debout avec sa bouteille froide à la main. « Je fous le camp dans une minute, dit-il. Je suis juste venu vous dire ce que je veux qu'on fasse pour Lonnie. »

Il se mit à parler. À huit cents mètres en contrebas de chez lui, la rivière disparaissait sous terre. Cleve avait rêvé de la rivière, et à cause de ce rêve, parce que la mort de Lonnie, le rêve, tout était lié au bruit de la chute de l'eau, il voulait envoyer son frère entre les rochers vers ce lieu où l'eau était aspirée à l'intérieur de la terre. Elle plongeait entre des rochers au milieu d'un long éboulis de lave noire pour resurgir au fond du ravin, à deux kilomètres de là, et le bruit de la cascade rendait un son creux, comme si l'eau chutait longtemps avant d'atterrir sur une plaque d'acier. Lonnie et lui avaient joué là enfants. Leur père avait installé un système de câbles pour retenir les filets entre les rochers, et les deux garçons le regardaient crapahuter pieds nus entre les pierres pour ôter les truites des filets, assuré par un lasso en cuir torsadé dont il se servait comme d'une corde d'alpiniste.

Au début de la guerre, un gosse d'une autre famille était tombé dans l'eau et avait été aspiré sous terre, on n'avait jamais retrouvé son corps ; et sur les rochers plats à proximité de la rive, recouvrant des inscriptions plus anciennes et des dessins, on avait badigeonné une vague croix avec une peinture verdâtre d'intérieur, en mémoire de cet enfant noyé aujourd'hui oublié. Cleve avait rêvé d'être cet enfant, de tomber et de n'être jamais retrouvé. C'est ce qu'il souhaitait pour Lonnie.

Big Jimmy et Clarence Dunes le regardaient sans bouger. Lester était plus âgé et plus avisé. Il évitait de le regarder et Cleve lui en était reconnaissant. Ils étaient tous copains, mais Lester était l'aîné et le seul susceptible de se comporter comme s'il savait à peu près ce que cela faisait d'apprendre la mort d'un frère. Cleve termina la bière, à longues goulées rapides, et jeta la bouteille dans un bidon à ordures vide. « Merci », dit-il. Cleve regarda Lester, qui fixait le sol. « On se reverra. » Il commença à s'éloigner du poêle, sans avoir la moindre idée d'où il irait une fois franchie la porte qui le conduirait dehors, mais Big Jimmy le rattrapa par l'épaule. Jimmy était grand, plus d'un mètre quatre-vingts, et gros, le ventre débordant tellement de son ceinturon qu'il masquait la moitié de sa boucle en argent. Son visage ressemblait à une pleine lune, toujours calme et placide, même quand il se bagarrait. « Ils marcheront pas pour un truc comme ça, dit-il. Une idée farfelue comme ça, jamais. » Il gardait sa main sur l'épaule de Cleve.

« Vous aurez qu'à le voler », dit Cleve. Il leur expliqua comment ils devaient installer Lonnie sur un radeau et le lâcher sur la rivière en pleine nuit. Jimmy laissa retomber sa main et se mit à parler, l'air réellement excité soudain, comme si tout ce qu'il désirait, c'était que quelqu'un lui dise que c'était possible, qu'ils pouvaient réaliser cette idée. Il dit : « On pourrait emporter quelques bouteilles de whisky et le dire à tout le monde. Ils viendraient tous. » Cleve ne se souvenait pas d'avoir jamais vu Jimmy l'air excité.

Même pas quand Lonnie avait mis le feu à l'abattoir. En rentrant du All-Indian Rodeo de McDermit le 4 juillet 1961, leurs parents avaient brûlé pendant leur sommeil dans leur voiture, une Chevrolet à deux portes vieille de six ans stationnée au bord de la route gravillonnée au sud de Denio. Quand les garçons avaient appris la nouvelle, Lonnie s'était abîmé dans une beuverie de trois jours qui ne s'était achevée que lorsqu'il avait ouvert la portière pour regarder l'intérieur carbonisé de la voiture et qu'il avait senti sa puanteur fécale. Cette nuit-là, il avait emporté un bidon de vingt litres de kérosène jusqu'à l'abattoir, dans la ville haute de Donan, sur la réserve, et mis le feu aux bâtiments et aux tas de peaux. Le lendemain matin, l'odeur de poils grillés et de viande cuite se mêlait à la fumée du bois imbibé de sang qui flottait comme un brouillard gris. À l'aube, Lonnie était rentré à la maison pour y trouver la police qui l'attendait. « Y a-t-il beaucoup de choses dans votre vie que vous regrettez ? » Voilà ce que lui avait demandé le juge. « Tout, avait répondu Lonnie. Comme vous le feriez à ma place, si vous étiez n'importe qui. » Big Jimmy avait ironisé : « Ça lui a juste valu une peine plus longue. C'est débile. » Et maintenant, il avait l'air *excité,* maintenant qu'il était trop tard. Cleve voyait Lonnie, la salle stérile, les murs et le carrelage en céramique verte, les tuyaux en caoutchouc enroulés accrochés au-dessus des robinets, le corps nu sur une table en béton ; et l'homme écrivant rapidement « intoxication alcoolique » avant de quitter la pièce.

Ce fut donc décidé, et Cleve se dissimula dans le coffre de la Buick décapotable bleu ciel de Jimmy. Ils prirent la direction du sud, vers Red Bluff. Cleve était recroquevillé sur des sacs de jute autour d'une demi-caisse d'Olympia. C'était Lester qui conduisait, Jimmy ayant déclaré qu'il était trop nerveux. Cleve sentait la moindre secousse sur l'asphalte inégal. Au début, il avait essayé de tenir le compte des virages, avec le tracé de la route en mémoire, et pendant le premier quart d'heure il fut capable de situer l'endroit où ils se trouvaient. Désormais, tout ce qu'il pouvait dire, c'était qu'ils roulaient vite. Il avait englouti trois bières et entamait la quatrième. Il se demanda brièvement vers où ils allaient, mais pour tout dire il s'en moquait. Puis la voiture fit une violente embardée, qui expédia Cleve contre la roue de secours de Jimmy, et il entendit crier dans l'habitacle de la voiture. Il se remémora l'odeur de brûlé de la Chevrolet de son père, s'imagina lui-même carbonisé, sa tête s'emplit de cette puanteur, puis il fut plaqué au capot du coffre et la voiture partit en tonneaux.

Quand elle s'immobilisa, il avait mal à la tête. Il sentit quelque chose couler sur un côté de sa figure et il se demanda si c'était du sang ou bien de la bière. Il aperçut des projecteurs par la fente du coffre entrouvert. Un type cria : « Sortez et les mains en l'air, bande de salopards. » Il entendit Jimmy sangloter. La voiture était couchée sur le flanc gauche. Il entendit Jimmy dire : « Lester est blessé. Oh, bon Dieu, je crois que Lester est mort. » Cleve bondit hors du coffre et se mit à courir, fuyant les lumières, rebroussant chemin sur la route. Il entendit le *tac-a-tac* des coups de feu et le rugissement des balles qui le dépassaient. Il plongea, tenta de courir en s'aplatissant comme un coyote, puis quelque chose le souleva et il retomba dans une glissade sur l'asphalte, où il demeura gisant, ses doigts explorant la surface froide et granuleuse de la chaussée, chacun de ses gravillons incrustés pareil à une montagne qu'il lui fallait gravir ; et l'espace d'un instant, la grand-route lui sembla une rivière dont il descendait le courant. Jimmy hurlait : « Vous l'avez tué, *connards* » et Cleve sut qu'il était tué, et que le vent avait cessé, et qu'il descendait, descendait le courant de la rivière avec Lonnie, pour rejoindre le lieu où ils étaient capables d'une résistance infinie.

Cette histoire n'est pas la vôtre

Cette fois, c'était une fille qu'Halverson connaissait, à moitié dévorée, les cheveux arrachés. C'était la nuit, elle était réveillée ; elle avait eu peur et avait gémi pendant que l'ours géant furetait contre la paroi en nylon de la tente comme un cochon qui fouit. Elle avait pris la main de l'autre fille et ne s'était mise à crier que lorsque les longues griffes l'avaient arrachée à son sac de couchage, continuant de crier pendant qu'il l'entraînait au loin, tandis que les plumes du duvet voletaient au-dessus des charbons rougeoyants d'un feu de nœuds de pin. Cette fois, c'était quelqu'un qu'il connaissait ; et immobile dans le noir, couché dans la chaleur de son lit, il cherchait à comprendre ce que cela faisait de se savoir tué avant d'être mort.

Cela ne servait à rien de réfléchir. La dernière fois qu'Halverson était resté éveillé comme ça, le premier week-end où l'on avait dégagé les plaques de neige amoncelées par le vent sur la Going-to-the-Sun Highway au-dessus de Logan Pass, c'était un fœtus — pas exactement un fœtus, un bébé, un bébé mort-né, une petite fille jetée dans une poubelle sur le bas-côté de la route du côté est de Two Medicine Lake — retrouvé par des ouvriers de la voierie. Un bébé mort enroulé dans une serviette rose de motel et jeté dans une boîte à ordures. Ça ne pouvait pas être l'indifférence qui poussait à un enterrement de ce genre. Plutôt la nécessité de se délivrer de ce qui peut arriver. Marche dans le vent et tes yeux s'empliront de larmes.

Mais au départ il y avait Darby, et la façon qu'elle avait d'éviter de se regarder dans les glaces. Ça ne servait à rien de le lui expliquer, mais, début mai, quand les feuilles des trembles bordant l'affluent de la Flathead étaient couleur citron vert et à peine formées, Halverson avait commencé à croire qu'il voyait ce que Darby fuyait lorsqu'elle détournait vite le regard de la grande glace qu'elle avait accrochée dans sa chambre. Les soirs où elle était à la maison, Halverson levait les yeux et voyait Darby assise devant le feu, ses pieds en collants posés sur l'âtre, absorbée dans l'un de ses magazines — les vieux numéros du *National Geographic* qu'elle avait apportés quand elle s'était installée chez lui —, et il l'imaginait quand elle serait vieille. Les verres de ses lunettes seraient de plus en plus épais et lui feraient d'étranges yeux déformés de chouette ; à la fin, il le savait, elle tâtonnerait et serait aveugle. Ses mains, hésitantes et exploratrices, toucheraient des objets qu'elle ne verrait pas. S'il restait avec elle suffisamment longtemps, le moment viendrait où elle tomberait, craquement d'os, bruit qu'il imaginait en l'observant tourner les pages ; et après un temps indéterminé, il resterait seul et vieux, effleurant et explorant des doigts chaque chose dans cette pièce familière, tandis qu'il parlerait à quelque souvenir qu'il conservait de son père de la manière d'affûter un couteau ou de la couleur des truites de montagne.

Halverson avait dit à Darby qu'il n'aurait jamais d'enfant, si son avis entrait en ligne de compte. Il lui avait dit qu'il ne pouvait pas continuer à vivre avec elle, et qu'il n'avait aucune intention de revivre un jour avec une autre femme. Il lui avait dit qu'ils étaient beaucoup mieux l'un sans l'autre.

« Je regrette », avait-il conclu, pensant qu'elle allait s'insurger. Mais elle s'était seulement replongée dans son magazine.

« Non, avait-elle dit. Ce n'est pas ça. »

Le lendemain soir, quand il était rentré de sa journée de camionnage de grumes de cèdre, il avait trouvé sa cabane remplie de fauteuils et de tables en bambou laqué. Des fleurs tropicales éclatantes dans des tons bleu lavande et orange éclaboussaient les coussins. Ses vieux meubles étaient empilés sous l'abri où il rangeait le camion l'hiver. « Et ne te fais pas de souci, avait dit Darby. Tout est à mon nom. C'est moi qui paye. Cinquante-sept dollars par mois. » De son côté de la cheminée, il y avait une toile de bâche neuve sur le fauteuil pour que le coussin reste propre.

« Ouais, mais c'est moi qui paie toute la bouffe », avait répondu Halverson. Il n'aurait rien pu dire de gentil.

« J'en ai toujours rêvé, avait ajouté Darby. On se croirait dans les îles du Pacifique, tu ne trouves pas ?

— À peu de chose près », avait dit Halverson. Il ne reparla plus de la voir partir.

Tout ce qui n'est pas utile est malsain : au point de croix, cette sentence attribuée à Cotton Mather[1] était encadrée au mur chez son grand-père. Le père d'Halverson avait brûlé le cadre en même temps que la literie du grand-père empilée sur le lit où le vieil homme avait agonisé et tremblé les derniers mois de son existence. Les couvertures avaient dégagé une odeur de camphre en se consumant. Le grand-père d'Halverson était mort en colère, refusant de se nourrir, se laissant mourir de faim. Son père n'aidait jamais sa mère à essayer de le faire manger ; il restait assis à la table de la cuisine à regarder, l'air furieux, tomber la neige derrière la vitre de l'évier pendant que les encouragements persistaient. Halverson avait six ou sept ans alors, mais il entendait encore la voix de sa mère murmurer dans la chambre du vieillard au fond de la maison.

« Chacun de nous n'a que trop de péchés à expier »,

1. Pasteur et historien américain (1663-1728) dont l'œuvre traite abondamment de sorcellerie et relate les procès des sorcières de Salem.

ne cessait de répéter sa mère. Halverson n'y avait jamais beaucoup repensé depuis, mais il savait que le vieil homme ne commettait pas de péchés.

Dans la chambre, le réveil digital posé sur la télé Sony d'Halverson indiquait 00 : 52. La bouteille d'un demi-litre de Jack Daniel's était vide et Halverson pas près de dormir. Il tâchait toujours d'être endormi quand Darby rentrait tard de son travail de serveuse de bar. Il n'avait pas envie de savoir qui était parti avec le mauvais partenaire à la fermeture, ni quels enfants avaient dormi dans la voiture pendant que leurs parents buvaient et se querellaient après la séance de ciné-parc.

Mais ce soir-là, il y avait cette fille ; elle était jeune, et désormais elle était morte, le doux renflement de son ventre dur dévoré par le grizzli. Ses cheveux, qui pendaient dans son dos tel un cordage embrouillé teint en rouge, avaient été mangés à même le crâne. Les gardes du parc étaient partis en chasse avec des fusils. Halverson se leva, passa à la salle de bains et, debout sous le jet, tourna le robinet de la douche sur brûlant, puis sur froid, en s'efforçant de ne pas suffoquer ni tressaillir. Il se rasa pour la deuxième fois de la journée, sortit une chemise en flanelle propre de son placard, retroussa ses manches, passa son pantalon de travail et laça ses godillots. Son visage était lisse et doux quand il frotta ses yeux en pensant : rien que cette fois, rien que ce soir, encore un verre.

La fille qui était morte travaillait au même bar que Darby. Halverson y faisait un saut tous les soirs pour avaler son demi-litre de Jack Daniel's et quelques bières. Il avait plaisanté avec elle pas plus tard que deux ou trois soirs auparavant, comme quoi elle ne pourrait plus jamais repartir si elle restait encore longtemps dans le coin. « Cinq ans... tu prends forcément les habitudes du pays. » Elle avait dit ça comme ça, pour dire quelque chose pendant qu'elle encaissait son demi. C'était une fille au teint brun, pas spécialement jolie, venue d'une riche banlieue de Columbus, Ohio. Elle avait laissé tomber ses études de biologie de la faune sauvage à l'université de Missoula pour venir s'installer à Columbia Falls avec un gars qui vendait de la cocaïne aux skieurs de Whitefish et passait ses étés à faire de la randonnée en montagne. Halverson se demandait comment on s'en sortait avec la cocaïne. Quand le gars s'était fait pincer et avait été condamné à une peine de cinq ans à la prison d'État de Deer Lodge, trois ans peut-être dans le cas d'une remise de peine, elle avait pris cette place de serveuse en disant qu'elle attendrait. D'après Darby, elle avait tenu parole ; il n'y avait pas eu d'accroc dans le contrat.

Halverson descendit en voiture vers le fond du canyon et l'épaisseur de néon lumineuse qui nimbait Columbia Falls. Devant la taverne, il se gara et écouta le doux cliquetis des soupapes de sa Land Rover.

Halverson resta à regarder clignoter les enseignes des marques de bière, puis il rentra chez lui. En contrebas de sa cabane, il gara la Land Rover près de l'ombre massive de son grumier Kenworth 350 à moteur diesel. Halverson passait ses journées de travail à conduire lentement son camion sur l'étroite bande d'asphalte qui longeait la Flathead River, pour amener des fûts de cèdre à la scierie située plus bas que Hungry Horse, où ils étaient débités en bardeaux. Le parfum du cèdre au cœur d'ambre évoquait une odeur de médicament. Ce boulot ressemblait à un privilège, asphalte sous les pneus la plupart du temps et ces billons de cèdre. Et voilà qu'il décrochait.

Il grimpa dans le Kenworth et alluma les phares qui trouèrent les taillis à l'orée de la forêt. Il ne partirait pas le lendemain matin. Le camion était prêt, chaînes arrimées sur les arceaux à grumes pour le trajet avant l'aube vers l'intérieur des montagnes, mais il n'irait pas travailler.

Il imaginait l'ours. Il voyait la face en soucoupe du grand prédateur émerger, simple et curieuse, de lianes chargées de grappes de baies d'amélanchiers aussi lourdes que du raisin. Le nez sombre serait une cible sous le réticule du viseur. Le bruit du coup de feu se répercuterait entre les parois minérales stratifiées du cirque, où les glaciers avaient passé leurs siècles à éroder la roche. Très loin, une pierre se détacherait et dévalerait l'éboulis avec fracas. Les tables des pics étoufferaient le bruit jusqu'au silence.

Halverson pouvait entendre la pierre ricocher sur les autres pierres après que l'écho de la détonation eut décru jusqu'au néant. Mais il ne pouvait imaginer la chute de l'animal. Il ne pouvait rien imaginer au-delà de ce premier coup de feu. Il éteignit les phares du Kenworth, rentra dans la cabane, ôta l'alarme du réveil et fut content de se coucher.

La fille était morte deux nuits plus tôt au fin fond de Glacier Park[1]. Elle campait avec une amie loin à l'extrémité est de Quartz Lake dans la Livingston Range. Là, dans cette partie du parc conservée au plus près d'un véritable état naturel, à des kilomètres des autres campeurs, il n'y avait aucun sentier tracé dans l'enchevêtrement de pins latifolia tombés le long du rivage. C'était un territoire qu'Halverson connaissait, depuis l'époque de ces bivouacs de fin d'été que son père appelait des vacances. Toute sa vie active, le père d'Halverson avait été salarié du parc : chef d'équipe à l'entretien des sentiers l'été et au déblaiement de la neige l'hiver ; portage de foin pour nourrir les élans et les cerfs au cours des hivers les plus rudes. Tous les mois de septembre, une fois les touristes de Labor Day[2] rentrés chez eux, son père prenait des congés pour aller camper dans des coins reculés, se planquer, comme il disait, laisser pousser sa barbe et apprendre à sentir de nouveau l'odeur de son corps. Tu finis par oublier qui tu es, si tu te renifles jamais, disait son père. Du temps qu'on compte pas, ainsi qu'il se plaisait à dire, rejoignant par là les propos de John Muir sur la randonnée en montagne : *du temps qui ne sera pas retranché à la somme de votre vie.* Mais quelque chose en avait été retranché. Son père était mort

1. Parc national du nord-ouest du Montana.

2. Fête du travail, premier lundi de septembre aux États-Unis et au Canada.

d'une crise cardiaque à l'âge de trente-neuf ans, fibrillation, les médecins avaient appelé ça. C'était un matin d'hiver ; la mère d'Halverson, debout sur le seuil de la chambre éclairée, avait dit à l'enfant : « Interdiction d'entrer ! » Puis il y avait eu la porte refermée, et ses cris hystériques. *Tu ne rentres pas !* Après, elle s'était calmée. Et puis elle était sortie de la chambre, avait refermé la porte et s'était lavé la figure. Puis, se tournant vers Halverson, elle avait dit, *il est mort.*

Aujourd'hui, Halverson avait quarante-deux ans, trois de plus que son père au moment de sa mort. Il n'était pas retourné dans le parc, sauf pour emprunter des raccourcis, depuis l'enterrement. En quelle année, déjà ?

La survivante avait raconté qu'elle s'était réveillée et qu'elle avait entendu l'ours grogner à l'extérieur de la tente et sa copine gémir. Ce que j'ai pensé, raconta la fille, c'est : *Dieu soit loué, il est dehors.* J'étais incapable de penser autre chose, comme quoi je savais qu'il y avait un ours dehors, mais c'était *dehors*, vous voyez ? La survivante avait raconté comment elle et l'autre fille s'étaient tenues par la main en essayant de ne pas faire de bruit. Puis le nylon de la tente qui se déchire, et le gigantesque animal sombre qui tire l'autre fille de son sac de couchage ; et le cri strident qui s'élève, en fait rien qu'un long vagissement enroué pendant que l'ours la tuait. C'est ainsi qu'elle l'avait raconté, la survivante : *comme ça, il l'a traînée dehors et il l'a tuée.* Un moment après, avait dit la fille, j'ai escaladé un arbre. Elle avait l'intérieur des cuisses éraflé par l'écorce. Mais ça changeait rien du tout, avait dit la fille, il était pas venu pour moi, il voulait pas de moi.

Elle avait passé presque toute la journée du lendemain à rebrousser chemin sur les neuf kilomètres de rive de Quartz Lake pour rejoindre les sentiers et les autres randonneurs. Avant la nuit, la chasse était déclenchée. Des gardes armés de fusils, lâchés par hélicoptère au bord du lac, avaient découvert le corps à moitié dévoré. Halverson brûla le journal dans la cheminée et parcourut du regard le mobilier à fleurs de Darby en se souvenant de son rêve de partir dans une île du Pacifique. « Marlon Brando l'a fait », disait-elle.

« Trois ou quatre jours, lui dit Halverson. T'auras qu'à jouer au bowling, ou autre chose. » Il ne lui confia pas son intention de sortir du Montana et d'aller à Spokane, où personne ne le connaissait, pour s'acheter un fusil.

« C'est laquelle ?

— Personne, dit-il. J'irais pas courir après une femme. »

Halverson passa deux jours à discuter avec des armuriers dans les surplus militaires et les magasins d'articles de chasse, et finit par mettre quatre cent quarante dollars dans un Ruger n° 1 à culasse mobile équipé d'une lunette Redfield à grand angle variable 3 × 9 et à munitions Winchester magnum .458. Avec un seul projectile correctement placé, on était sûr de tuer n'importe quel animal d'Amérique du Nord, absolument n'importe quoi n'importe où, dit le vendeur, sauf à la rigueur une baleine. Sauf à la rigueur une baleine bleue, et de celles-là y en a plus beaucoup. Le vendeur avait ri, puis il avait secoué la tête comme s'il n'y avait vraiment pas lieu de rire des baleines mortes.

La crosse en noyer vint se loger, solide et sûre, contre l'épaule d'Halverson, et le mécanisme s'enclencha avec une délicatesse lourde et tranquille. La série de mouvements précédant le tir pouvait être effectuée en deux à trois secondes, chose importante si l'on considère que le grizzli est aussi rapide qu'un cheval pur-sang : deux cent cinquante mètres en vingt secondes sur terrain plat. Mais le fusil était d'une précision diabolique à longue distance. Inspirer, bloquer, faire feu en appuyant doucement sur la détente du bout du doigt, et la bête serait morte. Il ne devrait y avoir aucun motif de précipitation.

Vers la fin de son deuxième après-midi, Halverson se rendit dans un club de tir au nord de Spokane, derrière le parc industriel entourant l'usine d'aluminium Kayser. Là, il fit neuf séries sur des cibles de chasse, plus trois autres pour le plaisir. La zone d'impact des trois dernières séries, à cent quatre-vingts mètres, était moins large que les doigts écartés de sa main : toutes ses balles s'étaient logées au fond de la gorge, franchissant les crocs carnivores pour pénétrer dans la chair douce et vulnérable au-dessus du palais sombre. Halverson voyait les tiges feuillues et leurs grappes de baies rouges et violettes revenir comme un fouet après la chute de l'animal, avant de s'immobiliser dans la chaleur de l'après-midi. Quand il eut fini de tirer, il avait l'épaule meurtrie comme si on l'avait frappé à coups redoublés avec une lourde masse. Le lendemain, il s'équipa d'un sac de couchage léger de duvet véritable, d'une tente-tunnel à une place, d'un mini-réchaud à gaz livré avec des ustensiles de cuisine, d'une cuillère et d'une fourchette, d'un couteau suisse perfectionné et d'un couteau de chasse Buck, de nourriture déshydratée emballée dans des sachets d'aluminium épais, et de cartes de randonnée détaillées de la région de Glacier Park. Il connaissait suffisamment bien le terrain, mais les cartes, avec la précision de leurs zones ombrées, étaient une façon de vérifier l'exactitude de sa mémoire. Il paya presque aussi cher que le fusil le sac à dos renforcé et l'équipement de randonnée, mais ça ne le dérangeait pas. Halverson avait travaillé vingt-trois ans pour s'offrir un Kenworth désormais entièrement payé et, maintenant que son heure était venue, il pouvait bien signer des chèques. Son équipement, propre et neuf, se roderait avec lui, s'userait, se tacherait, deviendrait sien dans la nature sauvage.

Darby était réveillée. Elle sortait de la douche et se passait le sèche-cheveux tout en sirotant du café soluble à la table de la cuisine. Halverson avait fait le trajet depuis Spokane dans les premières heures de l'aube. Et, à présent, il se tenait sur le seuil, son fusil entre les mains. Darby hocha la tête, comme pour confirmer quelque prémonition.

« Mais pour qui diable fais-tu donc ça ? » dit-elle. Elle avait les yeux fixés sur le fusil, son sèche-cheveux pointé vers le plafond. « Pourquoi, bon sang ? » Comme si c'était peut-être pour lui une façon de compenser son mobilier à fleurs.

Alors Halverson lui expliqua. Tuer un ours, juste un, pour la tête, pour la mettre au mur, pour égaliser les choses. De toute façon, ajouta-t-il, j'en ai jamais tué un seul. J'en mérite un. Et non, ajouta-t-il, elle ne pouvait pas venir.

« Les gardes en ont tué un, dit-elle. Un vieux, un infirme. »

Halverson répondit que ça ne suffisait pas.

« Je viens, insista Darby. Je viens et tu m'en empêcheras pas. Je te suivrai, c'est tout.

— Mais pourquoi à la fin ? C'est pas un truc qui te regarde. » Non, répéta-t-il, il n'était pas question qu'elle vienne.

« Comme ça, la moitié de la tête sera à moi », dit-elle.

Halverson singea sa voix. « Et moi, alors ? Moi aussi, je veux mon ours. » Il lui dit qu'elle ne tiendrait jamais le coup.

« J'ai des godasses de montagne, déclara Darby. Je marche plus, quand je bosse le soir, que toi pendant trois semaines. Tu ferais mieux de te faire du souci pour toi. Les allers et retours derrière le bar, ça fait plus de kilomètres que tu imagines. Ce que tu devrais faire, c'est courir un peu. Tu ferais bien de te mettre en meilleure forme que tu n'es avant la prochaine lune. Je peux porter de la nourriture supplémentaire, penses-y, et tu pourrais arrêter de te raser. » Le sèche-cheveux ressemblait à une arme lourde tandis qu'elle l'agitait en parlant ; et le silence, quand elle arrêta son vrombissement, fit mesurer à Halverson à quel point ils avaient parlé fort jusque-là. Il y avait eu ces années de crapahutage au milieu des taillis, quand il apprenait le métier, pour aller fixer autour des troncs les câbles de halage de deux centimètres de diamètre fixés derrière les tracteurs à chenilles Caterpillar D8, puis les années plus nombreuses encore de maniement de la tronçonneuse et d'abattage des arbres là-haut en montagne, toutes ces années avant d'avoir l'argent pour le premier versement du Kenworth, et il était plus costaud maintenant qu'il le serait jamais. Halverson pensa lui rappeler le nombre d'années qu'il avait bossé pour être physiquement prêt à ça, mais une fois qu'elle eut arrêté le sèche-cheveux, il ne dit rien. Il se tut.

« Viens un peu dehors. » Halverson traversa la cuisine et s'arrêta devant la porte de derrière, qui était ouverte, pour extraire une cartouche de la poche de sa veste et l'introduire dans la chambre du fusil. « Essaye un peu de tirer avec ça et tu verras. Tu verras. » Darby le suivit pieds nus dans la cour envahie d'herbes, et il lui montra comment tenir le fusil, ses mains petites et blanches sur le fût en noyer teinté. C'était tout juste si elle atteignait la détente.

« Où ?

— N'importe où. »

Halverson fut surpris de la rapidité avec laquelle elle tira, du rugissement de la détonation quand la balle partit en direction des bois sur la colline. Le recul la fit trébucher en arrière. Mais son air stupéfait, pendant qu'accroupie elle reprenait son équilibre, ne dura qu'un bref instant.

« Je vais te dire une chose, reprit-elle. T'es pas le premier à essayer ce coup-là. J'ai déjà été mise sur la sellette par d'autres petits malins comme toi. » Elle souriait comme une gamine dans la lumière du matin.

« Fais comme tu voudras. »

Trois semaines durant, pendant qu'ils attendaient la pleine lune, Halverson continua de conduire son camion tandis que Darby continuait d'assurer ses heures derrière le comptoir. Il renonça au Jack Daniel's et dormit quand même. Il perdit du poids, arrêta de fumer, et sentit qu'il devenait l'ombre de lui-même.

Il était presque minuit quand ils traversèrent l'affluent nord de la Flathead River à Polebridge, sous la pleine lune comme prévu, avec suffisamment de provisions pour plusieurs semaines : des sachets de nourriture déshydratée, deux cent cinquante grammes de sel, du fromage sous plastique, des pommes de terre et des oignons à frire pour accompagner le poisson qu'il attraperait, plus un lourd talon de jambon fumé, une idée de Darby. Halverson voulait réduire la charge au minimum. Mais il n'y eut rien à faire. « On pourra installer le camp et toi, tu rayonneras à partir de là. On n'a pas besoin de circuler en permanence. On va se trouver un coin. » Elle portait sa part ; elle avait acheté son propre équipement, ramenant tous les deux ou trois jours à la maison un truc nouveau à lui montrer : un sac à dos sans armature, un sac de couchage en Dacron isolé thermiquement qui, selon elle, sécherait bien mieux que ses plumes d'oie, et une coûteuse canne à pêche pliable. Elle souriait et caressait amoureusement chacun de ces objets, comme si tout cela concourait à la réalisation de son projet de mettre les voiles pour le fin fond du Pacifique. Son ultime attention fut de lui tailler la barbe. Halverson avait voulu la raser au bout de la première semaine, parce qu'elle le démangeait et qu'il avait été surpris de la découvrir grise. « Laisse-la pousser, avait dit Darby. T'as l'air d'une star de cinéma. » Au bout de la deuxième semaine, ça ne le démangea plus et Halverson s'y habitua. Il cessa donc de se pencher pour se regarder dans les énormes rétroviseurs rectangulaires de part et d'autre de la cabine du camion. Darby avait raison ; il avait l'air d'un type de passage, qui ne resterait qu'une nuit ou deux en ville.

La marche était aisée au clair de lune ; traversant zones d'ombre et de clarté, ils longèrent la piste sinueuse qui passait devant la maison des gardes près de la pointe inférieure de Bowman Lake, puis prirent la large piste de service du parc qui franchissait Cerulean Ridge en direction de Quartz Lake. Bientôt, le soleil matinal du plein été se leva dans une éclosion grandiose au-dessus de la paroi du cirque derrière Quartz Lake, près du pic émoussé qu'Halverson supposa, d'après sa carte, être le Redhorn, et la lumière descendit sur eux pendant que les ombres refluaient comme la marée. Halverson avait le sentiment que ses pas pouvaient le ramener dans son enfance, où il pourrait peut-être retrouver l'étrange gamin malingre des premières photos de sa mère, lui à treize ans exhibant solennellement une petite truite ; l'être qu'il avait été, le vrai, en train de retourner les pierres dans les ruisseaux à la recherche de larves de trichoptères, ou d'attraper les sauterelles avec son chapeau dans les prairies brûlées de soleil. Ce garçon ne se retournerait même pas sur son passage, déterminé qu'il était à attraper ses appâts, torse nu sous sa salopette en lambeaux. Un garçon qui n'existait qu'en nuances de gris sur des photos.

Ils quittèrent la piste avant de risquer une rencontre avec d'autres randonneurs, et firent une pause sans allumer de feu. Tandis qu'ils se frayaient un chemin à travers la végétation, Halverson marchait délibérément sur les colonies de champignons, comme on traverse un cours d'eau en passant de pierre en pierre ; et lorsqu'il dormit dans le silence immobile de l'après-midi, il rêva des champignons craquant sous ses pas. Ils avaient l'air toxiques, avec leurs grands chapeaux éclaboussés de rouge venimeux. Plus de vingt ans qu'il n'avait pas mis les pieds dans ce parc, et voilà qu'il faisait des cauchemars.

La nuit suivante, ils dépassèrent les campements dressés sur la rive inférieure de Quartz Lake, tentes et restes crépitants d'un feu, la fin de tout sentier. Tour à tour masqués par l'ombre des arbres puis à découvert, ils remontèrent la rive nord du lac sur environ cinq cents mètres malgré le clair de lune qui illuminait progressivement la surface de l'eau, craignant que les campeurs, là-bas sur la rive où le feu rougeoyait encore, ne les entendent patauger dans l'eau peu profonde du bord. Dans une clairière herbeuse au milieu d'arbres tombés, ils posèrent leurs sacs contre un tronc, et Darby déboutonna sa chemise, la laissa choir et resta debout, nue jusqu'à la taille. « Tu ferais mieux de mettre des chaussettes sèches, lança Halverson.

— Je n'ai jamais fait ça avant, dit Darby. Je me suis jamais trouvée comme ça au clair de lune. »

Halverson détourna les yeux. « C'est pas le moment de s'amuser à ça. Le seul truc que t'as à faire, c'est changer de chaussettes. » Quand ils furent couchés, pendant qu'il l'écoutait respirer en dormant et regardait les étoiles effectuer leur lente révolution autour de la lune, Halverson médita sur le temps qui s'était écoulé depuis que Darby et lui s'étaient plu. Le premier soir où il s'était arrêté à la taverne et qu'elle était là, derrière le bar, Halverson avait bu jusque tard dans la nuit en jouant aux dés une longue partie de *Ship, Captain and Crew* ; et vers l'heure de la fermeture, elle l'avait regardé en disant d'accord, elle venait, dès qu'elle aurait compté la caisse, lorsqu'il lui avait demandé si elle était déjà montée dans un grumier. Bien qu'elle se fût invitée dans son lit après avoir appris qu'il était propriétaire de son camion et de sa cabane, ce n'étaient pas les considérations financières qui les avaient rapprochés ; elle avait gardé son emploi, et personne ne s'était vendu ni n'avait été acheté. Mais désormais, ils étaient terminés, ces mois qu'ils avaient passés depuis le printemps ; et c'était peut-être leur façon de dormir sans se toucher qui entraînait ces changements en elle, ses fines mains blanches soulevant ses seins au clair de lune, si toutefois elle changeait et n'avait pas toujours été prête à tout, en secret. Darby était originaire de Wasco, une ville de la grande vallée centrale de Californie ; et ses seins étaient marbrés de fines vergetures. Il y avait eu d'autres hommes, et des enfants sans doute. Il se demanda combien elle lui en avait raconté, et pourquoi ils pouvaient vivre ensemble sans se dire la vérité.

Après le coucher du soleil, tandis qu'ils se frayaient un chemin là où la survivante s'était bagarrée toute seule pour rejoindre la civilisation, Halverson suivait Darby en espérant trouver un signe, une trace du passage de cette fille, un brin d'étoffe provenant d'un accroc, qu'il pourrait récupérer et placer dans sa poche de poitrine comme preuve de ses intentions. Mais rien ne pressait, et ils progressaient lentement vers la plaine marécageuse irriguée de ruisseaux entre les lacs Quartz et Cerulean, pays de joncs et dense végétation de fougères et d'amélanchiers où l'ours viendrait se nourrir. Là-haut, Halverson serait tout petit au pied du cercle élevé et déchiqueté des murailles rocheuses, et son regard passerait de ces cirques en forme de cuillère, creusés par les glaciers millénaires, aux restes de neige qui brilleraient d'un pâle éclat blanc sous la lune par ces nuits claires, avant de s'enfoncer vers la contrée où l'attendait sa mission. Rien ne pressait et cette marche se présentait de plus en plus comme un retour à l'intérieur d'un être qu'il avait été. Dans l'après-midi, alors qu'ils s'étaient arrêtés sur un éperon rocheux surplombant le lac, Halverson se surprit lui-même à passer un bras autour des épaules de Darby — et à la tenir contre lui. Elle dégageait une odeur forte et aigre, qui n'était pas totalement déplaisante ; c'était comme si son corps exsudait tous les relents de la salle de bar. Plus important, Halverson tentait de se rappeler quand il s'était tenu pour la première fois à cet endroit précis. La gravure complexe de lichens verts et jaunes sur les rochers lui était familière. Que se passerait-il si l'on pouvait se rappeler jusqu'aux dessins des nuages de chaque instant de notre vie ? Il emportait trop de lui-même dans cette expédition, tant de lui-même qu'il en eut le vertige en se raccrochant aux épaules de Darby ; et il se refusa à y penser davantage.

La troisième nuit, ils campèrent au sommet d'une butte, dans une clairière de peupliers carolins noirs et rabougris, au nord de l'étendue de joncs marécageuse à quatre cents mètres de Quartz Lake en direction de Cerulean. Leur feu, leur premier feu, brûlait dans les cendres d'un autre foyer — à l'endroit peut-être où les deux filles avaient allumé le leur. Les trappeurs de castors avaient investi ce territoire près de cent cinquante ans auparavant, quand il n'y avait personne d'autre sur ces hautes terres, ce lieu qui n'avait pas d'histoire hormis pour les Indiens Blackfeet. Mais cette chasse n'avait rien dû donner, car les castors ne vivent jamais au-dessus de la lisière des arbres, où les petits torrents gèlent entièrement l'hiver sauf dans les trous profonds où survivent les truites. Il n'y avait jamais eu suffisamment de castors pour retenir les trappeurs. Le seul passé, ici, était peut-être celui que lui-même apportait, lui et Darby, ce dont ils se souvenaient.

Ils se retrouvèrent finalement seuls, à remonter les vingt-cinq kilomètres de long de la vallée érodée et creusée de lacs par le glacier millénaire, plus de six cents mètres au-dessous de l'anneau de pics qui avait flamboyé comme une couronne à l'est quand les derniers rayons du soleil l'avaient effleuré. Darby faisait frire quatre petites truites attrapées dans les remous où le torrent glissait dans Quartz Lake, quand un huard lança son cri, un rire plaintif dont l'écho monta et se répercuta dans la fraîcheur tombant au pied des montagnes avant le lever de la lune, un son qu'Halverson n'avait plus entendu depuis l'un de ces lieux éloignés de son enfance, mais un son parfaitement connu et attendu, sans surprise, lorsqu'il résonna contre les parois pleines d'ombres au-dessus d'eux. Tandis que la lune tournait dans le ciel, ces ombres se déplacèrent comme si les montagnes allaient basculer dans le feu et l'eau du torrent en contrebas.

« Qu'est-ce qu'elles fabriquaient ici ? demanda Darby.

— Qui ?

— Ces gamines. » Halverson fut stupéfait lorsqu'elle se détourna du feu : il y avait des larmes dans ses yeux, éclairées par les flammes.

« Ce que je pense t'intéresse un tant soit peu ? » dit-elle, et elle s'essuya les joues avant d'aller ouvrir son sac de couchage.

Au matin, Halverson installa un campement rationnel

destiné à durer. À l'endroit d'où ils pouvaient écouter l'eau du torrent cascader à travers un barrage de bois mort, quand ils s'y perchaient tous les matins après le café, il ramassa un pin mort écorcé en guise de siège de cabinets et se servit d'une branche morte en guise de dévidoir pour le rouleau de papier jaune qu'il y planta comme un drapeau. L'après-midi, il tua et débita un brocard, et hissa la viande au sommet d'un arbre, hors d'atteinte d'un ours éventuel, la carcasse enveloppée dans une mousseline à fromage pour la protéger des mouches. Dans la lueur grise du crépuscule, l'animal mort tournait lentement au bout de la corde dans ce linceul blanc. « Ils pourront pas l'atteindre, dit Halverson. Mais ils viendront voir.

— Les ours et les écureuils, fit Darby. Et les gardes du parc. Tu vas nous attirer une foule.

— Tous ceux qui seront intéressés », répondit Halverson. Les intestins du cerf dépecé étaient tièdes et glissants, et l'odeur de la tuerie avait plané, âcre dans la chaleur de la fin d'après-midi. Halverson sourit pour la première fois en reniflant ses mains qui gardaient un relent de gibier.

Combien de temps avait duré son refus de revenir dans ces montagnes ? Pourquoi cette fille avait-elle quitté sa riche banlieue de Columbus, Ohio, pour venir ici ? Pourquoi s'aventurer dans un endroit où il n'y a personne ? La fille s'était servie du prétexte de l'université pour échapper à l'existence sans doute mondaine qu'elle menait depuis sa naissance, avant de laisser tomber ses études de biologie de la faune sauvage pour s'exiler à Columbia Falls avec ce gars qui fourguait de la cocaïne et crapahutait l'été, et pour finir, voilà qu'elle était morte dans ces montagnes.

« Qu'est-ce qu'elle cherchait, à ton avis ? demanda Halverson.

— Ben, à force d'attendre, d'attendre, dit Darby, les choses prennent tout leur temps. Et puis d'un seul coup, tout se précicipite. » Elle saupoudra de sel les tranches de gibier dans la poêle. « Tu..., commença-t-elle, puis elle fit une pause. Pourquoi tu me baises jamais ?

— Pourquoi tu parles comme un charretier ? dit Halverson. Tu peux m'expliquer ce que baiser vient faire là-dedans ?

— Rien. Je me demandais, c'est tout. Elle m'a jamais rien confié d'important, comme si je connaissais rien à rien, ou que je venais du trou du cul du monde, et moi, pendant tout ce temps, j'aurais pu lui dire.

— Lui dire quoi ?

— Qu'on court toujours après un truc imaginaire, et qu'y a rien à trouver. »

Le plus ennuyeux, comprit Halverson, c'est qu'il n'avait pas peur. Il tenta de se concentrer sur cette fille frêle, cette fille morte, puis il secoua la tête. Il regrettait de ne pas avoir emporté une bouteille de whisky pour, en cette nuit unique, alors que tout était prêt, pouvoir se reposer ici, laisser sa raison tourner en rond et être à l'intérieur de cette fille, sentir la chaleur du feu et la nuit fraîche sur son dos, dériver à l'intérieur de quelqu'un d'autre — une fille de riches en rupture avec son coin de riches de l'Ohio —, et sans fusil.

Voilà qui aurait peut-être marché — sans fusil. Au moins aurait-il pu ressentir un peu d'effroi au lieu d'être assis là à penser à son père mort, et à sa mère qui menait sa vie loin là-bas à San Diego. Sa mère dans un fauteuil en rotin sur la pelouse de devant et soleil couchant sur les vaisseaux de guerre dans le port de San Diego ; Halverson la voyait, accompagnée de quelque obscur souvenir de son père agenouillé dans la neige pour lui attacher ses fixations de skis, piste de débardage et mélèzes en arrière-plan.

« Pourquoi tu le fais jamais ? dit Darby.

— Quoi ?

— Tu le sais.

— Parce que tu parles comme ça. »

Longeant la lisière des pins où la pente s'aplanissait pour devenir marécage, explorant le nouveau territoire,

Halverson marchait seul quand la vieille ourse se dressa au-dessus des buissons épais à moins de cent mètres de lui. L'oreille aux aguets, mais certainement incapable de le distinguer avec sa vue faible, elle s'apprêtait soit à l'approcher pour mieux se rendre compte, soit plus vraisemblablement à se laisser retomber à terre et à détaler. Halverson l'entendit souffler par le nez ; et comme il l'avait prémédité, mais avant de pouvoir comprendre que ça n'était pas ce qu'il souhaitait, pas cette facilité, il ajusta le réticule juste sous le nez sombre levé et fit feu. Comme son doigt pressait la détente, il fut suffoqué par le bruit, qui avait été sans importance lorsqu'il avait tué le brocard, le violent recul de la crosse contre son épaule et l'écho prolongé de la détonation, le brusque soubresaut de la tête massive, disparue de la lunette. Halverson crut qu'il l'avait manquée et il engagea une autre balle en pensant *et de loin*, avant d'ôter son œil de la lunette et de voir l'ourse perdre l'équilibre et tomber à la renverse dans les feuilles en se couchant sur le côté, comme il l'avait imaginé. Avec une chance aussi insolente, il en avait terminé à présent, il l'avait tué, son grizzli, trop vite pour en garder le souvenir, mis à part l'écho faiblissant du coup de feu ; et il le regrettait déjà, sachant qu'avec celui-là, c'était du gâchis. Il en faudrait un autre, traqué et affronté dans les règles avant d'être tué. Il faudrait du temps pour la réflexion, et du temps pour l'ours, du temps pour espérer que l'animal puisse confusément sentir la chose venir.

Halverson resta aux aguets, s'attendant à l'arrivée de Darby, qui ne vint pas, n'entendant rien sinon le bruissement des insectes. Bientôt les oiseaux se remirent à bouger et à pépier dans les arbres, et il s'avança vers l'ourse, car déjà il avait vu que c'était une femelle. Elle dégageait une odeur âcre, et Halverson fut surpris par sa petitesse de vieille bête dépenaillée qui semblait perdre son poil en plein été, sa toison grisonnante toute pelée et presque usée jusqu'au cuir sur les hanches. Une vieille bête. Pas la bonne. La balle de .458 magnum était entrée par la gueule et lui avait emporté l'arrière de la tête. Halverson introduisit ses doigts dans la blessure et il n'y avait rien à sentir que de la chair en charpie, des fragments d'os acérés et du sang chaud, comme de la soupe épaisse.

Il goûta le sang salé.

À genoux près du cadavre, Halverson tenta encore une fois de penser à la fille morte dans ces montagnes. La puanteur de l'animal à côté de lui semblait un élément de l'air. Là-bas dans les joncs une grenouille coassait ; et puis il entendit les bruits annonciateurs de l'hélicoptère, pales de rotor hachant le silence d'un martèlement de plus en plus sonore à mesure que l'appareil remontait la longueur de Quartz Lake et survolait l'étendue comprise entre les parois rocheuses déchiquetées où se trouvait Halverson.

En aval, ce rouleau de papier toilette jaune flottait tel un drapeau sur sa branche morte. L'hélicoptère vira en s'élevant et s'éloigna de quelques centaines de mètres. Halverson épaula son fusil et, par l'objectif de la lunette, observa les deux pilotes qui de là-haut le cherchaient aux jumelles. Ne me trouvez pas, songea Halverson. Cette histoire n'est pas la vôtre, et elle n'est pas terminée. Je ne vous ai rien demandé.

C'était sûrement l'écho de la détonation qui avait attiré les gardes en hélicoptère. La veille, dans l'après-midi, il avait tué le brocard ; et aujourd'hui, un autre coup de feu venait de se répercuter sur toute la longueur du lac : ils le cherchaient. Ce fut seulement lorsque l'hélicoptère s'éleva, décrivit trois grands cercles bruissants avant de filer au-dessus du lac, quittant les lieux, qu'Halverson reporta son attention sur la suite des événements. Il lui faudrait se fabriquer un silencieux.

Darby ne voulut pas partir. « Maintenant que je suis ici, dit-elle, tu vas avoir du mal à me faire déguerpir, même s'ils viennent fourrer leur nez dans nos affaires. » Elle parlait des gardes du parc. « Si je n'ai pas de fusil, je ne commets aucune infraction en étant ici. » Le cadavre vidé du chevreuil pendait à quatre cents mètres de là, enveloppé dans sa mousseline. Halverson y pensa, mais ne dit rien. Ça lui fera les pieds, si c'est ce qu'elle veut. Il quitta le parc le lendemain matin, n'emportant que le fusil, récupéra la voiture et regagna sa cabane dans le canyon au-dessus de Columbia Falls. Même avec le sac à dos vide, ce fut une rude journée de marche. Darby n'aurait aucun problème ; à moins qu'elle en ait. Elle avait insisté pour venir, elle était dans le bain maintenant.

La fabrication du silencieux se révéla une opération relativement simple. Au bout du canon du fusil, Halverson enfila, par-dessus d'épaisses rondelles en caoutchouc, un morceau de vingt centimètres de long de son gros tuyau en plastique pour l'eau chaude ; quand il fut solidement en place, il incisa l'extérieur du tuyau pour confectionner un filetage. Ce serait le support de son silencieux. L'engin lui-même consistait en deux cylindres : le cœur, un petit tube de métal perforé, placé à l'intérieur d'un tuyau d'acier plus gros, l'espace entre les deux bourré de laine d'acier insonore. Derrière sa cabane, dans l'appentis en rondins où il rangeait le Kenworth en hiver, Halverson souda le tout, puis vissa le silencieux sur le tuyau en plastique fileté fixé à l'extrémité de son fusil. Ça ressemblait à une petite boîte métallique suspendue au bout du canon. Il tira un coup de feu dans la colline de derrière, et le silencieux fonctionna. On entendait toujours le craquement de la balle franchissant le mur du son, elle n'avait rien perdu de sa vitesse initiale, mais le rugissement de l'explosion était absorbé par la laine d'acier. Halverson était prêt à nouveau. Cette fois, il chasserait discrètement, secrètement, il choisirait et s'acquitterait correctement de sa tâche. Il passa un coup de fil pour faire couper le téléphone, un autre pour l'électricité, un troisième pour le journal. Pendant tout ce temps, il eut l'impression d'agir sous la pression d'instructions de départ précises qu'il n'avait pas besoin de comprendre. La nuit, il pensa à Darby, seule là-haut dans son sac de couchage, avec les grenouilles coassant dans le noir. Il se demanda si elle avait peur, ou si elle se promenait toute nue parmi les arbres. Si elle se caressait pendant la nuit, à qui penserait-elle ? Au matin, avant de reprendre la route du parc, il descendit à Columbia Falls acheter un quotidien pour le lire en prenant son petit déjeuner et, comme mû encore une fois par de mystérieuses directives pour assurer sa survie ailleurs, un guide des champignons comestibles.

Darby avait déplacé le camp. Elle avait trouvé le cercle d'un autre feu à quelques kilomètres en amont de leur premier campement, et prétendit que les cendres étaient récentes et qu'il s'agissait certainement de l'endroit où avaient campé les filles. « C'était exactement ça : être ici, où elles avaient été », dit-elle. Halverson l'avait retrouvée tard dans l'après-midi, et maintenant il faisait presque nuit.

« Laquelle veux-tu être ? dit Darby. Une nuit, tu peux être l'une, et moi l'autre, puis nous intervertirons les rôles. Pour voir celle qui se fait le plus salement bouffer. » Elle sourit comme si cette forme de cynisme était particulièrement drôle et se détourna pour poursuivre la cuisson de trois truites. « C'est peut-être le bon endroit. Quand j'étais ici toute seule, j'ai essayé de penser à ce qu'elle avait pensé, et j'ai eu l'impression que c'était le bon endroit.

— Et qu'est-ce qu'elle a pensé ? »

Mais Darby ne répondit pas, et Halverson sortit le whisky de son sac à dos. Avec le livre sur les champignons, il avait apporté une bouteille de Jack Daniel's. La lueur du feu brilla à travers le liquide comme dans une lanterne falote. « Un type est venu ici, un gamin en fait, la deuxième nuit après ton départ, dit Darby. Un de ces jeunes qu'ils embauchent à la surveillance du parc, tout juste sorti de l'université du Vermont. Il te cherchait. Enfin, il cherchait quelqu'un armé d'un fusil. Il avait la trouille. C'est ce qu'il m'a dit. Sans doute un connard désaxé, il a dit. Je me suis tue. Je crois pas qu'il tenait tellement à trouver quelqu'un, encore moins un homme. » Elle sala le poisson dans la poêle. « Il a raconté qu'on rentre dans ce parc comme dans un moulin : l'idéal pour les cinglés. En fait, il a dit désaxés. D'après lui, il y a aucun contrôle, et les désaxés se retrouvent dans des coins comme ça où y a aucun contrôle.

— Peut-être qu'il avait raison. On pourrait y rester toute la vie. Tous ces foutus hélicoptères sont bons à rien. On pourrait rester pile ici. Tu sais ce que j'ai fait ? Devine... Je suis rentré et il y avait les journaux d'une semaine éparpillés sous la véranda. » Il s'apprêtait à mentir, les journaux c'était vrai, mais tout le reste serait un mensonge. « Je les ai pas appelés pour qu'ils arrêtent de livrer le journal, ni pour couper l'électricité ni le téléphone. Tout ça continue là-bas, sans nous, pour qu'ils se rappellent. J'aurais pu tout faire couper, mais je l'ai pas fait. » Halverson attendait qu'elle se détourne du feu et qu'elle le regarde.

« Pour que qui se rappelle ? De quoi ? »

Comme Halverson ne répondait pas, elle enchaîna. « Et moi, j'ai couché avec ce mec. Dans nos deux sacs de couchage réunis. Il avait peur et j'avais l'impression d'être sa mère, à le tenir dans mes bras toute la nuit. » Darby finit par se retourner et regarda Halverson. « C'était ce qu'il fallait faire, ajouta-t-elle.

— T'as baisé avec lui ? »

Elle acquiesça de la tête. Elle n'avait pas l'air gênée. « C'était ce qu'il fallait faire. J'avais envie d'être avec quelqu'un, et lui ça le réconfortait. »

Halverson n'avait pas peur, et il ne ressentit pas de colère. Peut-être bien qu'elle avait fait ce qu'il fallait faire, pour elle. Ce n'était pas une chose à laquelle il tenait à penser. « Et si on buvait quelque chose ensemble ? » proposa-t-il. Peut-être que tous les actes qu'ils faisaient étaient les actes qu'il fallait faire. Il leur servit à chacun une rasade dans les quarts en inox du Sierra Club, et ne dit rien sur son intention de rester debout toute la nuit, ivre, pour voir s'il arrivait à s'imaginer l'effet que ça pouvait faire d'être dans la peau de cette fille alors que l'ours commençait à fouir contre les parois de la tente. Il se soûlerait et se figurerait qu'il était seul et se mettait à gémir ; et lorsqu'il s'éveillerait et que sa gueule de bois serait passée, il se mettrait en chasse.

Tard dans la nuit, pendant qu'il sirotait son whisky et affûtait son couteau de chasse à la lueur du feu, Halverson se surprit lui-même. Darby était recroquevillée dans son sac de couchage, endormie ou pas, quand Halverson, pour la première fois dans toute cette histoire, se surprit complètement lui-même : il promena le fil de son couteau sur l'intérieur de son avant-bras gauche, le long de la chair tendre, en prenant soin d'éviter les veines saillantes, passant simplement la lame avec douceur et la regardant glisser sans douleur et faire immédiatement perler un filet de sang. Il se retint pour ne pas l'enfoncer plus profond et la retira juste avant d'arriver au poignet. Après quelques instants à regarder sourdre et couler le sang, il posa son couteau dans les braises et, quand le fil commença à rougir, il inspira entre ses dents et cautérisa la blessure. Le lendemain matin, quand Darby le questionna, il lui dit que c'était seulement une mise à l'épreuve.

« Je m'entraîne, c'est tout. J'avais pensé me couper un doigt — ce qui était un mensonge —, et puis je me suis dit, y a pas de quoi se mutiler, alors j'ai rien coupé.

— T'as eu raison, dit Darby.

— Le premier sang versé a toujours été le mien.

— Tu parles. Cette histoire, là, comme quoi j'ai baisé avec ce mec, c'était un mensonge. J'en ai eu ma dose. Y s'est rien passé. »

Ce qu'Halverson ne lui dit pas, c'est que le whisky avait tenu ses promesses : il avait enfin rêvé de la fille morte. Enfin, il s'agissait d'un rêve qu'il n'avait jamais fait auparavant et qui avait dû émaner de quelqu'un de proche. Un rêve qui avait dû attendre son heure. En contrebas, dans une rue qu'il ne connaissait pas, la neige fondait en touchant l'asphalte noir mouillé étincelant sous les phares d'une Oldsmobile décapotable rouge qui sortait en marche arrière d'une longue allée. Dans la rue, la décapotable s'arrêta. Le moteur se tut et les phares s'éteignirent, et dans son sommeil, Halverson pensa : quelle est cette fenêtre par laquelle je regarde ?

Il s'éveilla alors et il ne restait plus que des braises dans le feu ; il écouta exploser la résine et Darby respirer, et entendit un frottement de broussailles contre broussailles, puis le silence ; et il comprit qu'il venait de faire le même rêve que la fille, car pour la première fois il avait peur. Le fusil était là, à portée de main, mais il tremblait.

Un autre bruit, et il ne broncha pas, n'appela pas Darby, car ce n'était pas son affaire. Une branche de pin flamba brusquement et il sentit trembler ses avant-bras en attendant que s'élève le bruit de fouissement qui ne s'éleva pas. En haut du pin ponderosa, un chuchotement d'air passa. La lune avait disparu. Là-bas, à l'est, la paroi élevée du cirque se découpait, délicate, contre le bleu plus pâle qui devait être le ciel d'avant l'aurore. Il ne s'était rien passé, et comme le rêve commençait à se dissiper, il ne lui resta plus qu'à relancer le feu.

Après le petit déjeuner, pendant qu'elle le regardait récurer leurs assiettes avec du sable dans l'eau froide au bord du torrent, Darby se lança dans un discours sur ce qu'elle estimait juste. Elle était sérieuse quand elle disait qu'elle voulait essayer le fusil, pas se contenter de tirer sur rien du tout à flanc de colline, mais tuer. « Tu t'amuses à te couper le bras comme ça, tu pourrais aussi bien te trancher la gorge. Qu'est-ce que je deviendrai moi, le jour où ça arrivera ?

— Et qu'est-ce que tu voudrais tuer ? »

Au lieu de lui répondre, Darby lui tourna le dos, déboutonna sa chemise de travail bleue froissée, la fit glisser de ses épaules et s'assit face au soleil du matin sur une butte herbeuse surplombant le torrent, le dos voûté, comme entraîné par le poids de ses seins. « Pas étonnant que t'attires les foules, dit Halverson, à t'asseoir comme ça à poil dans la nature.

— C'est peut-être déjà fait. J'ai peut-être déjà reçu une troupe entière de cow-boys et j'en attends encore plus ce soir, et peut-être que c'est qu'un avertissement pour toi. » Les vergetures de ses seins et de ses cuisses dessinaient un réseau argenté dans la lumière. C'est pour ça que j'ai jamais été belle, avait-elle dit après leur première nuit ensemble, en parlant de ces marques sur sa peau, en les suivant du bout du doigt après avoir allumé la lumière, les montrant à Halverson comme s'il s'agissait de blessures, mais sans rien expliquer. J'ai jamais été belle à cause de ça, avait-elle dit, et il n'avait jamais demandé d'où elles provenaient.

« Tu vas te choper des coups de soleil sur les nibards », dit Halverson, avant de s'éloigner parmi les arbres morts au cœur évidé et à moitié pourris où il planquait son fusil. Tranquillement, il glissa une cartouche dans la chambre, épaula l'arme et tira sans viser, comme elle l'avait fait l'autre matin derrière la cabane, sauf que lui tirait en direction du névé gris sale dans les ravins de Redhorn Peak.

« Je t'ai entendu », dit-elle quand il revint à l'endroit où elle était assise au soleil. Halverson avait son fusil à la main, elle avait remis sa chemise sans la boutonner. « T'as loupé », dit-elle. Elle jeta un coup d'œil circulaire autour d'elle et se mordit le bout de l'index en regardant Halverson éjecter la douille vide. Il introduisit une autre cartouche.

« Pas maintenant, dit-elle. J'ai changé d'avis. »

Il n'y avait pas un nuage en vue dans le long ciel qui, du sommet des pics, s'étendait vers l'ouest et le sud ; et au loin, au fond de sa dépression à l'ouest, Quartz Lake brillait sous le soleil de fin d'après-midi. Tôt ce matin-là, penché au-dessus des profondeurs obscures de Cerulean Lake, debout sur le barrage de troncs à l'embouchure du torrent, Halverson avait contemplé des arbres qui flottaient tout droits très loin sous la surface, son visage reflété parmi eux, puis il avait passé la matinée à grimper le versant sud du réseau hydrographique. Dans la tiédeur de midi, il se reposait sur un tronc pourrissant, écoutant le silence qui parlait en chuchotant d'insectes, quand il entendit le claquement sec d'une branche. Une branche sèche brisée sous un pas, ce bruit-là, et qui provenait de la direction d'où il était venu avant de déboucher sur cette vaste étendue brûlée.

Mais c'était Darby, pas un ours. Elle l'avait suivi tout du long. Halverson la regarda sortir des arbres et émerger dans le soleil à peut-être cent mètres en contrebas, s'arrêter, le chercher des yeux et ne pas le voir. Il la regarda déboutonner encore sa chemise de travail bleue, la retirer et nouer les manches autour de sa taille. Cette fois, elle portait en dessous le haut de son maillot de bains orange. L'observant dans la lunette du fusil dont le grossissement la rapprochait à une dizaine de mètres, Halverson la trouva incroyablement bronzée après ces deux semaines passées à se dorer toute nue au soleil pendant qu'il partait chasser. La voilà, cette autre personne qu'elle était devenue. Que cherchait-elle, à le suivre aussi loin dans son idée de ce qu'il devait faire ?

Ce fut Darby, après qu'il eut sifflé doucement en agitant le bras, qui vit l'ours la première. Assise près de lui sur le tronc en décomposition, silencieuse, comme s'il n'y avait aucune raison d'expliquer pourquoi elle avait passé cette longue matinée à le suivre à la trace, elle dit soudain : « Tu le vois ?

— Qui ?

— Là-bas, en bas. »

L'ours était là, au bout de son bras tendu, occupé à fouiller paresseusement les buissons d'amélanchiers, tête baissée, ne laissant voir que la bosse sombre de son dos luisant par intermittence dans le soleil. Halverson regarda par la lunette et vit l'animal rouler un gros tronc pourrissant afin d'atteindre les baies du dessous, sa force énorme s'exprimant dans un mouvement nonchalant qui évoquait celui d'un homme déplaçant du bois flotté sur une plage. Par une si paisible journée ensoleillée. Halverson se demanda ce qu'il devait faire à présent, quelle stratégie adopter. Prendre solidement appui sur le tronc avec le fusil, appeler et, lorsque l'animal se dresserait, inspirer une dernière fois, profondément, posément, et tirer. Tu peux pas être plus près. C'était vraiment trop facile.

« Ce que tu peux faire, dit Darby, c'est descendre là-bas avec ton couteau. Tu peux te rapprocher de lui, le plus près possible, et c'est moi qui tirerai.

— Ouais, c'est ça, dit Halverson.

— Autrement, je vois pas l'intérêt. On peut le flinguer tout de suite et rentrer à la maison, si c'est tout ce que tu veux, tuer un ours. » Elle mouilla son index et traça dans l'air une croix imaginaire. « Voilà. Un ours. » Il comprit qu'elle voulait quelque chose de plus que lui. Mais quoi ?

Halverson sut ce qu'il allait faire. Darby avait raison, ça n'avait rien à voir avec prendre une revanche, et son but n'était pas d'égaliser les choses. *Il voulait pas de moi.* Mot pour mot, les paroles de la fille qui avait survécu. Comme si l'ours possédait un don quelconque, et qu'il avait refusé de le partager avec elle.

« Voyons si tu y arrives », dit Halverson en glissant une cartouche dans la chambre du fusil qu'il tendit à Darby. Elle le prit comme si elle avait attendu ce moment. Halverson lui donna trois cartouches. « Voyons si tu y arrives », répéta-t-il.

Ce fut seulement lorsqu'il se fut éloigné d'une cinquantaine de mètres dans la pente, son couteau de chasse dans la main droite, qu'Halverson s'interrogea vraiment sur ce qu'il était en train de faire. Il sentait l'œil de la lunette dans son dos et, tandis qu'il progressait prudemment à travers les broussailles, il pensa : *qui est le chasseur maintenant ?*

Même là, il n'eut pas peur. Il avait eu peur dans la nuit, après le rêve, quand il avait tremblé dans son sac de couchage et que rien ne s'était produit sauf, pour finir, le lever du soleil. Mais c'était loin à présent, et il ne restait rien non plus de cette terrible colère qu'il avait ressentie la première nuit dans sa cabane, quand il avait appris que la fille était morte. Halverson se sentait petit et faible, mais il n'avait pas peur. Des fleurs de rhododendron rose foncé, éclatantes, poussaient à hauteur de ceinture dans les racines décomposées d'un sapin déraciné depuis longtemps. Des vesses-de-loup, déjà passées, formaient un tapis en dessous. Halverson se pencha et, du bout du doigt, creva la peau blanc gris d'un champignon. On aurait dit un petit ballon posé par terre. Les spores s'élevèrent comme de la fumée de poudre à canon. Elles dégageaient une odeur de terre propre, légèrement acide, identique à leur saveur lorsque Halverson se lécha le doigt. Il se percevait lui-même touchant une chose après l'autre avec une infinie lenteur. Dans l'air devant lui, le bourdonnement abrasif d'une guêpe ulcéra ses paupières tandis qu'il hésitait. Une chose après l'autre. Il avançait prudemment sur le terrain spongieux et moussu couvert de lichens, entre des touffes de carex, s'accroupissant, se frayant lentement un passage dans la végétation, tendant la main pour cueillir une des baies rouge violet qui pendaient en grappes autour de lui, la portant à sa bouche, en arrachant une poignée, toute collante au creux de sa paume, tandis que, tapi là, il les mangeait une à une. Leur arrière-goût ressemblait à une douleur acide dans sa bouche. C'est donc ainsi, pensa-t-il, que tu te nourris.

Aux aguets parmi le vrombissement des insectes, Halverson ne broncha plus. Il entendait l'ours remuer juste devant dans les broussailles. Son odeur était comme un parfum de saine pourriture sous le soleil, tangible comme une saveur dans l'air empli de points lumineux, flottant tels de microscopiques papillons cristallins qui se poseraient et palpiteraient sur la langue après leur dérive sur des courants de lumière. Il entendait l'ours souffler — une espèce de grognement sifflant qui ressemblait davantage à une respiration lente et haletante qu'à un bruit de déglutition. C'est seulement en se rapprochant, de nouveau ramassé sur lui-même et progressant lentement, qu'il aperçut enfin l'animal. Tapi contre le sol, le regard levé pour voir entre les feuilles vertes des buissons, il aperçut le ventre sombre, et se rendit compte qu'il était observé. Les grognements avaient cessé et, en regardant au-dessus de lui, Halverson vit l'ours se redresser pour le contempler de haut, ses lèvres noires retroussées sur ses crocs comme si l'animal, curieux sans plus, souriait.

L'ours secoua la tête pour chasser les mouches qui se collaient à ses lèvres, dans le jus poisseux des baies. Halverson recula en se redressant, interprétant ce va-et-vient de la tête de l'animal comme un signe de reconnaissance, quasiment un salut amical. Halverson ne savait pas très bien quoi faire, à part attendre ; il était si près, il aurait toujours dû être aussi près. L'ours leva le nez en agitant la tête de droite à gauche, regarda vers le ciel comme s'il avait pu s'y trouver quelque minuscule chose à distinguer au loin, puis rabaissa la tête et se laissa retomber lentement sur ses pattes antérieures, sa décision prise, et, après un formidable et lent mouvement pour se ramasser sur lui-même, s'avança vers lui, demeura un instant caché dans la végétation, puis fut sur lui, face à lui. Les feuilles bougèrent comme si un vent accompagnait la charge. L'animal s'arrêta et se dressa de nouveau. Halverson éleva le couteau.

Les pattes antérieures levées, l'ours le dominait de toute sa hauteur. Ses yeux sombres étaient doux, et sa terrible odeur était une puanteur. Le couteau toujours brandi, Halverson attendait : *si près.*

Que devait-on faire avec le couteau ? Devait-on se rapprocher, chercher le corps à corps, et où devait-on plonger la lame ? Aucun moyen de savoir ; Halverson commença à avancer, donnant de petits coups de couteau hésitants dans le vide en attendant de savoir ce qu'il devait faire, tandis que l'ours élevait plus haut ses pattes antérieures, et puis Halverson ne se posa plus de question, car, dans la lenteur de ce qui suivit, portant sa langue à ses dents, il goûta la douce haleine fécale de l'animal. Une chose après l'autre. La longue fourrure propre du poitrail du fauve fut ébouriffée par ce qui dut être un vent léger, dans cet après-midi immobile. Doucement elle ondula, pareille à une chevelure de femme, comme Halverson tenterait de se la représenter plus tard, sauf que sur le moment cela ne ressemblait réellement à rien d'autre qu'à ce frémissement d'argent jaunâtre, pas du tout à une chevelure de femme. Et puis il y eut le coup de feu, le sifflement de l'air quand la balle en plomb passa au-dessus de sa tête, le *flac* plat de l'impact ; et Halverson vit ce qu'il avait été incapable d'imaginer, la tête projetée en arrière, la terrible inertie involontaire quand les mâchoires béèrent, le spasme dans les yeux, la floraison du sang, et l'ours sombrant dans les broussailles, mort dans une ultime et formidable expulsion d'air.

Halverson abaissa son couteau. Il n'y avait à se défendre de rien ; il n'y avait jamais eu à se défendre de quoi que ce soit, tant qu'il ne l'avait pas cherché, et la colère qu'il ressentit, le tremblement de ses avant-bras, ne devait rien tant qu'à la perte ; et ce qui était perdu, il ne le savait pas. Debout au-dessus de l'ours, désormais simple dépouille, si gigantesque fût-elle, Halverson regarda son couteau. Ça au moins tu peux y arriver, songea-t-il, et, s'agenouillant, enveloppé par la chaude puanteur, il commença à couper, à démembrer, à trancher la tête. Ce fut un long travail, et il brisa la lame du couteau en forçant entre les vertèbres, mais finalement la tête roula à terre, dévala quelques mètres de pente, avant de s'arrêter sous les buissons d'amélanchiers.

Quand Halverson se redressa, il avait mal au dos de s'être ainsi acharné dans le sang et ses bras et son torse étaient tout poissés. Sentant tout le temps la lunette braquée dans son dos, il se reposa et fuma une cigarette, puis les bras gauchement refermés autour de la tête, la flairant, il commença à remonter la pente pour rejoindre Darby. Il se demanda fugitivement si elle le laisserait arriver jusqu'à elle. Enfin, elle abaissa le fusil.

« J'ai attendu assez longtemps, hein ? » dit Darby. Il était debout devant elle, jambes écartées pour garder l'équilibre malgré le poids de chair de la tête. Darby était perchée sur le tronc grisâtre pourri sur lequel elle avait appuyé le fusil, qu'elle avait jeté dans le tapis d'herbes. Halverson installa la tête à ses pieds, de sorte qu'elle les regardait tous deux en souriant — grands crocs carnivores refermés, lèvres noires inertes. Il lâcha le couteau brisé et le regarda tomber sur le sol moussu parmi le fouillis des herbes. « Ça ira comme ça », dit-il. La tête de l'ours pouvait rester là sur ce tronc, les insectes pouvaient s'en charger jusqu'à ce qu'il ne reste qu'un crâne au regard tourné vers l'ouest.

Halverson chassa une mouche qui remontait sur les doigts de sa main gauche. Sept cartouches pesaient dans les passants de sa cartouchière. L'une après l'autre, il les ôta et les tira loin en direction des sommets ; le craquement, la projection de la balle, puis plus rien. Tout ceci n'était qu'un acte de confiance après l'autre. Le ciel blanc, loin à l'ouest, se reflétait dans le lac, là-bas, dans le creux. Ils se trouvaient en un lieu où chaque chose en suivait irrévocablement une autre, où les seules hésitations étaient celles qui ne pouvaient être laissées au hasard.

De retour à leur campement, Halverson tira ses dernières cartouches, puis confia le fusil à Darby en lui demandant d'aller le cacher dans un endroit où il serait introuvable.

« Tu sais, ce vieil ours, l'infirme que les gardes ont tué, dit-elle. Eh ben, c'était le bon. Il avait des cheveux plein le ventre. »

Halverson lui dit que ça n'avait aucune importance. Il alluma le feu et, assis dos aux flammes, regarda la ligne d'ombre croître sur les sommets à mesure que le soleil déclinait. Puis il l'entendit revenir. « Darby.

— Je suis là », dit-elle.

Le champ de Van Gogh

Clyman Teal : oscillant, dos contre la trémie, mains refermées sur le volant de la moissonneuse-batteuse, une vieille John Deere 36 à chenilles âgée de vingt-neuf ans ressoudée et consolidée au fil de fer, progressant avec une lenteur infinie, guère plus de trois kilomètres à l'heure, tout autour des trois cent cinquante hectares du champ d'orge parfaitement rectangulaire, yeux gris mat plissés au soleil tandis qu'il contemple en silence, dans la poussière montant des ventilateurs qui séparent le grain de la balle dans la machine, l'étendue réduite andain après andain, pâle rectangle jaune s'amenuisant en direction de la dernière bande étroite et irrégulière et le centre terminé du champ.

Debout devant l'autoportrait de Van Gogh, Robert Onnter s'était finalement souvenu de Clyman Teal : l'expression de son visage sous son éternel chapeau avachi taché de graisse et de sueur, son menton en galoche, ses joues ridées tannées par le soleil et le vent, ses yeux voilés, sa chique de tabac calée contre sa mince lèvre inférieure, sa rare barbe grise d'une semaine, le visage d'un homme en proie non seulement à la souffrance de son ultime maladie et de sa mort imminente, mais aussi à l'aveuglante uniformité de ce qu'il voyait, ou tout du moins tentait de discerner.

Se déplaçant de temps en temps, comme si d'une perspective encore ignorée il aurait été en mesure d'accéder à un espace intérieur que le tableau, selon lui, devait recéler, Robert Onnter observait l'autoportrait de Van Gogh à l'exposition temporaire dans la galerie du rez-de-chaussée dallée de marbre du Chicago Art Institute, et il avait le sentiment que les yeux du portrait étaient ceux d'un homme qui regardait ce que Clyman Teal avait dû voir quand il contemplait les champs mûrs qui avaient rempli les jours d'août écrasés de soleil de sa vie, l'éclat resplendissant et énigmatique telle une lueur aveuglante réfléchie par de l'aluminium poli : l'œil de Van Gogh.

La veille, en ce même lieu traversé de temps à autre par des gens en vêtements d'hiver, Robert avait été distrait par une femme, sa main gantée sur sa manche, alors qu'il s'efforçait de visualiser quelque chose qu'il lui était impossible d'imaginer, ce qui se trouvait tout à la fois dessous et sur cette texture épaisse de peinture bleue, comment les touches striées déposées sur la toile transformaient ses souvenirs des lisses reproductions de champs de blé dans leurs sous-verre encadrés sur le mur chez sa mère. Ce matin, il avait laissé la femme endormie dans le fouillis d'un appartement brun — sa fragilité, une simple apparence —, recroquevillée tel un petit papillon de nuit vieillissant de son côté d'un lit trop large dans un immeuble surplombant l'extrémité nord du Michigan Boulevard et le lac glacé couvert de neige. Il avait pris un taxi pour rejoindre sa chambre au Drake Hotel, s'était douché, rasé, changé et, avec la même sensation de propreté que naguère, quand il sortait par un matin d'été dans la rosée qui mouillait ses bottes d'enfant aux pointes archi-usées, il avait repris un taxi pour venir se planter à nouveau devant le tableau.

En un sens, c'était à cause de Van Gogh qu'il était venu à Chicago voir de vraies toiles pour la première fois. Sa réaction à l'inconsistance de sa vie avait été en partie motivée par ces reproductions lisses de champs de blé que sa mère aimait tant. Robert fuma une cigarette qu'il tira d'un paquet chiffonné et se demanda s'il aurait dû laisser un mot à l'intention de la femme. Puis, comme au moment où elle l'avait tiré de ses réflexions la veille, il repensa à l'isolement de sa mère et à sa conception de la beauté, sans doute fondée sur son amour de ces reproductions, petits objets d'amour désespérés dans cette vallée de l'est de l'Oregon où il avait grandi, à l'éclat jaune d'or nettement strié des champs d'orge mûrissant dans la lumière des soirs d'été, ces visions-là et celle de la neige unie, lissée par le vent, ayant certainement partie liée avec ce qui le pressait de passer l'hiver ainsi, avec ce qu'il voyait dans les yeux de Van Gogh et ce dont il se souvenait de la mort simple de Clyman Teal, sans parler de son opinion sur l'idée que se faisait sa mère non pas tant de la beauté mais des raisons pour lesquelles les choses étaient belles. L'apparition de la femme à ses côtés, la veille, semblait une part inéluctable du programme qu'il s'était fixé pour cet hiver : fuir l'immobilité. À l'exception de deux ans et demi d'études en arts libéraux à l'université de l'Oregon, un cursus choisi sous la pression de sa mère au cours duquel il n'avait rien appris, de quatre ans dans l'armée de l'air et d'un an et demi à Sacramento à vendre des moteurs hors-bord, le temps qu'avait duré son mariage avec une jeune Californienne de Vacaville, Dennie Wilson, il avait toujours vécu dans la vallée. Il avait donc des voyages en retard.

À l'âge de vingt-sept ans, à son retour dans la vallée, il avait travaillé pour son père comme il avait toujours su qu'il finirait par le faire, partageant son temps entre la routine du travail et les bars de Nyall, la ville au nord de la vallée, y fréquentant telle fille ou telle autre au gré de ses rencontres. Récemment, le calme de cette existence avait volé en éclats, pour partie à cause de sa mère qui n'arrêtait pas de lui dire qu'il gâchait sa vie, plus sûrement à cause de l'inertie permanente réfléchie par les yeux de Clyman Teal, et à présent par le regard neutre et intense de Van Gogh. Depuis son divorce, Robert se sentait isolé, y compris de ses propres parents, et là, dans l'instant, il lui sembla qu'il n'avait déjà personne même à cette époque.

Dennie, la Californienne, une fille adepte des lunettes de soleil géantes à verres ambrés étincelants, pendant si peu de temps son épouse, vivait désormais à Bakersfield avec un autre homme et une petite fille prénommée Felicity qui approchait des six ans et allait commencer l'école. Robert se souvenait du visage de sa femme... la gamine qu'il avait épousée... Sans parvenir à l'imaginer avec un enfant, il revoyait avec une parfaite clarté la fille svelte de Vacaville, dont les yeux évoquaient quelque peu un regard de chouette le soir venu, car son bronzage s'interrompait à la limite de ses verres. Elle avait grandi, et pas lui. N'ayant pas découvert avec elle sa force dans l'enfantement, il était passé à côté d'une part de ce qu'il aurait pu être. Sa sensation de déphasage était, au moins partiellement, imputable à cela.

L'an passé, au début du printemps, avant que l'hiver ne quitte définitivement la vallée, il avait appelé Dennie avant l'aube, par un matin dont il se souvenait parfaitement, une erreur stupide et irréfléchie qui avait achevé de détruire toute espèce de relation qu'ils auraient pu entretenir après le divorce. Robert était en train de lire un livre que sa mère lui avait mis entre les mains, *La Montagne magique*, d'un auteur allemand, un certain Thomas Mann, étrange nom pour un Allemand, en lui disant que ce livre lui apprendrait quelque chose sur lui-même et que, si seulement il voulait bien le commencer, il comprendrait pourquoi il devait changer. C'était un dimanche léthargique, il avait un peu la gueule de bois, et la perspective d'une nouvelle après-midi interminable dans les bars de Nyall le déprimait déjà, Nyall avec sa neige souillée, ses façades en bois écaillées et toujours ses mêmes têtes de buveurs désœuvrés du dimanche. Aussi lisait-il, faute de mieux, et c'est alors que, pour des raisons incompréhensibles, la fascination s'empara de lui, il commença à chercher sérieusement à comprendre où cet Allemand voulait en venir en racontant cette histoire de maladie et de fuite, et il comprit pourquoi sa mère pensait que cela pouvait le concerner, tout en étant convaincu qu'il y avait un autre sens caché.

Il y passa des semaines, lisant et relisant chaque page, chaque paragraphe, savourant cette manière d'être allemande et cette façon d'écrire sur la maladie, ne quittant pas sa chambre, s'acharnant nuit après nuit sur le livre, s'éveillant avant l'aube pour y réfléchir encore et encore. Jusqu'au jour du coup de téléphone où, à quatre heures du matin, il alluma la lumière et commença à lire un passage où il était question d'une belle femme épileptique. Il se mit à éprouver la sensation qu'il allait lui-même, au prochain souffle, s'abîmer dans une convulsion, et la terreur finit par le saisir, ses yeux ne parvinrent plus à fixer les caractères, ni même à bouger, comme si les moindres réactions de son corps risquaient de faire descendre sur lui, tel un nuage l'isolant du reste du monde, ce linceul pesant d'immobilité, si bien qu'à la fin, au prix d'un effort, il appela celle qui avait été sa femme, Dennie, avec le sentiment qu'elle serait capable de le comprendre, qu'elle pourrait ne pas l'avoir complètement abandonné. Elle lui répondit qu'il était soûl et raccrocha aussitôt, et Robert, tout seul à l'intérieur de son nuage, n'eut d'autre solution que de réveiller sa mère pour l'implorer de le dissiper, avant de passer des semaines à vaquer à ses tâches quotidiennes en proie à la terreur d'une chose aussi simple que l'air qu'il respirait.

À présent, la couleur symbolique forte et intense de l'autoportrait ressemblait à la réalité, c'était la physionomie et le tourment d'un homme baissant brusquement les bras, Clyman Teal agonisant cet été-là, ce moissonneur itinérant qui aurait pu être Van Gogh lui-même, remontant vers le nord au fil des saisons en longeant la côte Ouest au volant d'une succession d'automobiles grises et rouillées, toujours seul : couleur striée en relief sur la toile, si peu semblable aux reproductions des champs de blé, aussi réelle que l'orge mûr avant la moisson, tout entière la proie de cette stase que Robert cherchait à fuir en venant dans cette ville, en voyageant.

La femme avait de longs cheveux lisses, couleur d'ambre, coupés aux épaules, qui contrastaient avec la pâleur naturelle de son clair visage ovale. Elle les brossait lentement. « Je finissais juste de les laver quand tu as appelé », dit-elle en souriant.

Sa décontraction la faisait paraître plus jeune, ferme et menue plutôt que petite et flétrie par l'approche de la vieillesse ; vêtue d'une robe d'intérieur bleu profond qui dissimulait tout d'elle sauf la blancheur de ses épaules et de son cou, ses pieds nus repliés sous elle, elle était assise dans un fauteuil de velours noir près d'une fenêtre donnant sur le lac, dans le contre-jour d'un soleil gris caractéristique du Middle West. Des mules brodées usées reposaient sur la moquette pâle, presque blanche, de la pièce encombrée de sofas ornés de jetés de lit, et de tables dont les surfaces reflétaient des figurines en porcelaine. « J'aime les jolies choses, avait-elle dit la veille. La plupart de ces bibelots me viennent de ma mère. Est-ce un tort, à votre avis ? » Robert avait répondu que non, sûrement pas, et elle avait souri. « Appelez-moi Goldie, avait-elle dit. Tout le monde m'appelle ainsi. » Il avait lu la carte insérée dans le petit support en laiton placé sous la sonnette de l'entrée. *Mrs. Daniel (Ruth Ann) Brown.* Son époux, avait-elle expliqué, voyageait en Europe. « Aucun souci à se faire, il ne sera pas là de l'hiver. »

Elle avait insisté pour qu'ils finissent la soirée ici, ils s'étaient assis dans la pénombre devant l'âtre, à la lueur vacillante du feu artificiel, et elle avait passé une robe d'intérieur pour servir dans des verres minuscules un breuvage pâle et épais à la saveur de paille brûlée. Finalement, il l'avait embrassée en se rapprochant gauchement de l'autre extrémité du sofa où elle attendait avec un sourire de marbre. « Il est parti, avait-elle repris, pour aller en Grèce, dans les îles, pour marcher et réfléchir. »

Dans la douce lumière de l'après-midi, elle était parfaitement sereine. Robert lui avait demandé la cause du départ de son mari. « Pour la clarté, avait-elle répondu. La lumière... la situation s'est dégradée, avec l'agitation sociale, et il avait besoin de réfléchir... » Peut-être, songea Robert, l'imiterait-il, partirait-il vers la pâle lumière du soleil, les blanches îles poudreuses, et l'eau de la mer. New York, puis Londres, Paris, Rome, et enfin les îles grecques, le spectacle de l'eau mouvante sous la lumière, un flux, une continuité qui pourraient illuminer sa vision d'un cours d'eau presque à sec en plein désert par un été de sécheresse, de cascade chutant par les fissures entre de gros rochers, toujours des images d'eau, le Pacifique froid et gris sous des nuages d'hiver, des vagues déferlant sur du sable nu et le mouvement lourd du transport de troupes quittant la baie de San Francisco pour Guam, où il avait effectué un an et demi de son service dans l'armée de l'air.

Dans son enfance, il imaginait que les champs d'orge étaient de l'eau. Après le dernier repas de la journée, laissant la pile d'assiettes sales dans l'évier, ils partaient tous ensemble, Robert, sa mère et son père, son frère cadet et la benjamine, tous dans le vieux pick-up Chevrolet vert sombre pour aller contempler la récolte mûrissante dans la vallée. Cela faisait onze ans maintenant que son frère était mort dans un accident de voiture, le second semestre de son année universitaire, et sa sœur, qui s'était mariée dès la sortie du lycée, vivait loin avec ses enfants à Amarillo, Texas. À cette époque, ils étaient tous à la maison, et son père les emmenait par les routes poussiéreuses le long des berges des canaux jusqu'à la lisière est des champs, le regard tourné vers les derniers rayons du soleil couchant qui embrasaient l'horizon bas ; ces champs qui viraient au jaune, illuminés, se transformaient en une étoffe magique et parfaite déroulée à leurs pieds, et Robert les imaginait tous main dans la main, marchant dans la direction du soleil.

Lors de l'une de ces expéditions, sa mère avait donné un nom au plus grand de leurs champs et, en raison des reproductions qui ornaient la maison, ils s'étaient dit qu'elle était un peu exaltée. Mais sans doute avait-elle raison, même inconsciemment. L'éclat brut, jaunâtre, des épis d'orge barbus éclairés par le soleil s'accordait parfaitement à la réalité de Van Gogh, sa peinture flamboyante, ses yeux, sa pâte. « Le champ de Van Gogh, avait-elle dit, répétant ces mots avec une sorte de ravissement. Quelle merveille ! » C'était une chose qu'elle disait souvent. « Quelle merveille ! » Ils restaient là jusqu'à ce que la fraîcheur tombe, puis rentraient lentement à la maison, Robert et son frère derrière sur le plateau de la camionnette regardant la poussière monter dans leur sillage, souple et grise comme de la farine, et flotter dans l'air, striée et impalpable telle une aura obscure autour d'eux, même après que la camionnette eut été garée sous les peupliers derrière la maison.

Robert s'interrogeait sur la signification de ces expéditions nocturnes pour son père. À l'approche de la soixantaine, silencieusement rattrapé par les sentiments après la mort de son fils, son père avait passé un mois reclus dans la maison, à pleurer sans retenue, assis, le dos droit et rigide, quand il buvait le café que la mère de Robert apportait à table, jusqu'à ce que la saison de l'irrigation l'oblige à retourner travailler, et il ne laissa par la suite passer son émotion que dans ses mains, par des gestes brusques, en se courbant en deux pour ramasser une motte de tourbe sèche et granuleuse et la réduire en poudre entre ses doigts calleux. Pendant les semailles, il arpentait parfois les champs labourés et humides, s'agenouillait et plongeait ses mains dans la terre retournée qu'il pétrissait, s'accroupissant au plus près du sol tel un animal sur la piste. « Voir si elle est à point, disait-il. Si elle est prête. »

La femme revint avec des verres. « Je ne pensais pas te

revoir, dit-elle. Je l'espérais, mais... » Elle sourit, peut-être souhaitait-elle être seule, l'aventure de la nuit déjà à moitié oubliée.

« Je suis retourné voir la toile.

— Que fais-tu dans la vie, au juste ? Je n'arrive pas à croire ce que tu m'as raconté. » Elle souriait toujours. Il lui avait menti, se trouvant puéril dans sa quête de lieux et de villes inconnus, et, répugnant à confesser qu'il avait emprunté dix mille dollars à son père, il avait prétendu être agent d'assurances. « Je cherche des îles », dit-il en se demandant si elle le prendrait au premier degré.

Elle détourna les yeux, cessa de sourire. « Les champs de blé, reprit-elle. Tu devrais les voir, le dernier surtout. » Robert ne répondit pas. « Avant son suicide, je veux dire, précisa-t-elle, quand on pense à ce que cela représentait pour lui... la couleur jaune, ce champ regorgeant de blé, ces oiseaux... l'idée de la mort en lui, et qu'on se souvient que c'est là qu'il s'est tué, dans ce champ de blé, alors ça saute aux yeux.

— Quoi ? La couleur jaune ?

— L'amour tout simplement. » L'après-midi tirait à sa fin, le bleu hivernal de la lumière s'obscurcissait, et le visage de la femme s'en trouvait isolé, comme détaché de sa robe d'intérieur sombre.

« Je ne crois pas que ce soit visible sur des reproductions, dit-il, nous avions des reproductions à la maison, et elles sont vides... Ma mère devait l'imaginer comme quelqu'un de beau et d'intelligent. » Robert ne savait comment expliquer la fausseté des reproductions, l'imposture.

« Ah ? » La femme se pencha imperceptiblement en avant, intéressée peut-être et renonçant à venir poliment à bout d'un après-midi en compagnie d'un homme qui avait été son amant et qu'elle aurait préféré ne jamais revoir. Son ton était plus vif, incisif. Après avoir pris une gorgée d'alcool, elle fit tourner son verre entre ses mains.

« La façon dont elle a agi... » Robert n'acheva pas.

« Ta mère a agi de façon inconvenante. » La voix de la

femme trahissait l'impatience, elle avait lâché le mot *inconvenante* comme si elle s'était ravisée en cours de phrase, pour conclure maladroitement, réticente peut-être à reconnaître la distance morale qu'impliquait le jugement qu'elle portait sur Robert et sur le jugement que lui-même portait sur sa propre mère.

« ... comme si c'était exemplaire.

— Tu en es sûr ? Peut-être faisait-elle semblant.

— Je ne crois pas qu'elle... » Robert hésita. « Un homme venait de mourir et elle connaissait des tableaux, et ça lui a paru beau et emblématique de quelque chose. » Sa mère avait remué son café et souri avec un parfait sang-froid. « Il a terminé de faire ce qu'il aimait, avait-elle dit. Il ne s'est arrêté qu'une fois l'ouvrage achevé. »

La femme se leva de son fauteuil et se mit à marcher lentement devant les fenêtres, son verre à moitié vide à la main. « Les femmes voient plus de choses qu'on ne l'imagine, dit-elle. Peut-être même tout. »

Sa mère : Duluth Onnter, que voyait-elle, elle qui était venue du Minnesota dans l'Ouest pour y épouser son père après l'université, elle que fascinaient tellement la couleur et les noms ? Ses propres parents avaient déménagé de Minneapolis à Tucson dans l'année qui avait suivi la naissance de Robert et, bien qu'il leur eût rendu visite quand il était gosse, Robert n'arrivait pas à se représenter le gros homme et la grosse femme à cheveux blancs dont il se souvenait, morts depuis longtemps, vivant dans un lieu que la neige ne recouvrait pas la moitié de l'année. C'était parce que son grand-père se trouvait à Duluth le jour où sa fille était née qu'il avait tenu à lui donner le nom de ce port froid des États-Unis. « Papa disait toujours que c'était un matin de toute beauté, lui racontait sa mère. Que j'étais sa beauté. »

« Peut-être trouvait-elle les reproductions simplement jolies et réconfortantes, dit Robert. Ou peut-être voyait-elle vraiment.

— Mon mari est comme ça, répondit la femme, il s'imagine qu'il va trouver la spiritualité en Grèce, dans une île. Pas moi. J'ai de la chance. » Elle continua de faire les cent pas devant les fenêtres, sa robe d'intérieur caressant la moquette, sa frêle silhouette découpée dans le contre-jour. « J'ai tout ce qui semble nécessaire, et ce n'est pas la liberté. Vendredi, j'irai me confesser d'avoir couché avec toi. C'est cela la liberté.

— À un prêtre ? » Cela paraissait totalement déplacé, de coucher avec lui et puis d'aller raconter ça à l'église, typiquement le genre de cercle vicieux qu'il évitait. « Je ne vois pas ça comme ça, dit-il. Pourquoi commencer par faire un truc... si c'est ensuite pour faire comme si on ne l'avait pas fait ?

— Ce n'est pas faire comme si. C'est se faire pardonner. J'ai besoin d'aller regarder comme toi, et c'est vrai qu'à un moment, tu m'as aidée à mieux voir, à regarder Van Gogh, mais même ce besoin de voir est un péché, un manque de foi. Je me suis vendue parce que tu m'as aidée à voir. Si ça semble idiot, tant pis, mais ça ne l'était pas pour moi quand je l'ai fait, et ça ne l'est toujours pas. C'est ça ma liberté et je n'ai besoin d'aller nulle part pour la trouver. Et cela doit être confessé. »

Robert se demanda si elle le trouvait idiot, lui, à Chicago, projetant un départ pour l'Europe, si elle souhaitait être débarrassée de lui et si elle le regarderait partir d'un œil froid, tout comme sa mère avait pris la mort de Clyman Teal, si pour elle autre chose existait hormis l'espoir. « Je dois te paraître stupide, dit-il.

— Non... Je pense simplement que ce que tu cherches n'existe pas.

— Quoi, par exemple ?

— Je ne sais pas, mais ça ne se trouve pas ici... ni en Grèce, ni nulle part.

— Je devrais peut-être rester. » Il y avait la solution commode d'un hiver à Chicago, déambuler dans les rues, devant des toiles de maîtres, de Van Gogh à Gauguin, Seurat, et la voir de temps en temps, aussi souvent qu'elle le voudrait bien.

« Je ne le ferais pas, dit-elle. Si j'étais toi. » Avec le sentiment qu'elle lui refusait une compréhension complexe qu'elle aurait pu lui transmettre si elle l'avait voulu, Robert comprit qu'elle avait raison et qu'elle s'efforçait de faire preuve de tact.

« Je ne t'embêterais pas, dit-il. Une fois de temps en temps, c'est tout, juste pour bavarder.

— Non, répondit la femme. Je vais chercher ton manteau. » Elle avait le visage dur et fermé, mélodramatique à souhait, songea Robert, avec son credo sur la futilité des choses. Debout dans le couloir, la porte de son appartement refermée derrière lui, il comprit combien elle était sûre de détenir la vérité, et comment sa conviction se fondait sur de brefs et furtifs aperçus du mystère que Van Gogh et Clyman Teal avaient contemplé sans ciller dans leurs champs d'orge et de blé.

Le lendemain matin, il retourna à la galerie, et elle était là, debout, discrète, dans un tailleur en lainage grège, un manteau en poil de chameau jeté sur les épaules, femme mince et élégante, presque jolie et vieillissante. « Tu es revenue », dit-il. Elle se retourna, comme surprise, puis lui sourit. « Chut, taisons-nous, fit-elle, c'est ce que j'apprécie le plus, le silence, nous parlerons ensuite. »

Debout près d'elle, sentant qu'elle attendait maintenant un mot de lui, Robert était absorbé par les traits farouches et désespérés du portrait, qui lui rappelaient Clyman Teal dans les jours qui avaient précédé sa mort. La saison avait été humide, avec des orages en juin et une semaine de pluies douces à la fin de juillet, et l'on n'avait vu moisson plus belle depuis des années : grains gonflés, sans la moindre ride, gros et lourds lorsque la moisson avait débuté au mois d'août. Clyman Teal, corps dégingandé, épaules fortes et longs bras à l'air perpétuellement cassés au niveau des coudes, était arrivé pile le premier jour, traversant lentement le champ au volant de la dernière de ses automobiles d'occasion rouillées, un coupé gris de marque Pontiac. En se frottant les yeux, il avait fait quelques pas dans le champ avec Robert et son père. La rosée commençait à peine à s'évaporer. « Je suis arrivé d'Arlington cette nuit, dit-il. J'ai terminé là-bas hier. » Depuis vingt ans, il moissonnait le blé au sud de la Columbia River, à quatre cents kilomètres au nord, et descendait dès qu'il avait terminé pour conduire la moissonneuse-batteuse du père de Robert. Quand son travail chez eux s'achevait, il continuait vers le sud pour la récolte du riz dans la Sacramento Valley. De lourds épis d'orge ployaient autour d'eux, et Clyman Teal broyait des grains entre ses dents, les mâchait et les avalait en plissant les yeux dans la direction du soleil. « Va faire un temps extra, dit-il, hein, fiston. » Laissant le coffre de sa Pontiac ouvert, sans se préoccuper de la poussière qui se déposait sur son équipement de couchage et sa valise étamée, il sortit ses outils et passa le reste de l'après-midi à travailler lentement, posément, tandis que tous attendaient autour de lui, graissant à nouveau des roulements que Robert avait déjà graissés la veille, retendant chaînes et courroies, faisant tourner la machine et tendant encore, pour finir juste au moment où l'on apportait le déjeuner aux travailleurs des champs dans des récipients aux couvercles maintenus par des bandes en caoutchouc. Ils s'accroupirent tous à l'ombre pour manger, puis jetèrent les reliefs de leur repas aux mouettes, et le travail commença. Laissant le moteur de la moissonneuse-batteuse tourner, Clyman Teal fit signe à Robert de le suivre et se dirigea avec lui vers son père qui actionnait la manivelle du vieux tracteur Caterpillar D7, ses lunettes anti-poussière déjà sur le nez. « Quand on aura du temps, cria-t-il, je veux que le gosse monte avec moi là-haut. » Puis il s'éloigna, grimpa par l'échelle de fer jusqu'à la plate-forme sur laquelle il manœuvrait debout le volant de la barre de coupe, et fit signe au père de Robert d'attaquer le premier tour.

Ainsi, quand ils avaient le temps, entre deux chargements de remorques, Robert grimpait en haut de la plateforme et apprenait à manœuvrer la barre de coupe, à évaluer la quantité de chaume à prendre dans les rabatteurs de façon à ce que la machine batte correctement, à régler la distance entre le batteur et le contre-batteur, à adapter la vitesse du tambour rotatif à l'opulence de la récolte, à régler les ventilateurs qui séparaient des grains plus lourds la menue paille et les enveloppes. « Tout est affaire de pesanteur, expliquait le vieil homme. Le lourd retombe et le léger s'envole. »

Parfois, le vieil homme marchait derrière la moissonneuse dans le brouillard de poussière des menus débris, son chapeau retourné sous la sortie du tire-paille pour récupérer des déchets qu'il renversait ensuite sur le capot métallique où il les étalait lentement de ses doigts épais, puis, agenouillé, il soufflait sur la balle afin de s'assurer qu'aucun grain d'orge bien gonflé n'avait été oublié. « Il faut surveiller, disait le vieil homme. Sinon, tu fous l'argent en l'air. »

Mais, la plupart du temps, il conduisait simplement son engin, le dos calé contre la trémie contenant le grain battu. La moisson dura vingt-sept jours, le dernier andain passa sous la barre de coupe à la toute fin de l'après-midi pendant que Robert emportait son ultime remorque de grain jusqu'au silo de Nyall par la route bitumée qui remontait le versant ouest de la vallée. De retour au champ à temps pour voir le dernier camion démarrer, un 6x6 de l'armée reconverti en camion agricole qui tanguait en première sur le sol de tourbe meuble, Robert attendit au portail pour le laisser passer. L'autre chauffeur s'arrêta à sa hauteur. « Il dit qu'il est malade, annonça l'homme, penché par la vitre ouverte du camion. Il est descendu de son perchoir, il s'est roulé en chien de fusil, et il a dit qu'il était malade et qu'il voulait qu'on le laisse tranquille. » La moissonneuse-batteuse était arrêtée au centre exact du champ, là où elle s'était immobilisée après son dernier tour. Le chauffeur, un homme aux yeux d'étain et à la calvitie naissante qui vivait dans la vallée, juste au sud de Nyall, sur une parcelle de cent soixante arpents de terre maigre bourrée de calcaire, semblait maintenant pressé d'en finir avec tout ça et de retrouver sa quiétude. « Ton paternel te fait dire d'amener la camionnette », conclut-il.

Robert prit le volant du lourd pick-up rouge International neuf et pas encore rodé et rejoignit la moissonneuse au milieu du champ. Clyman Teal gisait sur le sol, recroquevillé sur lui-même à l'ombre de la machine. Robert et son père chargèrent le vieil homme à bord de la camionnette, et Robert reprit lentement le chemin du retour à travers le champ creusé d'ornières pendant que son père soutenait Clyman Teal, un bras passé autour de ses épaules. Le vieil homme grognait de douleur, les paupières closes, les deux bras noués autour du ventre. Quand ils se garèrent enfin devant le baraquement blanchi à la chaux des ouvriers, tous trois ne descendirent pas tout de suite, et rien ne bougeait dans le vide oppressant de la vallée, à part une mouche qui traçait son chemin dans la poussière du pare-brise incliné. « On va le transporter à l'intérieur », dit son père, et Robert fut surpris de la fragilité et de la légèreté du vieil homme, tout petit dans sa combinaison de travail, comme un enfant ; il flottait dans les plis de ses vêtements et dégageait une odeur de feu de prairie, âcre et pénétrante. Ils le déposèrent, dans une rigidité passive, sur sa couchette garnie de couvertures marron des surplus de l'armée. Ouvrant les yeux, il émit un grognement qui leur signifiait de le laisser seul, puis il se retira en lui-même. Sur l'appui de fenêtre au-dessus du lit, il y avait un alignement de boîtes et de comprimés, bicarbonate de soude, aspirine et remèdes de bonne femme contre les maux d'estomac. La mère de Robert apporta de la maison de la soupe et du pain grillé ce soir-là, et le vieil homme demeura gisant sans bouger pendant que le père de Robert lavait la poussière sur son visage. Ils le bordèrent sous les couvertures et, le lendemain matin, son repas était encore intact. L'après-midi, le père de Robert appela un médecin, le seul de Nyall, qui, après avoir ausculté le corps recroquevillé, fit venir une ambulance de la grande ville à quatre-vingts kilomètres à l'ouest. La nuit tombait quand elle arriva, une grosse Chrysler avec une équipe de volontaires, sa lumière rouge clignotant dans le crépuscule pendant que Robert aidait à charger le vieil homme sur une civière. Les portes se refermèrent sur Clyman Teal sans qu'il ait rouvert les yeux, et Robert ne le revit plus jamais. Durant la brève cérémonie au funérarium six jours plus tard, ni lui ni personne ne se leva pour aller regarder dans le cercueil.

Opéré la nuit même de son transfert à l'hôpital, Clyman n'avait pas survécu. « Complètement rongé de l'intérieur, avait expliqué le médecin en secouant la tête. Des perforations de tout l'intestin. » Robert se souvenait des mains rougies de sa mère crispées sur le plateau qu'elle avait emporté vers le baraquement en bas de la colline, de la tendresse maladroite de son père lavant le visage du vieil homme, gestes accomplis pour la plupart dans le silence. Trois jours après la mort de Clyman, le bureau du shérif retrouva la trace d'un frère à Clovis, Nouveau-Mexique, lequel donna le feu vert pour procéder à l'inhumation. Ils étaient six à l'enterrement, Robert, son père et sa mère, le chauffeur du camion et son épouse imposante et souriante, et un égaré d'un des bars de Nyall. Le frère, un vieil homme souriant vêtu d'un costume noir verdâtre, se présenta une semaine plus tard. Il chargea en silence les biens de Clyman dans la Pontiac et démarra, pour s'en retourner au Nouveau-Mexique. Il n'avait pas revu Clyman depuis trente-huit ans, leur avait-il dit, et il n'avait pas eu une seule fois de ses nouvelles pendant toutes ces années. « Jamais le temps de rien. » Mais il n'avait pas fait le déplacement en vain, ajouta-t-il. Il avait trouvé caché dans la valise étamée du vieil homme un livret d'épargne d'une banque de Bakersfield affichant un total de dépôts pour un montant de huit mille dollars et des poussières. Il avait annoncé qu'il pensait faire un crochet par Bakersfield en rentrant chez lui.

La femme prit le bras de Robert. « J'en ai assez, dit-elle. Allons prendre un café. » Assise dans la cafétéria bruyante, elle sourit. « Ça m'a plu, reprit-elle. De rester là ensemble sans rien dire... c'est cela qui m'a plu d'emblée chez toi, cette qualité de silence. » Robert se demanda si elle faisait souvent cela, ramasser des types perdus ; ce qui avait poussé son mari à partir. « C'est pour ça ? » dit-il, se laissant aller à la juger d'une manière qui somme toute paraissait injuste, peut-être parce que c'était tout près d'être une façon de se juger lui-même.

« Tu pourrais apprécier l'immobilité, tu sais... le moment que j'aime le plus à l'église est celui de la prière, le silence avant les cantiques. » Ses mains bougeaient lentement, effleurant sa cuillère, faisant tourner sa tasse. « J'ai changé d'avis, dit-elle. J'aimerais que tu restes cet hiver. Tu pourrais m'accompagner le dimanche et voir comment le silence et la perfection... comme c'est joli, à Pâques. »

Mais il ne pouvait pas. C'était inutile, parfait peut-être pour elle, il n'en savait rien après tout, mais l'immobilité croîtrait à mesure que les cantiques s'élèveraient, et ni son église ni aucune ville d'Europe, ni même une eau limpide ne pourraient davantage pour lui que rentrer dans son pays retrouver ces matins froids et humides du début du printemps à l'époque des semailles, les après-midi pétrifiés d'ennui pendant que le cercle de la moisson se referme progressivement vers son centre occupé par la moissonneuse-batteuse. « Oui, dit-il, soucieux de ne pas la blesser, sachant qu'il n'était même pas impossible qu'il reste. Je pourrais. » Les champs de blé croissaient vers le ciel sous des tournoiements d'oiseaux, la poussière du soir flottait, immobile, derrière la camionnette de son père, et le visage d'enfant de son frère se tendait droit devant, vers les lumières qui miroitaient entre les peupliers, annonçant leur maison, la couleur jaune clair de l'amour, Van Gogh mort peu de temps après, tout près.

Chevaux au paradis

En contrebas, à travers ces prairies aux allures de parc, des chevaux blancs courent devant l'orage d'été. Tout ça, et Trainer se souvient de Libby, sa femme, sa première nuit dans cette chambre. « Perfection imméritée », avait-elle dit, et plus tard son visage avait paru si merveilleusement enfantin. Le chagrin que Trainer éprouve est pour lui-même, le chagrin de tout posséder.

Les rayons bas du soleil couchant entrent à l'oblique par-dessous le manteau de lourds nuages, lumineux à travers l'ombre galopante de la pluie. Le long de la rivière au centre de la vallée, de fortes rafales ont gagné les peupliers de Virginie et les saules. Les feuilles renvoient un éclat argenté. Vers l'est, par-delà l'orage, le ciel est bleu au-dessus des montagnes toujours vertes.

Chagrin immérité, songe-t-il avec un sourire pour lui-même.

Encore un mot énorme qu'il a appris des médecins : *antidysthanasie* — incapacité à mobiliser les efforts nécessaires à la conservation de la vie.

Sa femme est en train de mourir, son visage, qui n'a pourtant guère vieilli, n'est plus assez jeune pour paraître enfantin, et Trainer, nu, attend la fraîcheur de l'orage après la chaleur mortelle de l'après-midi, debout devant une fenêtre du deuxième étage, seul dans la chambre de sa femme qui respire calmement dans son sommeil magique et sans fin, les tubes reliés à son corps pendant autour d'elle. Il est inutile de se demander pourquoi elle meurt. Trainer le sait bien, et pourtant elle est jeune et, si frêle soit-elle devenue, presque belle, avec son visage ovale blanc dans le soir de la chambre. Une fois de plus, il n'arrive pas à comprendre ce qui pourrait la pousser à vouloir mourir, persuadé qu'elle a simplement décidé de ne plus être éveillée. Comme l'ont dit les médecins, elle ne veut pas vivre, et Trainer sait qu'il s'agit bien d'un vœu.

Même si l'idée ne le quitte pas qu'elle pourrait être déjà morte, inconsciente dans sa catalepsie, Trainer est sûr qu'à tout moment de son choix, elle pourrait geindre, ouvrir les yeux et sortir de cette agonie. Elle sourirait et « Me revoilà », dirait-elle.

Tout en imaginant ces paroles, alors que les chevaux blancs, après avoir traversé la prairie au grand galop, font demi-tour devant une clôture dissimulée dans les saules, Trainer se demande si d'une certaine manière elle ne sait pas que les chevaux sont en train de courir, si quelque part en elle les chevaux ne sont pas toujours en train de courir. Ce sont, après tout, les siens, c'est pour elle qu'il les a amenés ici. Pour qu'elle puisse les regarder galoper et paître, debout à cette fenêtre, et les monter dans sa prairie.

À l'approche des rouleaux de pluie, il entend le premier frémissement du vent puis, faiblement, le rire de ses enfants dans le bassin chauffé qui borde le monument de deux étages qu'est sa maison à façade de marbre. Ils nagent, nus, attendant l'orage. Trois garçons et trois filles, dont la plus âgée a treize ans. Trainer est fier et sa fierté le fait sourire, c'est l'émotion émue d'un vieillard, père de jeunes enfants, sa seconde famille.

Il effleure l'un des flacons de perfusion intraveineuse suspendus près du lit de sa femme, le verre est froid et la clarté de la lumière déformée par le liquide clair. Ce serait si facile de fermer le goutte-à-goutte, de décrocher les bouteilles de leurs supports chromés et de les laisser posées par terre autour de son lit. La laisser partir. Mais les chevaux dans son esprit pourraient mourir.

En silence, toujours nu, il parcourt les couloirs gagnés par l'obscurité, passant devant les milliers de photographies sous verre encadrées, la plupart tirées de ses films, d'autres où on le voit poser en compagnie d'amours anciennes ou de célébrités, presque toutes disparues à présent, un vieil homme qui va rejoindre ses enfants à la baignade tout en grattant les poils blancs de son ventre et en se hâtant. Depuis l'un des salons, une jeune fille en uniforme noir et blanc de domestique le regarde passer. Elle époussetait des tables, et elle sourit.

Le dallage en ardoise qui recouvre la terrasse près de la piscine est froid et rugueux sous la plante des pieds. À peine un peu plus de vingt ans que cette maison a été construite, songe-t-il, et les contours de cette pierre sur laquelle il marche lui sont tout à fait familiers, il sait exactement où se trouve telle ou telle fêlure entre les dalles, et son autre vie est aussi floue que le rêve de la nuit, un rêve de chute après un bref instant de matin et de chants d'oiseaux dans les arbres devant sa fenêtre, un rêve enfui avant même qu'il ouvre les yeux. Les enfants rient dans l'eau, ils l'observent et l'attendent. La plus âgée, Charlene, est tout en haut sur le bord du grand plongeoir, en équilibre les bras tendus, et elle lui sourit avant de sauter parce qu'elle sait combien cette hauteur l'effraie. L'oiseau, pense-t-il, pour lui elle a toujours été l'oiseau, et cela n'a rien à voir avec son allure, c'est simplement une chose qu'il sait depuis sa naissance sur la légèreté de ses os, que ses os sont creux, qu'elle n'a pas de moelle à l'intérieur, et qu'elle pourrait voler.

Quatre-vingt-six ans, et cet enfant, les autres dans l'eau, Trainer se demande même si son âge est vrai. Il n'a aucune idée de quand il est né, orphelin depuis toujours, abandonné sur un banc de la gare de Santa Fe, Nouveau-Mexique, petit bébé enveloppé dans une couverture blanche, accompagné de sept oranges si l'on en croit les histoires. La seule chose dont il soit sûr, c'est qu'il a vécu tellement longtemps que ses parents doivent certainement être morts à présent quelque part.

Puis au moment où sa fille fléchit les jambes et s'élance du plongeoir, il retient sa respiration parce qu'il se rappelle en fait ce que devait être son rêve du matin, qui n'était pas du tout un rêve de chute. Peut-être même pas un rêve, rien qu'un caprice de sa mémoire : il a vu, déformée comme par l'objectif grand angle d'un appareil qui aurait photographié le gros plan, cette scène du tournage de THE WILD APPLES OF HARRY CROME dans laquelle le jeune homme nerveux qu'il avait été découvrait le corps gelé de sa femme et trébuchait dessus en traversant péniblement une étendue de neige fraîche. Le corps, sa réplique, avait en fait été taillé dans de la glace et peint en noir, et dans ce tout premier film de la série de ses grands titres, il y avait eu ce moment qui, il s'en rendait compte à présent, aurait pu être historique, lorsque par accident il avait cassé un bras de cristal tordu et l'avait tenu, dégoulinant de peinture noire et étincelant sous la chaleur des projecteurs qui entouraient la caméra, et qu'il avait souri, sans autre raison que l'absurdité de l'instant. La pellicule avait été détruite et la scène reprise le lendemain. Il comprit, quand sa fille plongea, qu'on aurait dû la garder, parce qu'elle contenait un moment vrai pendant lequel il avait été invulnérable et absurde, et non pas l'idiot prétentieux qu'il était devenu par la suite, le justicier aux revolvers posant devant les caméras dans une rue poussiéreuse devant des façades en carton pâte... et voilà sa fille qui file vers la surface de l'eau alors qu'il sent les premières gouttes froides de la pluie qui brouille l'eau qu'elle fend à la verticale dans un plongeon parfait, presque sans éclaboussures.

Debout sur la margelle en ciment du bassin tandis qu'elle refait surface et nage vers lui, Trainer fait un pas en avant et se laisse tomber dans l'eau chaude qui fume légèrement, hors d'atteinte de la pluie, au moment précis où survient le tumulte de l'averse et du vent. Il se laisse tomber, pieds joints, touche le fond et d'une poussée remonte à la surface. Elle est près de lui, elle rit, cependant ses yeux sont sombres et inquiets et Trainer se souvient du visage de sa mère, de Libby en train de sourire, et il lui semble qu'elle était aussi jeune quand ils se sont mariés.

Fouettée par le vent, l'eau écumante est un élément de l'orage, les plus jeunes enfants babillent avec excitation dans le petit bain à l'autre bout de la piscine, et Trainer ne voit dans les yeux de sa grande fille qu'un profond gouffre marron. Plongeant la tête sous l'eau, il se laisse flotter, le regard fixé sur le fond bleu mouvant. Il n'y a rien à penser. C'est pour lui qu'elle a plongé, et il n'y avait pas de danger, absolument rien à craindre. Si seulement il avait défendu la vérité de cet instant absurde, cinquante ans plus tôt, alors qu'il tenait ce bras dégoulinant taillé dans la glace, ce plongeon n'aurait peut-être pas paru dangereux. Mais même la révélation qu'il cherche à avoir lui échappe, et il se renverse sur le dos en secouant la tête pour chasser l'eau de ses oreilles.

Elle est sortie du bassin et les autres enfants se tiennent près d'elle, transis sous la pluie, leurs petits corps glabres et menus exposés au vent qui a déjà commencé à faiblir. Loin derrière eux et au-dessus de la vallée, le ciel est bleu. Trainer nage lentement jusqu'au petit bain et sort de l'eau. La pluie semble plus chaude, elle a presque cessé et, lorsqu'il s'approche, les enfants se sauvent, riant de nouveau, et dévalent la longue volée de marches en pierre menant à la gigantesque étendue de pelouse qui descend en pente douce depuis la maison.

Trainer suit, donnant de la voix ; la pelouse est molle et douce sous ses pieds, fraîchement tondue et mouillée, et ses enfants sont comme les chevaux blancs, ils courent groupés comme de petits oiseaux en vol. Alors Trainer tonne à nouveau et se met à courir, tandis que les enfants filent devant lui dans la pente, et soudain Trainer rit, et plonge, et roule dans l'herbe dont les brins coupés se collent aux poils blancs de son dos, puis il se remet debout et reprend sa course, sachant désormais que rien ne peut être dangereux, et là, tout au bout de la pelouse où les enfants attendent, il plonge et roule de nouveau dans l'herbe et quand il se relève, la douleur dans sa cheville ressemble à un événement qu'il aurait dû connaître.

Au-dessus de lui, la maison à façade de marbre blanc se détache comme un monument lointain sur l'obscurité toujours verte des montagnes sous l'orage, aussi inhabitable que ces sommets rocheux qui en plein été sont encore parsemés de neige. Les aigles en bronze au bord du toit, tous ailes déployées et plus hauts que des hommes, rendent la bâtisse étrangère aux yeux de Trainer, comme une tombe oubliée du temps où toute cette contrée était à l'état sauvage.

Les enfants le suivent sans bruit pendant qu'il remonte la pelouse en rampant. Ce n'est qu'une entorse après tout. L'air est totalement immobile et chaud, la pluie a cessé. Des lumières s'allument dans la maison, tout le long du rez-de-chaussée, et il espère que personne ne regarde. Mais à cet instant, Beebe, le plus vieux des jardiniers, un homme noir dégingandé en salopette grise, traverse lentement la pelouse dans sa direction.

« Z'avez trop forcé, on dirait », lance-t-il, debout au-dessus de lui, les mains sur les hanches.

Trainer secoue la tête et les enfants rient.

« Voulez vous mettre debout ? demande Beebe.

— Allez donc manger », dit Trainer, et il repart en rampant, tête baissée.

« Z'avez l'air d'un gros blaireau, dit Beebe. Mettez-vous donc debout.

— Emmenez ces gosses, dit Trainer, et laissez-moi tranquille. »

Les enfants partis sur les talons de Beebe, Trainer fait le reste du chemin à quatre pattes, gravit les marches de pierre, entre dans la maison, remonte les couloirs et l'escalier recouvert d'un tapis. Les brins d'herbe tondue flottent dans le bain qu'il se fait couler. Une fois sorti et séché, il entoure sa cheville rouge et tuméfiée d'une bande extensible en serrant les dents de douleur, puis enfile une robe de chambre en velours bleu et boitille dans le couloir jusqu'à la chambre de sa femme. Déjà, il fait noir.

Dehors, au clair de lune, les chevaux blancs paissent, calmes comme la nuit après l'orage, et, assis sur le large appui de la fenêtre, Trainer les contemple. On dirait des ombres sur le fond obscur des arbres qui bordent la rivière. Avec une clarté aussi vive que la douleur de sa cheville, il se rappelle avoir souri, le bras gelé entre les mains, et une nouvelle fois il tente d'appréhender la vérité qui lui a échappé tout à l'heure dans la piscine, dans quelle mesure sa vie aurait pu être différente s'il avait fait comme si ce bras noir et dégoulinant taillé dans la glace avait été vrai. Lorsqu'il tourne le dos au paysage pour scruter à travers l'espace obscur de la chambre le lit où sa femme repose dans son sommeil, Trainer sait qu'elle ne s'éveillera jamais et que, dans ses rêves, les chevaux blancs sont pris dans le fil de fer, qu'ils se cabrent en hennissant, leur blancheur lacérée saignant dans l'enchevêtrement de barbelés, et il se demande s'il va rêver d'eux, s'il se tiendra près d'elle dans les prairies qu'elle habite, s'il entendra la pluie sur les feuilles, et ces chevaux blancs hennir.

Sur le traîneau

La robe des bouvillons mexicains présentait des nuances de rouge, d'orangé, de bleu et même de vert reptilien, ces couleurs s'étalant sur leur peau tendue au poil ras comme de la mousse sur des rochers. Ce matin-là de la fin du printemps 1945, mille deux cent soixante-quatorze têtes descendirent des wagons grinçants de la compagnie de chemins de fer Northern Pacific, des bêtes rapides aux cornes semblables à des croissants opalescents. Elles avaient été rassemblées là-bas dans les déserts de Sonora près de trois mois auparavant et avaient attendu neuf semaines à Alamosa, Nouveau-Mexique, en raison de la pénurie de wagons de chemin de fer due à la guerre, avant d'être acheminées vers le nord, direction l'Oregon.

Sonora était une zone jaune pâle quasiment vide juste au sud de l'Arizona sur la carte d'Amérique centrale du garçon, une carte du *National Geographic* en papier glacé gardant les traces de pliure.

Damon Booth, son oncle, le propriétaire des bouvillons, lui avait dit que le jaune était une bonne couleur pour le Mexique. À Hermosillo, l'odeur des fleurs d'oranger était presque jaune au crépuscule, mêlée aux odeurs d'urine et d'épices, et elle flottait, tiède, pendant que des enfants jouaient dans l'obscurité quasi totale entre les murs épais des maisons en adobe.

La vieille locomotive noire à vapeur attaquée par la

rouille, remise en service car les locomotives plus récentes étaient réquisitionnées pour le transport de troupes et de matériel à cause de la guerre contre le Japon, malmenait les wagons qui s'entrechoquaient à mesure que chacun était avancé pour être déchargé, et enfin, tous les bouvillons furent descendus, tournant la tête en tous sens et heurtant de leurs cornes incurvées les parois de l'étroit couloir de tri. On les avait nourris dans les wagons pendant une semaine et débarqués une seule fois, à Sacramento, pour les abreuver ; affamés et assoiffés, ils formaient une masse grouillante dans les corrals qu'ils parcouraient d'un trot désordonné, cherchant l'issue. La poussière montait, toute droite dans le ciel du matin, blanche et farineuse dans le soleil.

Damon disait toujours qu'ils avaient eu de la chance ce matin-là. Les bouvillons avaient l'habitude de parcourir de grandes étendues pour s'abreuver et ils étaient capables de sentir l'eau à des kilomètres. Chez lui, dans le marais de Klamath, devant sa maison en planches de bois brut à clins perchée sur une butte calcaire près d'un corral rond, avec des montagnes boisées bleuies par la distance dans le lointain, Damon Booth s'asseyait sur ses talons dans l'herbe salée, cajolant sa deuxième ou troisième bouteille de bière dont il pelait l'étiquette avec l'ongle du pouce, et sa voix résonnait dans le silence de midi bruissant du vol de quelques mouches. Au-delà des piquets du corral et du puits artésien où de l'eau froide comme la neige débordait du réservoir couvert de mousse, quelques colverts d'été tournoyaient avant de se poser sur le ruisseau poissonneux aux berges herbeuses où s'abreuvait le bétail.

Damon racontait comment ces bouvillons s'étaient engouffrés au grand galop dans la voie étroite entre les arbres, les animaux de tête galopant aussi vite qu'un homme à cheval, occupant toute la piste et ne laissant aux cavaliers que la solution de foncer à travers les fourrés de pins nains des bas-côtés ou de fermer la marche en emmenant les traînards.

C'était l'année de la fin de la guerre, celle qui ruina les jeux de cartes d'état-major et de stratégie auxquels le garçon avait passé l'hiver, et mit un terme au long purgatoire de son oncle contraint de rester à la maison loin du carnage. Ce fut un été aussi aride que les pires étés de sécheresse du début des années trente, et le lit du ruisseau qui traversait le marais se trouva à sec, sauf dans les trous profonds où survivaient les grenouilles. Le sol tourbeux se craquela, parfois sur plusieurs centaines de mètres, ouvrant des crevasses béantes trop larges pour qu'un cheval monté puisse les sauter. Hazzard Beal, le vieil Indien qui les avait aidés à décharger les bouvillons, prétendait que les crevasses conduisaient au monde d'en dessous et s'étaient déjà ouvertes à maintes reprises par le passé.

Selon les Klamaths et les Modocs, disait Hazzard Beal en riant, comme pour travestir le sérieux de ses propos, ou alors, prétendait Damon, pour mieux faire passer ses mensonges, les crevasses étaient la cause et non la conséquence de la sécheresse. Le vieil homme affirmait que les crevasses étaient là de tout temps, attendant simplement le moment d'être rouvertes par des esprits ; les mauvaises années, quand le mal s'emparait du monde, ils sortaient pour calciner l'herbe et faire disparaître le gibier d'eau de l'automne. Les années de sécheresse, disait Hazzard, les Indiens se tenaient à l'écart du marais.

Le garçon imaginait le marais abandonné cuit par le soleil, hanté seulement par les esprits vengeurs et mécontents des morts, et tout en sachant que c'était ridicule, il imaginait que son grand-père défunt rôdait de par le monde, au cœur de cette guerre.

C'était un après-midi à la fin de l'automne et sa mère lui avait interdit de regarder lorsque les hommes avaient ramené le corps de son grand-père à la maison, une maison blanche à un étage, la maison du grand-père entourée de pins à l'écorce jaune tout là-haut au-dessus du marais, là où Blueback Creek sort de la forêt. Cette maison était vendue désormais, et l'hiver, le garçon vivait à Eugene, du côté ouest des Cascades dans la vallée pluvieuse de la Willamette, seul dans une maison jaune avec sa mère qui enseignait l'anglais en année de préparation à l'université. Il se disait qu'il aurait peut-être mieux valu qu'il voie le corps de son grand-père le jour où il s'était tué dans un « accident de fusil », avait-on dit, parce que, à présent, c'était son père qui avait été tué par les Japonais lors de l'invasion de Tarawa, et le garçon rêvait que son père rentrait à la maison, il se réveillait avec des images de l'homme brun à la peau tannée marchant vers lui dans un brouillard, ou un rêve. S'il avait vu le cadavre du vieil homme, peut-être aurait-il été capable d'imaginer son père mort plutôt que parti simplement.

« Y a pas d'accident là-dedans, avait dit Damon, parlant de la mort du grand-père. Y s'est tué, voilà tout. » Le garçon était incapable de saisir en quoi la mort pouvait être quelque chose de désirable. Et pourtant, son père était parti faire la guerre alors qu'il aurait pu rester à la maison grâce au sursis d'incorporation accordé aux ranchers. C'était presque comme s'il avait voulu mourir. Sa mère s'enfermait encore dans sa chambre pour pleurer, avant de descendre la colline depuis la maison jaune pour se rendre à l'église d'Eugene.

« Leur guerre », disait Damon. C'était le soir, l'air rafraîchi apportait depuis le corral l'odeur ténue du fumier, et son oncle finissait de se rouler une cigarette ; il gratta une allumette de ménage sur l'ongle de son pouce, puis s'en alla d'un pas tranquille vers le puits et revint avec une bière froide ruisselante d'eau. Au-delà de l'étendue du marais, la ligne de crête des Cascades était noire. « Le but, c'est de pas être crétin et de rester en vie », disait Damon. Assis, les yeux rivés sur la ligne sombre où commençait la forêt, le garçon écoutait son oncle faire claquer le couvercle de la cuisinière en fonte tandis qu'il disposait le petit bois pour le feu du matin.

Le train était reparti, cahotant et grinçant dans un panache de fumée, terrorisant les bouvillons qui s'étaient jetés contre les clôtures du corral. Les hommes se tenaient en selle à l'ombre des pins nains rabougris qui bordaient la piste rejoignant en pente douce le marais, leurs chevaux chassant les mouches à coups de queue. « Ils vont se disperser, dit Damon. Filer au diable vauvert... se volatiliser. »

La piste n'était pas clôturée, et de chaque côté s'étendaient des hectares de bois appartenant au Service des forêts et à la tribu des Klamaths. Si le troupeau se dispersait, les chances de pouvoir rassembler les bêtes seraient minimes, sauf par petits groupes, au cours de l'été. Les pins nains croissaient en fourrés impénétrables, le sous-bois était la proie de broussailles et encombré de troncs en décomposition, résidus d'un incendie qui avait ravagé la plaine cinquante ans plus tôt.

Le garçon avait appris à chevaucher en forêt derrière son oncle, retenant son souffle lorsqu'ils plongeaient à travers des branches qui claquaient comme des fouets. Damon, qui s'était tenu à l'écart de la guerre, fonçait pourtant toujours tête baissée dans le sous-bois. C'était une source de réflexion la nuit pour le garçon, alors qu'il se souvenait s'être lui-même cramponné au pommeau de sa selle, dans l'attente de la chute : que son cheval trébuche des antérieurs et parte en lente culbute vers l'avant. Il galopait les pieds hors des étriers, qu'il laissait ballotter et cogner contre ses tibias, prêt à sauter à terre lorsque l'animal tomberait, honteux car Damon savait qu'il avait peur. « Mon cheval sauteur de troncs », disait-il en souriant largement au garçon, quand avant l'aube il sellait son hongre gris aux jambes longues, le taquinant parce qu'ils allaient passer la journée à chevaucher en forêt.

Le vieil homme, Hazzard Beal, qui se tenait à cheval en face de Damon, souriait jusqu'aux oreilles sous son chapeau noir. Il lui manquait la moitié des dents de devant et son sourire partait en oblique vers la gauche, mais il était loin d'être idiot. En soixante-dix ans, il avait réussi à se constituer un troupeau de presque six cents bonnes vaches de race Hereford et à acquérir la terre nécessaire pour les élever. Pendant la Dépression, il avait échangé du bétail contre des terres, troquant l'augmentation pratiquement invendable de son cheptel contre quelques hectares de plus, parvenant à subsister quasiment sans argent, se nourrissant de gibier et des légumes de son jardin qu'il entretenait avec soin, derrière sa maison en rondins où il vivait avec son épouse énorme et silencieuse. Pendant la sécheresse des années trente, quand la rigole d'irrigation provenant du ruisseau cessait de couler et que le marais s'asséchait en se craquelant, Hazzard s'en allait chaque jour d'été puiser de l'eau avec des brocs dans un puits qu'il avait creusé à la main à la lisière de la forêt, et il la transportait pour arroser son jardin dans des seaux suspendus à une perche qu'il portait sur son dos. Hazzard inclina la tête sur un côté. « Va pas tarder à être midi, dit-il.

— Tu viens nous aider ? » demanda Damon en criant presque. Le garçon s'était surpris à faire de même, crier à l'adresse du vieux et s'arrêter au milieu de sa phrase parce que Hazzard rigolait en douce, signalant ainsi que non seulement il n'était absolument pas sourd, mais qu'il avait entendu la même chanson dans la bouche de tout un tas d'autres garçons, et que celui-ci ne tarderait pas à réviser son jugement.

« J'ai pas vraiment un bon cheval, ce matin. » Hazzard continuait à sourire sous son chapeau, sans se donner la peine de s'excuser d'avoir choisi un mauvais cheval dans son troupeau de près de cinquante têtes.

« D'après le gosse, ils vont foncer droit devant eux, dit Damon.

— Ces gosses, ils connaissent rien », répliqua Hazzard avec son sourire de travers.

Les barrières n'étaient pas encore ouvertes que le troupeau se bousculait déjà, secouant les piquets du corral, puis, lorsque les barrières furent attachées en position ouverte, les bestiaux s'élancèrent sur la piste dans une galopade effrénée qui ébranla le sol jusqu'au marais. Le garçon suivait de près le vieil Indien, leurs chevaux galopant à rudes et longues foulées dans la poussière de pierre ponce. Il voyait seulement la croupe des traînards, entendait le roulement de tambour de leur course, ponctué de loin en loin par un appel. Il talonna son cheval pour franchir une clairière au milieu de la forêt, s'efforçant juste de rester en selle, cramponné, le dos courbé pour éviter les branches dures qui fouettaient, les genoux remontés pour éviter d'emboutir l'écorce noire des pins nains. La poussière flottait entre les arbres et il entendait le martèlement des sabots des bouvillons, quand, droit devant, le sous-bois s'épaissit, puis soudain ils furent de l'autre côté et il aperçut les prairies du marais s'étendant à l'infini. Ils avaient presque atteint la barrière.

C'est à ce moment-là que le cheval trébucha, déséquilibré par le sol mou autour d'une souche de pin ponderosa noircie par le feu, et la chute ne ressembla pas du tout à ce que le garçon avait imaginé. Sa jambe prisonnière entre la cage thoracique du cheval et la molle poussière volcanique, il se tortilla sur sa selle pour tenter de se dégager de l'animal qui se débattait, mais déjà le cheval se soulevait, antérieurs les premiers, et tout changea. Pour la première fois, le garçon n'eut pas peur. Le lent enchaînement lui apparut comme une réalité absolument inoffensive et, oubliant sa peur, il talonna joyeusement son cheval qui repartit au galop, les délivra de l'ultime fourré de pins nains et les fit déboucher sur l'herbe luisante de la prairie, juste en face de la clôture.

Sans plus ni bruit ni poussière, les bouvillons se ruaient sur l'herbe par la barrière ouverte. Le garçon avait galopé dans les bois, il était tombé, et s'en était sorti. À une courte distance devant lui, les bouvillons ; et au-delà des bêtes, personne. Tout en les regardant envahir la prairie, il se retourna et aperçut sur les sommets des Cascades la neige glaciaire d'été.

Les piquets retenant la barrière ployèrent et s'écroulèrent dans un craquement sous la charge compacte des corps. Quelques bêtes se prirent dans l'amas de fils de fer pendant que les autres ralentissaient l'allure et se disséminaient en trottant vers le ruisseau, les bouvillons pris dans les fils se libérèrent, le cuir tailladé, puis la fin du troupeau atteignit la barrière et le garçon commença à sentir les égratignures sur son visage et les élancements dans ses genoux. Assez loin derrière les autres, le Noir presque nain arrivait, suivi par la silhouette poussiéreuse de Hazzard Beal. Les autres hommes émergeaient de la forêt. « On a eu une putain de chance », dit Damon, quand ils se regroupèrent devant la barrière démolie. Les bouvillons étaient au fin fond de la prairie, déjà presque au ruisseau.

Hazzard Beal se mit à rire. « Ce gosse avait raison », dit-il. Damon demanda alors au garçon de monter la garde près de la barrière, pendant que les hommes s'éloignaient au petit trot, non pas pour rentrer chez eux, mais pour suivre les bestiaux. Le garçon savait que son oncle ferait l'inspection de ses bêtes tant qu'il avait de l'aide, afin de s'assurer qu'aucune ne s'était sérieusement blessée dans les fils de fer. Puis il reviendrait avec des piquets et des outils pour réparer la barrière.

Les ombres de la forêt s'allongeaient comme des doigts sur la plaine, et le garçon vit Damon revenir avec son attelage, silhouettes d'abord aussi lointaines que les bouvillons qui trottaient par petits groupes tout le long de la clôture. Il se tenait debout sur le traîneau, un cadre de bois bas muni de patins en tronc de pin nain écorcé et détrempé. Le déjeuner se composa de jambon en conserve, de crackers dans une boîte rouge et blanche, et d'une demi-caisse de bière Acmé, dans des bouteilles encore mouillées par l'eau froide du puits artésien.

« Je crois que t'as mérité une bière, dit Damon. Tu t'es débrouillé mieux que jamais. » Il ouvrit la boîte de jambon en gelée et en coupa des tranches avec son couteau pendant que le garçon buvait à petites gorgées la bière froide et amère. Damon parla en mangeant de la façon dont les bouvillons allaient se calmer, s'ils parvenaient à se calmer, puis ils entreprirent de remplacer les piquets brisés, creusant le sol souple et gras, enfonçant les piquets neufs dans de nouveaux trous, puis tassant la terre tout autour à l'aide du plat de la pelle. Le garçon transpirait et il n'avait pas encore terminé la première série de trous que Damon avait déjà fini de tendre le fil de fer. L'homme lui proposa une autre bière et prit la pelle. De grosses ampoules luisirent sur les paumes du garçon quand il but cette bière, puis une autre. La tête légère, il aida son oncle à planter les derniers piquets et à retendre le fil. Les bouvillons arrivaient vers eux à la file indienne du fond de la prairie gagné par les ombres. « La panse pleine d'eau et une seule idée en tête : rejoindre le Mexique », dit Damon, tandis qu'ils regardaient les bêtes franchir la lisière d'ombre entre la lumière du jour et le crépuscule. « Ça va être comme ça tout l'été. »

Tandis qu'il rentrait à la maison sur le traîneau en menant son vieux cheval par la bride, le garçon imaginait les bouvillons échoués en Californie, éparpillés tels des lambeaux de tissus de couleur à travers les champs et les fils de clôture, cherchant la direction du Mexique ; et il se souvint de sa chambre à Eugene et de ses cartes accrochées aux murs, avec leurs épingles et leurs rubans marquant la progression des troupes à travers la France et l'Allemagne jusqu'au Rhin et au-delà, ses images de la guerre du Pacifique, le sable, les palmiers décapités, les corps ballottés par les marées peu profondes, et peut-être, quelque part, dans une eau tiédie par le soleil, les restes de son père absorbés par le corail. L'ombre recouvrait tout le marais.

Le garçon rampa vers l'avant du traîneau, ouvrit une bière et la tendit à l'homme, qui lui sourit et la lui rendit après en avoir pris une gorgée. Le soleil était couché, et on ne voyait plus que les montagnes, noires et parfaites contre le ciel rouge. Le traîneau approchait de la cabane et, lorsque les chevaux pénétrèrent dans la poussière du corral, le froid était dans l'air. Le garçon rêva d'Hermosillo et des odeurs d'épices, d'urine, de fleurs d'oranger, une ville qu'il ne pouvait qu'imaginer ; il tomba amoureux, vieillit et ne quitta pas son pays.

Agriculture

Dans ce bon vieux commencement de la fin, Streeter songe à se remettre à l'agriculture, et se souvient du jour où il est rentré soûl de Winnemucca aux premières heures de l'aube, et où il a trouvé un type du nom d'André Leeman assis sur les marches de l'entrée en train de fumer une cigarette, son menton en galoche et ses joues concaves illuminés par intermittence lorsqu'il portait sa cigarette à ses lèvres.

On était en juin, l'orge était en terre et, comme la moisson de la luzerne ne commencerait pas avant une quinzaine de jours, cette brève période de liberté avait conduit Streeter à un accès de boisson et de vagabondage. Cette nuit-là l'avait entraîné à des kilomètres de la taverne de Paradise Valley sans qu'il se souvienne de beaucoup plus que du désert d'armoises défilant à la lisière de ses phares, et il fut surpris par le pick-up Ford d'un an, au hayon arrière enfoncé, garé près du portail devant chez lui, puis par le rougeoiement d'une cigarette, là-bas sur les marches bétonnées de sa maison.

« Vous avez mis le temps », dit l'homme. Puis il expliqua à Streeter qu'il était pilote et qu'il voulait avoir le contrat de débroussaillage par avion. « Ça fait six heures que je suis là à attendre, c'est pas peu dire.

— C'est que vous avez plus de temps à perdre que de jugeote », rétorqua Streeter, qui détesta presque aussitôt l'aigreur de la boisson en lui qui le conduisait à de telles remarques. Il offrit donc à André Leeman de taper dans sa bouteille d'Old Crow, lui demanda d'attendre jusqu'au lendemain pour une conversation sérieuse sur le sujet, et rentra d'un pas mal assuré dans la maison, puis dans sa chambre, où sa femme dormait avec les deux enfants dans le lit, un de chaque côté d'elle, sans plus aucune place pour lui.

Streeter retourna au salon et dormit près d'une heure et demie sur le canapé, avant de se glisser dehors pour que sa femme ne l'entende pas et de rouler lentement jusqu'à un cercle de saules près de la limite supérieure de sa propriété, où les portes en amont des écluses laissaient couler l'eau captée dans le cours d'eau. Le pilote, André Leeman, le trouva là juste après midi, endormi et en nage au grand soleil, les pieds dépassant par la vitre ouverte de son camion côté conducteur. Il le secoua par le pied.

« Je vous ai cherché partout, dit-il, quand Streeter eut réussi à se réveiller et se fut débarbouillé le visage dans l'eau froide descendue des neiges des Warner Mountains.

— Désolé », fit Streeter, mais cet André Leeman s'en était déjà retourné en claudiquant vers son camion. Il revint avec sa propre demi-bouteille d'Old Crow, et ils s'assirent côte à côte sur la structure en bois de la porte d'écluse, profitant du soleil et sirotant du whisky en concluant l'affaire d'épandage de débroussaillant.

À l'image de la plupart de ces pilotes pulvérisateurs d'antan, Leeman volait sur un vieux biplan Steerman, une de ces machines d'apparence rudimentaire rescapées des années vingt et trente, dotées d'un imposant moteur en étoile au nez épaté et d'un enchevêtrement de mâts d'entreplan et de câbles raidisseurs de voilure entre les ailes, des appareils visiblement pesants à cockpit ouvert, à l'intérieur desquels les pilotes, munis de leur casque en cuir et de lunettes les faisant ressembler aux as de l'aviation de la Première Guerre mondiale, étaient capables de faire descendre leur aéroplane ronflant au ras du sol dans l'immobilité du petit matin au-dessus des cultures fraîches de rosée, en laissant derrière eux sous forme de vaporisation brumeuse un sillage ondulant de produits chimiques, leurs roues effleurant occasionnellement le feuillage. Leeman affirmait avoir hérité le Steerman de son père qui avait accroché le clocher d'une église baptiste alors qu'il pulvérisait un champ de coton en Arkansas. Le vieux était devenu infirme à vie, le Steerman avait été gravement endommagé, mais, désormais réparé, il était prêt à voler à nouveau. Leeman ne confia pas ce qui l'avait amené en Idaho, si loin de l'Arkansas.

« J'ai fait ça toute ma vie, dit-il. Je peux abattre du bon travail, à aussi basse altitude que n'importe qui. J'ai fait la Corée, je volais sur un petit Piper, et ils m'ont foutu dehors. » Il secoua la tête au souvenir de cette vieille histoire, comme si les motivations de certains hommes et de certaines organisations étaient impénétrables. « Depuis, j'ai toujours fait ce boulot », dit-il.

Ils finirent le whisky et Streeter lui donna le travail. Leeman était nouveau dans le pays et n'avait personne pour le recommander, mais Streeter avait aimé cette heure passée avec lui au soleil, à bavarder de terres lointaines à l'autre bout du Pacifique entre de petites gorgées de whisky, et cette raison lui suffisait.

Une semaine plus tard, Leeman s'amena avec le vieux Steerman argenté et deux gamins pour agiter des drapeaux à terre, l'un d'eux au volant de son pick-up Ford au hayon enfoncé, l'autre conduisant son camion International à plateau 1959 chargé d'une citerne de cinq cents gallons pour le mélange, arrimée par une chaîne à l'arrière. Tout était dans un ordre impeccable : les trois bidons jaunes de cinquante-cinq gallons de désherbant chimique à l'arrière de la camionnette et les chaînes d'arrimage solidement attachées avec du câble de téléphone.

L'aube pointait à peine quand Leeman fit retentir par deux fois la sonnette de la grande maison, et Streeter émergea péniblement du sommeil pour se transporter sur la grand-route, en pantoufles et sans chaussettes. Leeman amena en douceur le Steerman sur l'asphalte étroit et défoncé, roula lentement jusqu'à la hauteur de Streeter, fit tourner à plein régime le moteur en étoile qui rugit en cliquetant, le coupa et sourit. La poussière soulevée par le vent de l'hélice redescendit sur le matin pur, les oiseaux se remirent à chanter ; la journée était parfaite, avec une colonne toute droite de fumée montant du tuyau de guingois d'une des maisons à parois en zinc où logeaient deux des ouvriers permanents du ranch de Streeter.

Leeman passa debout sur l'aile du Steerman et sauta à terre où il s'étira comme s'il avait mal au dos, frotta à deux mains sa barbe naissante, puis fit vibrer l'un des câbles raidisseurs de voilure comme s'il pinçait une corde de guitare. « Il m'a jamais lâché, dit-il. Rien de grave, en tout cas. » Il décocha un large sourire à Streeter.

Et tout se passa bien. Leeman était doué pour son métier. Streeter lui envoya un de ses hommes pour l'aider sur le camion de mélange à pomper le désherbant dans les bidons jaunes de concentré et à le diluer avec de l'eau de la rivière dans la grande citerne, avant de le transvaser dans les réservoirs pulvérisateurs du Steerman. Le contrat avait été établi pour le traitement de près de deux mille hectares de broussailles, des terres où les plantes originelles avaient été éradiquées par le pacage extensif. Avec le temps, une fois l'armoise exterminée, le fourrage reviendrait. En théorie. L'opération impliquait des expéditions interminables avec le Steerman, lesquelles devaient être accomplies dans la quiétude absolue de l'aube afin d'éviter la dispersion des produits.

À l'heure où un petit vent fantasque s'éleva ce premier jour juste avant midi, Leeman avait déjà couvert un peu plus de deux cents hectares, en volant toujours près du sol comme le doit un pilote d'avion pulvérisateur, et c'était beau à voir dans la lumière claire, ces embruns derrière l'appareil qui s'échappaient en tourbillonnant dans l'air de l'hélice, brillant sous forme d'arcs-en-ciel étincelants au-dessus du vert cendré de l'armoise. Avec un peu de chance, l'opération ne prendrait guère plus de dix jours, quinze au maximum.

Ce soir-là, Streeter invita Leeman à dîner et Leeman se présenta avec une autre bouteille de whisky, propre et rasé de près, les cheveux gominés. « Pour vous », dit Leeman en fourrant la bouteille plate entre les mains de Streeter.

« Je vous présente ma femme, dit Streeter. Voici Patty. »

Leeman esquissa un signe de tête, l'air surpris de la voir, et Streeter se demanda depuis combien de temps Leeman n'avait pas mangé chez quelqu'un, un repas cuisiné par une épouse.

Quand ils eurent terminé leurs steaks accompagnés de purée de pommes de terre, d'épinards et de choux-fleurs nappés d'une sauce jaune, Streeter et Leeman s'assirent dans le salon pendant que Patty remplissait le lave-vaisselle et que Streeter se demandait s'il n'avait pas fait une erreur en l'invitant. Leeman ne décrochait pas un mot. Quand Streeter lui parlait du travail, Leeman hochait la tête, et ils continuèrent à se taire encore pendant quelques minutes, jusqu'au moment où Patty arriva avec un plateau et trois verres à whisky remplis de crème de menthe.

« C'est comment ? » demanda-t-elle en regardant Leeman, une fois qu'ils furent tous installés et eurent trempé les lèvres dans leur verre. Patty était assise en face d'eux sur un repose-pieds, et tout d'un coup Streeter aurait bien voulu qu'elle descende sa jupe sur ses cuisses. Sa chevelure rougeâtre bouclait dru autour de sa tête cet été-là, elle portait un chemisier blanc tout simple moulé sur sa poitrine, et Leeman la regardait d'une drôle de façon en faisant tourner son verre de crème de menthe dans ses mains. Finalement, il secoua la tête comme s'il ne comprenait pas.

« De voler si près du sol, dit Patty. J'aimerais bien voir comment ça fait. » Elle glissa plus avant sur le petit tabouret. « Je veux dire, il doit y avoir un moment, quand vous commencez à descendre vers le sol et que le sol a l'air de vouloir monter droit sur vous pour vous avaler, il faut bien qu'à un moment vous vous arrêtiez de plonger vers le bas. J'ai essayé de m'imaginer ça.

— J'espère que vous n'y pensez pas trop, dit Leeman.

— Ça doit faire comme sur une balançoire, reprit Patty. On file, on file vers en bas, mais on sait qu'on peut jamais rejoindre le sol, qu'on peut jamais le toucher vraiment, même quand on a l'impression qu'on est à deux doigts de le faire.

— J'ai jamais pensé à ça comme ça. »

Patty poursuivit comme si elle était tout excitée, en se trémoussant sur le tabouret et en se penchant en avant avec ses deux mains refermées sur son verre, entreprenant sans tarder de baratiner Leeman pour qu'il l'emmène faire un tour en avion. Sa jupe était remontée encore plus haut sur ses cuisses, et Streeter se disait qu'il devait mettre un terme à cette scène quand Leeman dit : « Demain, quand le vent se lèvera. Venez là-bas, et je vous ferai faire un tour. » Puis il consulta Streeter du regard pour voir si c'était OK, avala sa dernière gorgée et se mit debout.

« Le soleil se lève tôt », dit-il, et déjà il était dehors et rejoignait son pick-up. Patty était à la cuisine en train de laver les verres quand Streeter passa la tête à la porte. Après quoi, ils se querellèrent un peu, et elle se réconcilia avec lui sur l'oreiller comme cela ne leur était pas arrivé depuis des mois. Elle surprit Streeter ce soir-là, ainsi qu'il lui arrivait souvent de le faire, et il demeura éveillé alors qu'elle dormait, à songer que c'était bien qu'elle ait envie de sortir et de faire quelque chose.

Le vent se leva tôt le lendemain et, à onze heures du matin, Streeter avait conduit Patty par la piste gravillonnée jusqu'à la zone entre les broussailles que Leeman utilisait comme piste de décollage. Il était en train de pomper du carburant pour son avion dans les citernes placées sur le plateau de son pick-up à l'aide d'une vieille pompe manuelle, et Patty se mordait la lèvre inférieure tout en l'observant. En se souvenant de ce matin-là, lorsqu'il avait hissé Patty sur l'aile et lui avait tenu la main pour l'aider à garder l'équilibre pendant qu'elle grimpait dans le cockpit, Streeter songeait qu'il ne s'était pas senti aussi bien avec elle depuis qu'ils s'étaient mariés, tout gosses.

« Ne la jetez pas par-dessus bord », cria-t-il, et Leeman sourit. Patty portait un blouson Levi's appartenant à Streeter dont elle avait plusieurs fois retroussé les manches, et ses cheveux étaient noués avec un foulard de soie. Lorsqu'elle agita le bras par-dessus la portière du cockpit à ciel ouvert, Streeter pensa qu'on aurait dit une fille dont il aurait pu rêver des années auparavant, et qu'il aurait pu connaître s'ils ne s'étaient pas mariés à l'âge de dix-huit ans.

La poussière vola et le moteur ronfla. Streeter se recula lorsque le Steerman roula en cahotant avant de s'élever au-dessus de la piste gravillonnée, sous les yeux de Streeter qui l'observa jusqu'à ce qu'il eût tourné à basse altitude au-dessus des collines de sable ondoyantes et disparu à sa vue dans le contre-jour, il pensa à Patty terrorisée, et il eut pitié d'elle car elle s'en voudrait terriblement une fois tout cela terminé, disant qu'elle aurait dû être plus avisée, et il ne pourrait la blâmer d'avoir voulu essayer quelque chose. Streeter rentra la tête dans les épaules pour résister aux bourrasques de vent qui survenaient du sud-ouest, comme cela arrivait parfois en plein été, et s'assit dans son pick-up où il fit un petit raid sur une autre bouteille d'Old Crow.

Le Steerman resta parti plus longtemps qu'il ne l'avait prévu, et il se demanda si le vent annonçait la pluie. Les derniers orages de printemps arrivaient bien souvent dans le sillage de coups de vent de cette sorte, tout le pays sec et balayé par la poussière le jour précédent, et brusquement mouillé le lendemain matin, la terre labourée plus foncée et l'armoise verte et estompée sous la pluie douce.

Streeter avait tâté quatre ou cinq fois du whisky quand le Steerman revint, rasant les broussailles, puis s'élevant lentement et exécutant un virage dans le ciel avant de piquer vers la piste gravillonnée, de la heurter en rebondissant légèrement, et enfin de freiner d'un coup sec et de rouler lentement à la rencontre de Streeter, debout près de son pick-up.

Le souffle produit par l'hélice projetait toujours de la poussière derrière eux quand Patty, de derrière le siège du pilote, se pencha en avant pour crier quelque chose à l'oreille de Leeman en désignant Streeter, puis répéta ce qu'elle venait de dire jusqu'à ce que Leeman secoue la tête et fasse signe à Streeter d'approcher. Leeman remonta ses lunettes sur son vieux casque en cuir et sourit.

« En selle ! » cria-t-il pour couvrir le bruit sourd du moteur au ralenti, en désignant le cockpit où Patty était accroupie derrière le siège étonnamment petit et exigu du pilote, les genoux sur un coussin de canapé taché de graisse. Il n'y avait pas de harnais de sécurité pour le passager, rien pour vous maintenir à l'intérieur si ce n'est la gravité et vos mains cramponnées au rembourrage du poste de pilotage. Streeter pensa merde alors, se hissa gauchement à bord derrière sa femme, et se logea dans l'espace étroit, courbé en avant, les bras passés autour d'elle et étreignant à deux mains le rembourrage du cockpit.

Leeman mit les gaz, poussière et vent tourbillonnant autour d'eux, et le Steerman démarra en cahotant et prit de la vitesse, pour s'élever tandis que le sol rapetissait, puis ils filèrent en rasant les terres planes couvertes d'armoise avant de fondre par-dessus la crête bordant les marais au nord de la plaine et de poursuivre leur descente en direction des plaines à foin, prenant puis perdant de l'altitude au-dessus des marécages pour voler parfois à seulement deux mètres cinquante ou trois du sol, monter haut au-dessus de leur ombre pour survoler des talus de saules et d'églantiers le long des clôtures, et reperdre ensuite imperceptiblement de l'altitude jusqu'à la grand-route au-dessus de laquelle ils s'élevèrent, le nez pointé vers le soleil, pour virer en grimpant toujours plus haut par-dessus la rangée de peupliers d'Italie bordant la route, et piquer du nez à mi-virage au moment où Streeter sentit venir la nausée.

Les champs et leur patchwork familiers étaient étrangers, balayés par la vitesse jusqu'à n'être plus qu'une image floue dénuée de signes distinctifs, comme la mer par un soir vert d'été, alors que l'horizon penchait et versait sur le côté en un long mouvement saccadé. Le bourbon tiède remonta dans la bouche de Streeter pendant qu'il parvenait à se tourner et à se tortiller, pressé contre la masse solide de sa femme, et que l'horizon continuait de tournoyer, puis le vomi partit, d'un seul coup, une longue gerbe emportée par le vent, et lui était courbé en deux, à moitié en dehors du cockpit, avec Patty qui tournait la tête et souriait en le regardant s'essuyer la bouche. Le Steerman se mit à monter en ronronnant pour effectuer un autre demi-tour incliné à 90°, tandis que Patty se renfonçait plus bas pour enfouir sa tête contre le dossier du siège de Leeman, sa mine, dans le bref coup d'œil qu'il lui jeta, paraissant à Streeter moins livide que défaite, comme si de le voir vomir l'avait subitement vieillie, tandis que lui-même se cramponnait pour ne pas tomber.

Une semaine plus tard, il se mit à pleuvoir, et le travail fut interrompu alors qu'il ne restait peut-être que quatre ou cinq heures pour tout terminer. Après avoir pris le petit déjeuner avec ses ouvriers dans leur baraquement, Streeter libéra ses hommes pour la journée et revint à la maison se remettre au lit avec Patty, la porte de la chambre verrouillée contre l'irruption des gosses qui jouaient au salon. Il était près de midi quand il ressortit. Il emmena les enfants, un petit garçon et une petite fille d'à peu près quatre et cinq ans à l'époque, debout sur la banquette de la camionnette à côté de lui, silencieux et sages, comme épouvantés de cette faveur particulière, pendant que Streeter longeait près d'une heure durant les pistes boueuses entre les prairies, surveillant son eau d'irrigation, les essuie-glaces balayant le pare-brise, Streeter accablé d'une tristesse dont il était lui-même la cause et pris au dépourvu, à son retour à la maison, d'apercevoir le pick-up de Leeman au hayon froissé garé devant chez lui.

Patty ouvrit la porte d'entrée au moment où les enfants

se précipitaient en courant sous la pluie ; Leeman était assis au salon, un verre de bière à moitié vide entre les mains. Patty se rassit sur son repose-pieds rembourré et demeura là, courbée en avant et s'examinant les mains. Personne ne disait rien. Après une infime hésitation, Leeman leva sa bière vers Streeter comme pour saluer. « Je terminerai pas », dit-il.

C'était le mettre dans le pétrin, et Streeter le lui dit. « Qui diable je vais bien pouvoir trouver ? lui demanda-t-il. Vous avez une idée ?

— Aucune, dit Leeman. Je regrette, mais j'arrête là. » Il détourna les yeux du visage de Streeter, remua un peu les pieds et termina sa bière.

« Tu sais ce que j'aimerais ? dit Patty. J'aimerais pouvoir m'en aller, comme ça. J'aimerais vraiment, pour la vie.

— C'est ce qu'elle prétend, dit Leeman. Mais c'est pas vrai. »

Il y eut un instant de silence, puis Leeman se leva. « Je vais prendre congé. Si vous pouviez me faire mon chèque.

— Bien sûr », dit Streeter, et il sortit son chéquier personnel en quémandant du regard un stylo à Patty. Elle lui renvoya son regard, sans bouger, comme s'il était devenu fou s'il s'attendait qu'elle aille lui chercher quoi que ce soit. « Il me faut quelque chose pour écrire », dit Streeter, et ça n'avait pas de sens, cette colère dans les yeux de sa femme qui, assise, ne bougeait toujours pas, tous trois là, figés sur place jusqu'à ce que Leeman plonge la main dans la poche de sa chemise et en extraie un vieux stylo-bille publicitaire.

« Prenez ça, dit-il. Vous pouvez arrondir. Cinq mille, ça ira. Puisque je pars plus tôt que prévu », puis il plia le chèque jaune qu'il rangea dans la poche de sa chemise, à laquelle il pinça le stylo-bille, et sortit.

« J'aurais pu partir, je regrette de pas être partie, dit Patty. Avec lui. Je lui aurais demandé de me trouver une caravane Airflow, et je serais partie, facile. »

Streeter promenait ses doigts sur la poutre en bois de sa

cheminée, éprouvant simplement la texture lisse du bois qu'il avait poncé et verni tant d'années auparavant. « Et comment ça ? dit-il.

— J'aurais pu lui demander. Il aurait pu le faire.

— J'ai comme l'impression que tu l'as fait. » Ce n'était pas une chose que Streeter pouvait envisager sans broncher, et, après une dernière caresse à la poutre de la cheminée que Patty débarrassait tous les jours de la poussière, il glissa ses mains à plat dans les poches arrière de son pantalon en se demandant à quoi cela rimait exactement. « Tout ça n'a aucun sens », dit-il.

Patty ne bougea pas de son tabouret et secoua la tête comme si elle allait pleurer, pendant que la pluie zébrait les vitres ; Streeter se rendit à la cuisine, en revint, et ils entendirent le ronflement pétaradant du Steerman qui démarrait là-bas sur son lieu de stationnement près de la grand-route, et ils l'écoutèrent décoller sous la pluie, virer et s'éloigner jusqu'à ce que sa pulsation sourde se taise.

« C'est pas le fait de voler, dit Patty, levant les yeux vers Streeter sans plus réprimer ses larmes. C'est simplement qu'il comprenait la valeur des choses. »

Quelle réponse raisonnable donner à cela ? « J'ai comme l'impression qu'il a repoussé tes avances », dit Streeter, et les bases de la connaissance qu'il avait de lui-même se dérobèrent, parce que ce qu'il venait de dire était vrai, pas de doute, alors il sortit et passa les onze jours suivants à dormir dans le baraquement des ouvriers sous de vieilles couvertures et la lourde toile goudronnée du couchage qui lui servait pour les expéditions de chasse, jusqu'au soir où, soûl, il était remonté chez lui. Patty avait poussé des cris en le traitant de fou, ce qui lui paraissait assez juste quand il y repensait, et tous deux avaient fini au lit.

Le lendemain matin s'était déroulé dans le silence et ils avaient entamé une suite circonspecte de jours au cours desquels rien de plus ne fut jamais expliqué, pendant que les gestes du quotidien recommençaient à s'installer et lentement ils se réconcilièrent comme s'il ne s'était rien passé, ce qui était peut-être le cas, Streeter n'ayant jamais trouvé le courage de poser véritablement la question. En fin de compte, ce ne fut pas plus mal, et il devint capable de rester allongé avant de s'endormir en imaginant une femme qui aurait pu être elle avec un autre homme, juste le dos blanc et musclé d'un homme, de les sentir trembler, et de s'efforcer encore une fois de comprendre que transgressions et trahisons, ruptures de confiance et culpabilité n'avaient aucune place dans ce qu'était sa vie, tandis que grandissaient les enfants et que repoussait l'herbe là où les débroussaillants chimiques étaient passés, et que Patty apprenait à rire et à l'observer comme un simple problème de plus dans sa vie, qui ne serait jamais résolu à terre.

L'équilibrage de l'eau

Sharon comprend l'utilité de la beauté. Lorsqu'elle vient me voir, même à l'âge mûr qui est le nôtre, elle laisse libres sur ses épaules ses cheveux touffus d'écolière.

Je l'imagine marchant dans les rues de Seattle en talons hauts, un petit parapluie noir à la main, quand elle va déjeuner avec des femmes riches, comme on imagine qu'elles le font, tandis que des hommes la regardent. Je me demande si elle relève ses cheveux sur sa nuque.

« Ne va pas te faire des idées », dit-elle, et c'est une façon de me taquiner. Ce n'est pas moi qui ai pris les devants dans notre histoire.

Un jour, j'étais alors le garçon de ferme, sa mère m'avait envoyé conduire Sharon à l'école de Two Dot Creek, là-bas au bout des étendues de neige infinies tandis que le soleil se levait sur les pics des Crazy Mountains. Sharon n'était qu'une fillette aux jambes nues transie de froid, mais moi, j'avais bien chaud au volant de la Chrysler de sa mère, et par ce matin d'hiver étincelant, j'avais contemplé sa chevelure rousse s'épanouir comme une fleur au soleil. En se retournant, elle avait surpris mon regard, et elle brosse encore ses cheveux comme une écolière le soir.

Et cela me rend heureux d'y penser.

« Dommage que Turkey n'ait pas pu venir, a dit Sharon. Il adore ce coin. » C'était du bidon. Turkey ne l'aime absolument pas, ce coin. Sharon faisait allusion à son mari, un

Chinois du nom de Tony Lee, surnommé Turkey par les amis qu'il a partout, la frontière du Montana franchie. Turkey est un grand gaillard aux lunettes toujours immaculées, un type qui a la tête dure et deux spécialités : les amis et les échecs. Il s'envole régulièrement de Seattle pour aller disputer à Taïwan ou en Égypte des parties qui peuvent durer un mois.

Sharon et moi étions installés sur la pelouse devant la maison qu'elle habitait quand elle était cette gamine que je contemplais, une maison de la campagne en bois pleine de craquements que je continue à repeindre en blanc maintenant que c'est moi qui y vis. Cela faisait à peine une demi-heure que le soleil était levé, et les ouvriers avaient quitté leur baraquement pour s'en aller à la fête du 4 Juillet à Billings. Au-delà des corrals, un millier de papillons jaunes frémissaient dans le blé en herbe.

Sharon sirotait son Bloody Mary dans un pot à confiture. Les seuls verres que j'aie à l'heure actuelle sont des pots de confiture et de beurre de cacahuète. Quand je ne prends pas mes repas au baraquement, je mange dans des assiettes en carton. Je garde toujours une pile d'assiettes en carton de près d'un mètre de haut sur la desserte encastrée de la salle à manger.

« Ce pauvre vieux Turkey », a dit Sharon, et c'était encore du bidon. Turkey n'est vraiment pas à plaindre. Il faut savoir que c'était déjà une forte tête la première fois que je l'ai rencontré, le printemps où Sharon était en troisième année à l'université de Missoula. Tous les deux avaient filé à Reno dans la Studebaker de Turkey pour se marier, et ç'avait fait scandale dans notre petit coin de la planète.

« Tu ne pouvais pas te trouver un Blanc ? » avait balancé son père, ce qui lui a surtout servi à se foutre le cœur en l'air, en dépit de ses sentiments pour Sharon. Elle et Turkey venaient juste d'arriver de l'est des montagnes pour faire les présentations à la famille, ils avaient franchi les Rocky Mountains, comme les avaient nommées Lewis et

Clark, et traversé White Sulfur Springs à l'est jusqu'au petit défilé d'où l'on voit les grandes plaines s'étendre à l'infini, avant de redescendre la vallée de la Musselshell.

À cette époque, je suspendais mon manteau et mon chapeau, en compagnie de ma bride à mors brisé, de mes jambières en laine et de mes chemises de rechange, à une rangée de clous plantés dans le mur d'une des chambres du baraquement que les conducteurs de bestiaux d'autrefois avaient construit avec des rondins de peupliers carolins lorsqu'ils avaient pour la première fois amené dans le nord du bétail du Texas, et je dormais là sur un lit de camp en fer, là au cœur exact des choses, où l'été je pouvais ouvrir les fenêtres toutes grandes, sentir l'odeur des corrals après la pluie d'orage et m'endormir en écoutant le piétinement caractéristique des chevaux qui traversaient et retraversaient le ruisseau pour aller chercher leur pitance nocturne. Certaines nuits d'été, quand le baraquement est désert, j'y descends encore pour y dormir.

Déjà à cette époque on me considérait comme faisant suffisamment partie de la famille pour m'accueillir à la cuisine à toute heure du jour ou de la nuit. C'était l'après-midi précédant la Saint-Sylvestre, les lumières du sapin de Noël encore branchées clignotaient près de la cheminée que le grand-père de Sharon avait construite avec des pierres de la rivière. Sharon avait tenu bon et Turkey était resté assis là sans broncher, souriant derrière ses fameuses lunettes, et on voyait bien qu'il était au moins aussi intraitable que Bert Doran lui-même.

« Merde, avait dit Sharon avec un sourire facétieux. C'est quand même les Chinois qui ont inventé la poudre. » Si c'était censé être une blague, elle tomba à plat. Il fallait connaître Bert Doran. Rien ne le faisait jamais sourire.

« Certainement pas celui-là », répliqua-t-il.

Aussitôt, Sharon avait dit à Turkey de la suivre. Ils étaient repartis dans sa Studebaker grise, et Sharon n'était jamais revenue du vivant de son père. Bert Doran était un dur à cuire des puits de pétrole, un type venu du nord, du Wyoming, qui s'était amendé dans le mariage, et ce fut bien sa veine de se tuer au travail à peu près au moment où il intégra la loge maçonnique de Billings et où il goûtait enfin à la vie qu'il avait rêvé de mener. La propriété appartenait à la mère de Sharon et c'était ça le gros problème de Bert. Pendant un temps, lorsque Sharon a hérité à la mort de sa mère, j'ai connu à peu près le même problème, mais désormais elle et moi avons trouvé un terrain d'entente.

Tony Lee est ingénieur chez Boeing à Seattle, et Sharon vit avec lui dans une de ces grandes maisons restaurées, vieilles de trois générations, construites à flanc de falaise au-dessus du détroit de Puget, à Ballard, quand Tony n'est pas quelque part ailleurs en train de jouer aux échecs. Il devait justement s'y trouver ce matin-là, quelque part ailleurs. Moi, j'ai passé ma vie à m'occuper des terres de Sharon dans le Montana.

« On peut pas leur faire confiance », a dit Sharon en remuant sa boisson avec son index, puis elle l'a sucé. Des herbes des marais rendaient plus vertes les prairies qui s'étendaient en contrebas devant nous et les jeunes feuilles des saules bordant les marécages étaient écloses. Ce que je ressens pour de tels matins m'a coûté vraiment très cher. Sans eux, je vivrais aujourd'hui ailleurs, sur mes propres terres. J'aime vivre à la frange d'un monde où je connais les histoires qui ont valu leurs noms aux lieux, et dont la plupart parlent de gens qui ont vécu ici juste avant moi et ne sont guère morts depuis longtemps. Ce sont Lewis et Clark qui ont donné son nom à la vallée de la Musselshell, et leur expédition ne remonte pas si loin que ça non plus.

« À ces étrangers », a ajouté Sharon, et il fallait savoir qu'elle parlait de Turkey. Un jour qu'elle était soûle et racontait des histoires sur Turkey, juste après avoir hérité de sa mère, Sharon avait proposé d'appeler sa propriété : le Ranch laqué. J'ai fait bien attention à ce qu'aucun voisin n'ait vent de cette lubie. Ce nom les aurait bien fait rire et ils l'auraient adoré. Et s'ils l'avaient adopté, je n'aurais pas pu vivre ici plus longtemps. Qui a envie de vivre au milieu d'une plaisanterie, je vous le demande.

Sharon a déposé son verre sur l'herbe de la pelouse, avec précaution pour ne pas renverser, et elle a allumé une Lucky Strike, la marque que fumait Bert. C'était un signe. Je ne pense pas qu'elle fume du tout à Seattle.

« Turkey va voir des putes, a-t-elle repris. Ça fait des années. Il adore aller boire chez Trader Vic's. C'est pas un claque, ça ? » J'ai gardé le silence.

« Et toi, tu l'as trompée avec des putes ? » a demandé Sharon. Elle parlait de celle qui fut ma femme la deuxième année après mon service dans l'armée de l'air à Guam. Becky, on l'appelait tous Beck, qui s'en est allée en Californie depuis le temps. Sharon me fixait avec le regard gris et immobile de quelqu'un en train de résoudre des problèmes, la citadine dans son Levi's boutonné et la vieille chemise en flanelle qu'elle avait raflée dans mon placard. La citadine jouant à l'écolière. Sharon avait débarqué juste après le lever du jour en déclarant qu'elle avait roulé toute la nuit et qu'il lui fallait quelque chose à boire. Elle a dit aussi que Turkey ne possédait aucune chemise en flanelle et elle est allée droit à mon placard prendre celle qu'elle voulait. Et maintenant elle parlait d'aller voir les putes.

« Ouais, peut-être bien, lui ai-je dit.

— Bonjour », qu'elle a fait. Elle est allée jusqu'aux vieux peupliers qui bordent la pelouse en marchant prudemment, et elle a arraché l'écorce avec ses ongles.

« Tu sais, a-t-elle repris, je l'ai jamais aimée, cette fille.

— Elle voulait rester », ai-je dit. C'était un mensonge.

« Non non, a fait Sharon. Non, jamais de la vie.

— Comment peux-tu le savoir ? » C'était une question légitime. Sharon n'avait vu Beck en chair et en os que deux fois. « C'est le genre de choses qu'on sait, a-t-elle dit. Moi j'aurais pu rester. Mais elle, elle a jamais supporté cet endroit. Dès le premier été, j'ai su qu'elle s'en irait. » Elle a levé son verre dans le soleil comme si elle buvait à la santé de quelqu'un. « Mais moi, ici, j'aurais pu y vivre, facile.

— Ton verre est vide.

— Tu te rappelles quand on a tiré les cailles ? » a-t-elle demandé. Pour sûr que je m'en souvenais. On était allés tirer des cailles dans les buissons de résineux du pâturage des chevaux, d'où on les avait fait lever par centaines dans un froissement d'ailes, et je me rappelle en avoir tué une bonne douzaine avec des plombs de 7 et le fusil de Bert, un calibre 12 délicatement gravé, en visant leur masse compacte à même le sol. Sa mère les avait dépouillées rapidement, jamais elle ne prenait la peine de plumer des petites choses si fragiles. Elle n'avait cuisiné que le blanc dans une sauce pâle et épaisse.

« Elle a jamais pu supporter cet endroit », a insisté Sharon. Elle parlait toujours de Beck. « Si, elle le supportait », ai-je dit, en pensant à certains matins en amont du torrent, là où il jaillit des Crazy Mountains, à Beck jambes nues dans l'eau froide, décrochant de l'hameçon les petites truites que j'avais prises tandis que la brume chauffait et s'évaporait. Beck est la fille aux yeux noirs que j'ai perdue, qui serait maintenant ma femme depuis toutes ces années. « Elle voulait rester, ai-je ajouté, et c'était le même mensonge.

— Je prendrais bien un autre verre, a dit Sharon. Ensuite, je te préparerai ton petit déjeuner. Je serai ta petite chérie. »

Nous avons mangé du steak et des œufs dans mes assiettes en carton, sur la table en chêne de la salle à manger qui appartenait à sa mère, le seul meuble de quelque importance qui soit resté d'autrefois. La mère de Sharon cirait cette table avec un soin que je n'avais jamais compris, jusqu'à récemment. Je n'ai pas acheté grand-chose comme autre mobilier. Des chaises, un four à micro-ondes, un lit en 160 et dans le séjour j'ai un billard que j'ai racheté à Ernie Brier quand il a fait faillite avec sa taverne d'Harlowtown. Parfois, je passe toute la nuit à jouer au billard en buvant de la bière. Je me débrouille pas mal au billard américain.

« Je suppose que j'étais jalouse, a dit Sharon. C'est ici que j'aurais dû vivre. Elle avait ma maison. Il y a des années, j'espérais tout le temps que tu viendrais dans mon lit quand tu pensais que je dormais. Parfois encore, quand Turkey sort le soir, je reste les yeux ouverts dans le lit et j'y pense. Comme à l'instant, quand nous étions sur la pelouse. Je me suis dit que je pourrais vivre ici et que ça serait parfait. »

J'ai dit « Ouais », et j'ai préparé un autre mélange de vodka et de jus de tomate.

« Tu sais ce que j'ai fait ? a-t-elle repris. La pute. Oui, j'ai fait la pute une fois. Peu importe avec qui. On est allés chez Trader Vic's, on est montés à l'étage et on a baisé. On a fait ça dans une chambre d'hôtel. Au-dessus de chez Trader Vic's. Ouais, j'ai fait la pute une fois et écoute un peu ça. » Son regard gris n'était plus fixe.

« Il y a eu un incendie. On est au dix-neuvième étage, et il y a un incendie. » Elle a mastiqué un dernier morceau de steak avant de poursuivre : « J'entendais les sirènes, et moi j'étais complètement à poil. Tout en bas il y avait le feu, et moi j'étais heureuse. Comme quand j'étais petite, tu vois, j'avais toujours rêvé que quelque chose arrive, et ça arrivait, comme un jeu, et j'étais dans un film en train de regarder : des petits camions rouges, des tuyaux d'incendie, des gens qui couraient partout dans la rue.

« C'était un hôtel, deux ou trois pâtés de maisons plus bas. Le Winslow. Je ne l'oublierai jamais. Vingt-six morts dans les journaux le lendemain matin. » Elle racontait son histoire comme si elle en avait appris tous les mots par cœur. « J'ai longuement regardé les photos. On voyait un pompier qui montait sur une échelle de fer. Au-dessus de lui, de la fumée s'échappait par les fenêtres comme des fantômes qui prennent la fuite. C'est comme ça que je le vois. Est-ce que ça a l'air stupide ? Les rideaux flambaient. Il y avait une liste de noms. J'en ai retenu un, comme ça, en manière de souvenir. Jacob Crashaw, soixante-trois ans, de Deloria, Missouri. Qui diable ça pouvait bien être ? Un type qui s'appelle Jake, qui vit jusqu'à l'âge de soixante-trois ans, et qui fait tout le trajet depuis le Missouri pour venir dans un hôtel minable se faire cramer dans mon film.

« C'était comme si je ne le vivais pas réellement. Les flammes s'élevaient à des dizaines de mètres, et voilà mon type qui s'amène par-derrière dans ma chambre, qui m'enlace, me prend un sein dans chaque main et me frotte sa queue contre les cuisses, et alors je l'ai détesté. Viens par ici, qu'il me fait. Il tire les rideaux et là je l'ai détesté, ce fils de pute.

« J'ai voulu casser la fenêtre. J'ai voulu casser la fenêtre de l'hôtel avec un cendrier. Tu m'imagines en train de sauter ? Dix-neuf étages ? » J'imaginais très bien sa chute, oui.

« J'aurais pu sauter. Si cette vitre s'était brisée. J'y ai réfléchi ensuite, et j'ai su immédiatement que j'aurais pu le faire. » On tapait dans des boules de billard, Sharon et moi, et dans la deuxième bouteille de vodka.

« J'ai fini la nuit avec lui. J'avais peur de l'ascenseur. J'ai été malade, il m'a aidée à vomir, et j'avais l'impression que je louchais.

« Fais quelque chose pour moi », a-t-elle conclu. Et elle a commencé à déboutonner son Levi's. Sa culotte était rose sous les pans de ma chemise en flanelle. « Assieds-toi. » Et elle a tapoté le bord du billard. Puis elle a fait voltiger ses sandales et s'est débarrassée prestement de son pantalon qu'elle a laissé en tas par terre.

« Assieds-toi, là comme ça. » Ses jambes étaient d'un blanc crémeux, plus fortes que je ne les avais imaginées. Elle a pris ma main et ses doigts étaient froids quand elle a pressé les miens sur sa chair fraîche, à l'intérieur de sa cuisse. « Tiens-moi là juste comme ça. Juste là, comme ça. C'est tout ce que j'ai jamais désiré. » Mes doigts étaient raides comme des baguettes.

« Il n'y a rien de mal à ça. J'ai réfléchi. » Elle a

commencé à déboutonner sa chemise et, quand elle l'a laissée tomber, elle était nue en dessous. Je ne m'étais pas rendu compte que ses seins étaient si petits.

Elle m'a saisi le lobe d'une oreille entre le pouce et l'index, elle s'est renversée en arrière en serrant, et je n'ai pas bronché, les yeux larmoyants, le regard détourné vers le plancher éraflé en bois de feuillu que sa mère avait toujours ciré à la perfection, en me demandant s'il s'agissait d'un concours. « Tu n'as qu'à bouger et j'arrêterai », a-t-elle dit. J'ai fermé les yeux et elle m'a lâché.

« C'est dommage que ce soit ça qui soit arrivé », a-t-elle repris, et quand j'ai ouvert les yeux, des larmes coulaient sur son visage, elle avait les yeux tout baignés de cette étrangeté qui est la sienne et personne n'aurait su dire ce qu'elle pensait ni ce qu'elle voulait.

Elle a ôté ma main de sa cuisse et s'est éloignée de la table de billard. Ma main était humide quand j'ai serré le poing. « Toi et le Chinois, a-t-elle dit.

— Pas moi.

— C'est tout comme... Dix-neuf étages, dit-elle. J'aurais pu tomber comme un oiseau. » Je l'ai vue tomber, la vitre voler en éclats et Sharon se précipiter dans le vide.

« Viens ici », elle a dit. J'ai touché ses seins aussi délicatement que j'ai pu, mais ils étaient froids. J'ai glissé mes doigts jusqu'à ses mamelons et elle a retenu son souffle comme une actrice.

« Serre-moi », a-t-elle dit. Mais j'ai laissé tomber mes bras le long de mon corps. Sharon s'est touché la joue, comme le faisait sa mère. « D'accord, a-t-elle dit. Maintenant, ne fais pas l'idiot. » Elle a commencé à déboutonner ma chemise.

Dans ma chambre, les fenêtres dessinaient des motifs de lumière jaune immobile sur le plancher de bois dur poussiéreux tandis que j'étais allongé près d'elle dans la chaleur de midi répandue sur mes vieux draps de flanelle. Son corps était d'une blancheur lumineuse tandis qu'elle suçait le bout de mes seins comme si elle avait fait une découverte, ses bras refermés autour de moi, m'amenant vers sa bouche. Puis elle a abandonné et s'est renversée sur le dos pour m'examiner. « Ça n'a absolument aucun sens pour toi, hein ? » a-t-elle demandé.

Puis elle a souri. « Bon dieu, ce qu'on est seuls ici. Je voulais faire quelque chose de mal, et c'est tombé sur toi. » Elle s'est rallongée, a levé les bras, fermé les yeux et paru attendre.

Au moins elle avait chaud maintenant, et quand je les ai embrassés, ses petits seins étaient tendus comme ceux d'un enfant. De temps en temps, juste avant le sommeil, il arrive que l'obscurité sous mes paupières s'illumine de ciel et d'oiseaux aquatiques volant vers leur destination, le nord. Derrière la maison, quand nous étions petits, Sharon et moi avions l'habitude d'aller dormir dans les bosquets de pruniers sauvages chargés de fruits, et les mouches bleues et les guêpes jaunes embrasaient l'air de leur bruit. J'avais à présent cet embrasement dans les oreilles.

Sharon m'a empoigné et j'étais plus prêt que n'importe qui pourra jamais l'être. Mais c'est là qu'est arrivé le moment où je ne pouvais plus le faire. J'ai écouté les petits oiseaux bruire dans le lilas dehors, j'ai fermé les yeux et vu de la poussière brillante flotter dans la lumière du soleil sous mes paupières.

« D'accord », a dit Sharon, et sa voix était rauque et étouffée. J'ai ouvert les yeux et, depuis cet instant, je ne regrette plus rien. Elle a surpris mon regard alors qu'elle était allongée là à m'attendre, les mains relevées au-dessus de sa tête, m'examinant en se mordant le bout de la langue, l'air tout près de rire. Je me suis penché en avant et j'ai plongé mon regard dans ses yeux gris et secs où il n'y avait rien d'heureux, puis j'ai immobilisé ses poignets tandis qu'elle levait ses lourdes jambes blanches pour m'enlacer. Mais ça ne marchait décidément pas, il a fallu que j'y mette la main pour m'introduire dans sa moiteur parfaite et elle a aspiré à longues saccades entre ses dents.

Ça se voyait qu'elle n'avait pas baisé depuis longtemps,

car elle était étroite et trop impatiente. Un court instant, je me suis demandé avec inquiétude si ce n'était pas un moyen pour les femmes de se faire du mal.

« Bon sang », a dit Sharon, quand nous sommes retombés sur le matelas, et ce qu'elle pensait faisait rayonner son regard. Elle m'était toujours aussi étrange pendant que je retrouvais mes esprits. « Je pense à toi, a-t-elle dit. Tu n'as jamais rien possédé, et moi j'ai tout ça. »

Tu trouves ce qui te convient, et tu t'en arranges avec toi-même. C'est ce que Bert Doran avait l'habitude de dire. Mais il faut le vouloir, disait Bert, autant qu'un chien veut son os, alors si t'y tiens vraiment, qu'est-ce que ça peut faire qu'on t'exploite ou pas ?

Les lis sauvages sont en fleur dans les champs, et je ne vais nulle part. Mais il y avait une chose que j'avais besoin de savoir. De ma vie, je n'ai jamais possédé la moindre parcelle de terre, et j'étais encore capable de penser que je n'habitais nulle part tant que je ne possédais pas l'endroit où je vivais. J'ai mis du temps à me débarrasser de cette impression. En février dernier, je suis parti en voiture, direction le sud, histoire de sortir de ce pays de neige.

À Las Vegas, je me suis fait non sans peine deux cents dollars de bénéfice en transformant six cents dollars en huit cents, et j'ai poursuivi ma route plus loin que le barrage Hoover comme un homme riche. Je suis abonné au *National Geographic Magazine*, et il y avait certaines choses que je voulais voir. Je suis allé voir le Grand Canyon et les Indiens Hopis, et ça ressemblait à des cartes postales et les Indiens à des Indiens.

Mais finalement je suis descendu de ma camionnette et je me suis aventuré à pied vers l'intérieur du canyon de roche rouge où il y a un site préhistorique protégé appelé La Maison Blanche. J'ai traversé trois fois à gué le coude d'une rivière peu profonde pour y accéder. Tout le monde, de ce côté-ci de la civilisation, a vu les photos, ces assemblages de briques d'argile que les indigènes ont édifiés là sur une saillie, en dessous de cette falaise géante.

Ces gens du passé avaient choisi de vivre dans un endroit qui n'est accessible qu'au moyen de longues échelles, et cela faisait des siècles qu'il n'y avait plus aucune échelle. Au-dessus, la gigantesque paroi lisse de roche rouge et orange tachée par l'eau était aussi vivante que la brise délicate qui soufflait parmi les saules et les oliviers de Bohême dans le fond boueux du canyon où je me tenais. Le gémissement de l'air semblait dire va-t'en, ceci ne t'appartient pas. Il n'y a rien à posséder sinon le fruit de son travail. On pense que posséder se résume à de l'argent et à des titres de propriété, mais cela ne se résume jamais à cela, sauf pour les imbéciles.

Autrefois par les matins d'été, j'attrapais mon cheval pinto — c'était un croisement de Shetland et de Morgan, le petit cheval le plus rapide que j'aie jamais eu — et je partais au galop sur les routes gravillonnées, je traversais l'air froid des prairies en direction du campement des foins dans le champ de Cameron, où l'équipe de faneurs vivait sous la tente près du corral rond en branches de saule.

De la fumée montait du feu du cuisinier, quelques ouvriers matinaux s'aspergeaient la figure avec l'eau du puits artésien avant de se diriger sans bruit vers le café. Dans la brume qui s'élevait des prairies, alors que le soleil doublait la chaîne des Sagehen, j'encerclais à cheval nos grandes juments de trait belges, une cinquantaine de belles et lourdes bêtes qui martelaient de leurs sabots la terre sèche tandis que je rassemblais leur troupeau, puis je descendais de mon petit cheval et faisais le grand devant Bert Doran.

On peut dire ce qu'on veut de Bert Doran, il est mort à la cinquantaine d'un surmenage du cœur. Lorsque les bêtes des attelages étaient harnachées et le nez dans leur avoine, nous prenions notre petit déjeuner, steaks ronds aplatis et biscuits trempés dans un mélange gris de jus de viande au lait, tous assis à une table dressée dans la prairie devant la porte de la cabane du cuisinier, avec Bert Doran qui présidait.

Aujourd'hui, c'est moi qui occupe le bout de cette table, et c'est cela que je possède. « C'était une bonne occasion », dit Sharon. Une occasion pour quoi, je n'en sais rien. Je n'arrive toujours pas à déchiffrer son regard, quand Turkey s'en va et qu'elle fait le trajet de sa grande maison de Ballard jusqu'ici. Elle me dit que ses lilas blancs et violets fleurissent en février et en mars, alors que notre terre de ce côté-ci des montagnes est toujours ensevelie sous la neige, et je songe à aller là-bas, remonter le trottoir et serrer la main de Turkey comme si ma visite était une bonne idée. Mais ce serait une erreur. À chacun les siennes, Sharon a ses erreurs, et moi les miennes.

L'automne dernier avant les grosses neiges, nous roulions dans les champs gelés à bord de mon Ford 750, quand elle m'a demandé ce que je voulais faire de sa propriété. Je lui ai montré des clôtures et des barrières canadiennes et elle m'a demandé si je n'avais pas d'autres ambitions que ce que je lui montrais. « Pas la moindre », lui ai-je dit, ce qui n'était pas toute la vérité.

Au printemps, je l'ai emmenée avec moi quand j'ai attelé les juments belges au traîneau pour épandre le fumier des corrals sur les prairies humides, la croupe des bêtes fumant dans la lumière du soleil et les chaînes de trait s'entrechoquant. Je voulais reconstruire les longs barrages de fumier qui répartissent l'eau à travers nos terres marécageuses. C'est ici que la notion d'équilibrage de l'eau intervient dans l'équation entre nous.

C'est notre façon de décrire ce travail, qui consiste à faire passer l'eau des écluses en bois de séquoia installées dans le ruisseau par de profondes rigoles, puis de l'évacuer des rigoles débordantes pour qu'elle se répande en longues nappes régulières entre ces petits barrages de fumier que je construis à travers les herbages naturels. L'hiver, je donne du foin en vrac au bétail, avec mes deux juments belges habituelles attelées au traîneau à foin qui grince, et on dirait que les longues étendues de neige bleue et craquante amenée par le vent sont encore et toujours de l'eau, jusqu'à ce que l'on s'aventure parmi les congères.

« Équilibrer de la merde, oui », a dit Sharon.

Le mouvement de l'eau sur sa propriété est mon plus bel exemple de l'équilibre vers lequel les choses devraient tendre. Mais n'allez pas imaginer que je suis assez abruti pour croire que l'amour est comme l'eau, sauf si l'on considère que tout est comme l'eau, que tout cherche toujours à trouver son niveau. Je n'ai pas dit un mot et j'ai continué à ahaner, déchargeant à la fourche le fumier du traîneau, et Sharon s'est tue jusqu'à ce qu'on soit sur le chemin du retour. « Quand j'étais gosse, a-t-elle dit, Bert m'emmenait avec lui. Bert. Bert était un fils de pute... Tu mourras ici. Tout comme lui.

— Ça me va », j'ai fait.

En matière d'exemple, Bert nous a tous battus à plate couture. Ne mourez pas avant d'avoir essayé de goûter à ce dont vous avez toujours rêvé, voilà ce que vous dirait Bert, s'il se mettait à vous parler de sa tombe là-bas au cimetière d'Harlowtown. Et telle est mon ambition.

« Tu as foutrement raison, ai-je repris. Je te demande simplement de ne pas m'enterrer là-bas à Harlowtown, comme lui. » Sharon s'est abstenue de répondre mais elle a souri, comme un vrai serpent, en se mordillant le bout de la langue comme si elle dégustait un mets trop savoureux.

« Pas sur ma propriété », a-t-elle dit, et ç'a été mon tour de garder le silence. « Je vais la vendre. Je vais placer l'argent dans la chaîne de magasins K-Mart. Qu'est-ce que tu vas bien pouvoir foutre après ?

— La même chose que maintenant. Pour quelqu'un d'autre. » Je ne l'avais jamais envisagé, mais c'était la vérité. Ce n'est qu'en le disant que je m'en suis rendu compte.

« Enfin, je suppose », ai-je ajouté, et je lui ai fait part d'une certitude que suffit à vous apporter une connaissance sommaire de l'histoire du Montana à l'est de la ligne de partage des eaux. « Personne par ici n'y trouvera jamais son bénéfice.

— Tu t'imagines que je trouve un bénéfice à vivre à Ballard ? a-t-elle dit, et elle ne souriait plus. T'y as pensé, à Ballard ? »

Il m'a fallu tout ce temps pour comprendre que cette histoire de vendre la propriété n'était qu'une façon de secouer ma chaîne, pour ce qu'elle imaginait être mon bien. Sharon a simplement continué à fixer le paysage de canaux dans les marécages de la Musselshell qui s'étendent sur quatre-vingts kilomètres jusqu'à la chaîne des Big Belt Mountains, comme si elle attendait une réponse réfléchie à sa question, et elle n'a plus rien dit jusqu'à notre retour à la maison et le moment où j'ai versé de l'eau froide dans ma cafetière électrique.

« Alors comme ça, toi et moi, tu t'imagines qu'on est une famille dont personne d'autre ne fait partie », a-t-elle dit. Là, elle m'avait attrapé.

« Ouais. Toi et moi.

— Depuis quand ? » Elle a tendu sa paume droite devant elle comme si elle mémorisait le tracé des lignes de sa main.

« Pas si longtemps », ai-je dit, et jamais plus elle n'a reparlé de vendre la propriété. Telles sont les leçons de l'adversité. J'ai brûlé mes vaisseaux, et Sharon m'est plus chère que n'importe quel rêve d'une femme riche dans ma chambre. Elle sait que je soignerai son bétail et entretiendrai ses clôtures, pour ce que peuvent valoir l'argent et les clôtures.

Nous nous fabriquons nos propres petits avions, et je vole à bord du mien. Je ne posséderai jamais ne serait-ce que la portion de sol sur laquelle je me tiens debout. Quand elle vient, Sharon est toujours aussi belle que possible à mes yeux. Je repasse de la cire sur la table de la salle à manger que cirait sa mère, et ma peau me va comme un gant, la peau d'un homme heureux, autant qu'il a besoin de l'être.

Dresseur de chevaux

Le jour de l'équinoxe de printemps de sa quatre-vingtième année, printemps dont c'était le commencement officiel sur le calendrier et dont l'arrivée lui avait tardé pour aucune autre raison que la chaleur — la fin de ses corvées incessantes de bois à fendre et de feu à allumer, même si dans cette région d'altitude désertique du sud-est de l'Oregon on ne pouvait guère compter sur des jours sans nuages avant encore un mois ou deux —, Jules Russel s'éveilla immobile, muet, et aveugle. Il était réveillé et cependant privé de la capacité de voir ne serait-ce que les contours de son unique fenêtre luisant dans l'obscurité, seul dans sa cabane d'une pièce sous la ramure dépouillée des peupliers de Virginie plantés par des pionniers inconnus juste en amont de la brèche dans la crête de lave peu profonde par où le Horn Creek s'écoulait dans les prairies marécageuses du ranch de Black Flat. Prêtant l'oreille au halètement hésitant de son souffle couvert par le bruit plus insistant du vent printanier qui gémissait dans le tuyau rouillé de son poêle, signe que le feu était éteint et ne tirait plus, il imagina le désert chatoyant à l'ouest, souligné par l'ombre de nuages d'été. Tentant de bouger pour soulager la douleur de sa hanche, qui probablement l'avait réveillé, et s'extraire du fouillis de ses couvertures grises crasseuses et tachées, il découvrit que la chose attendue arrivait enfin ; et, bien qu'il fût depuis des mois préoccupé par l'idée de la mort, qu'il attendît sa venue sans regret, il ne sentait maintenant que l'animal terrifié en lui, sans pour autant arriver à vraiment croire qu'il mourait. Tout était pareil, et il était prisonnier, attendant la fin, tel un rongeur encore en vie dans les ténèbres du tube digestif d'un serpent, déjà la proie d'une inutile panique et avide de recouvrer sa liberté d'être toujours trop vieux, seul, dans le froid. Il avait désiré la mort, mais cet ensevelissement n'était rien d'autre ; son esprit, intact, n'accordait rien, pas d'illumination, aucune vision de frais pâturages où flânaient des silhouettes en longue robe blanche, saules dans le lointain, aucune consolation, seulement la mort. Il se demanda si c'était une journée froide et plombée d'impassibles nuages gris, si le ciel vide à l'est était de temps à autre habité par le passage silencieux de canards migrant vers le nord, s'il faisait clair, si c'était le matin. Il s'était imaginé le jour sans aucun moyen de savoir, tout comme il avait imaginé la nuit sans aucun moyen de savoir, le tic-tac du réveil sur la table, sur la toile cirée au motif si souvent suivi du doigt quand il n'y avait rien d'autre à faire — roses orange fanées et feuilles vertes mouchetées qui demeuraient intactes dans son esprit —, le tic-tac du réveil n'offrant aucune indication de l'heure, se bornant à scander le passage du temps. Ça pouvait être le matin.

Cet isolement était plus absolu et plus tangible que tout ce dont il avait fait l'expérience, même dans les camps frontaliers, cabanons bruts d'une pièce pour ainsi dire identiques à celui-ci, près des sources dans le désert vers le sud et l'ouest où il avait passé un si grand nombre des derniers étés de sa vie avec pour seule compagnie celle des souris et de ses chevaux. La terreur lui tomba dessus, vive et silencieuse, tel le retour des rêves d'enfance, tandis que rien ne changeait. Le bruit du vent s'effaça au profit du tic-tac rapide du réveil et son esprit fila vers le centre de la douleur dans sa hanche.

Puis, comme s'il chutait à travers une barrière, il devint de plus en plus calme et se mit à penser qu'on allait se rendre compte de son absence et le découvrir avant qu'il mourût. Peut-être à la poste de Frenchglen quand le chèque arriverait. Mais ça ne serait pas avant qu'il fût mort et en état de décomposition, et ils ne l'en détesteraient que davantage. Peut-être remarqueraient-ils quand même son absence. Jules espéra être découvert afin que cet isolement, encore qu'impossible à rompre, pût être adouci, pour qu'on soulageât sa hanche et lui épargnât de mourir dans la souffrance. Pour qu'il pût penser clairement. Il devait y avoir une dernière chance.

Mais c'était sans espoir. Il n'attendait personne. Les gens l'ignoraient autant que lui-même les méprisait. Les hommes du ranch de Black Flat, assujettis à leurs camions, à leur graisse, à la médiocrité du travail facile, vouaient leur existence à des plaisirs qu'il ne pouvait concevoir, toujours la facilité. Au moins avait-il pour lui son dégoût, son empressement à être vieux et près de mourir et prêt à échapper à la vision de ces chevaux frappés par des hommes qui les forçaient à monter dans des remorques en aluminium caverneuses, où tout était souillé par la graisse noire des machines, des hommes impatients et brutaux à qui faisait défaut la noblesse de leurs bêtes... et de nouveau, comme souvent au cours de ces derniers mois d'hiver, Jules se souvint de l'un d'eux, un homme jeune au visage couturé, au crâne bizarrement déformé, qui s'était plaint de vertiges et de maux de tête avant de quitter son équipe de marquage au fer rouge en plein désert, au beau milieu d'une journée de travail d'été, et dont le cheval sellé était rentré au ranch, la tête penchée sur le côté, traînant derrière lui ses rênes brisées. On avait retrouvé le corps du jeune homme le lendemain, yeux blancs ouverts fixés sur le soleil, pantalon baissé, mort d'un arrêt cardiaque pendant qu'il déféquait parmi des bouquets de grande sauge au bord du lit d'un ruisseau asséché tapissé de gravier. Penser à cette mort avait secrètement procuré du plaisir à Jules, mais à présent, il enviait l'occultation soudaine de la lumière et comprenait que tout le reste ne signifiait rien, toute mort étant la mort. Il se demandait si cet homme avait expiré souffrant ou soulagé, et ce que lui-même deviendrait lorsque ses intestins s'empliraient du ragoût et du pain au levain de son repas de la veille. Et si ses yeux à lui étaient ouverts, rivés aveuglément devant eux, fixes. Il n'avait aucun moyen de savoir.

Mais au moins, il était redevenu maître de son esprit, même si, parvenu à cette extrémité, sa découverte la plus extraordinaire semblait être que la mort, lorsqu'elle était abordée comme un souhait exaucé, ne pouvait demeurer longtemps au premier plan des préoccupations d'un vieil homme habitué au souci quotidien des fonctions infimes de son corps. Sa hanche droite lui faisait mal, le vent soufflait, le ressort du réveil se détendait, la cabane craquait, quelque chose claquait. Son oreille droite, appuyée sur l'oreiller, le démangeait. Il se demanda si la mort survenait ainsi, à la manière d'une démangeaison brusquement effacée, et il se concentra sur ce type cassé mort accroupi dans les sauges. Cet homme était un dresseur de chevaux, mais un dresseur brutal et instruit dans l'idée de la force, incapable de calmer un poulain même seul dans un corral. Un homme trop souvent botté par les animaux qu'il terrorisait. Il avait eu, disaient les médecins, quatre fractures au crâne. Les chevaux, en fin de compte, l'avaient tué ; et sa brutalité, si inconsciente qu'elle fût, avait finalement triomphé, sa conception expéditive et grossière — moderne et aussi inquiétante que l'idée de chevaux embarqués tout harnachés dans des camions pour aller travailler — de la façon dont le dressage devait être fait... Lents après-midi, lorsque Jules en fut passé maître, au nord des écuries du ranch de Black Flat, dans le cercle du corral de dressage érigé en branches de saule par les Indiens des baraquements du bord de l'eau. Il était jeune alors ; son travail de la journée achevé, l'avenir se présentait comme une succession infinie de ces après-midi, dans un été éternel et sûr baignant la vallée, l'abritant à la manière d'une délicate coupe bleue. Il flairait la sueur du poulain de trois ans, presque adulte et craintif, et l'odeur sèche et chaude de la poussière de fumier, et ils étaient seuls, l'animal et lui, dans ces heures d'avant le souper, ce temps pendant lequel l'on pouvait débourrer proprement un cheval sans s'inquiéter du passage des jours. L'animal devait être dompté avec fermeté et lenteur, habitué à la bride de telle manière qu'il effectuerait un demi-tour sur un simple effleurement de l'encolure et travaillerait avec ténacité en comprenant l'obligation dans laquelle le tenait son intelligence. D'un bout à l'autre de sa vie, Jules avait estimé juste et bon qu'il eût naguère existé, dans une ère certainement plus vertueuse, un peuple chez qui le dresseur de chevaux était le plus fier de tous les hommes. L'auteur de l'*Iliade*, dans le dernier vers de ce poème, avait fait l'éloge d'Hector de Troie, non en tant que prince, guerrier ou époux — il n'y aurait pas d'Andromaque ici pour pleurer cette mort sur les murailles —, il s'était souvenu d'Hector comme d'un dresseur de chevaux. Jules s'était appliqué à déchiffrer ce livre traitant de conflit et d'honneur pendant que des particules de poussière dansaient dans les rais de soleil qui constellaient de motifs le parquet huilé de la dernière salle de classe de son enfance. Tous les après-midi, pendant que les voix des grands ronronnaient sur leurs fractions, le garçon brun, grand et élancé qu'il avait été passait une heure à lire le seul ouvrage imprimé dont il se souvenait aujourd'hui, et lorsque son père était mort noyé ce printemps-là en tentant de sauver le pont pour les chariots sur la Mary's River au sud de Corvallis, son instruction et son enfance s'étaient achevées en semblant, jusque dans les dernières années de sa vie, ne lui avoir donné que le personnage d'Hector pour modèle de conduite et de virilité. Jules avait tenté de raconter cela à Ambrose Vega, son patron de Black Flat : rester dans les mémoires comme dresseur de chevaux, et il revoyait encore aujourd'hui le sourire du vieux Mexicain, son geste vague de la main, son indifférence.

Vega : déjà régisseur du ranch de Black Flat avant la naissance de Jules, monté du Nouveau-Mexique vers le nord avec les premiers troupeaux introduits dans le pays. Jules le revoyait clairement dans le corral de dressage, ses mains lentes et fermes sur les yeux d'un étalon noir, puis s'éloignant en direction du baraquement de la cuisine, grand, les jambes fines, la poitrine vaste et profonde d'où sortait en grondant la voix abrupte et caverneuse. « Un à la fois », disait-il. Cette poitrine qui fut écrasée quand il mourut. Son cheval le plus digne de confiance et le plus expérimenté, un étalon de neuf ans puissant et racé aux longues jambes et aux foulées souples, avait perdu l'équilibre en gravissant un éboulis de schiste argileux dans le canyon asséché au-dessus du ranch de Black Flat et il était tombé à la renverse, coinçant Vega entre l'arçon de sa selle et un gros bloc de lave tortueux. Calés sur leur propre selle, ses hommes avaient observé la scène, attendant qu'il se relève, pendant que le cheval affolé et honteux se débattait pour se dégager et que le sang commençait à suinter de la bouche et du nez de leur patron. Son immobilité, là sur ce rocher bordé de mousse, était impossible, incompréhensible. Vega était vieux, mais à des années de la mort, et ils avaient été incapables d'y croire, ou d'envisager l'avenir contre nature qui s'ensuivrait.

Finalement, ce fut Jules Russel, aveugle et confiné dans son lit et sa cabane solitaire sous des arbres sans feuilles, jeune alors et fils instruit d'un vétérinaire mort noyé, qui mit pied à terre et reconnut que personne ne pouvait être en vie avec le nez et la bouche écumants de sang. Pour des raisons qui lui échappèrent, il posa ses doigts sur le sang et goûta sa saveur salée, avant de lever les yeux vers les silhouettes qui le dominaient du haut de leurs chevaux, en contre-jour dans le soleil et le silence du canyon au-dessus de Black Flat, pendant que le corps d'Ambrose Vega gisait sur le rocher volcanique devant lequel Jules devait passer un nombre incalculable de fois par la suite avec ses propres hommes, sur la piste voisine.

Toutes les morts se valaient sans doute, et il avait attendu la sienne tout l'hiver, il l'attendait en vérité depuis qu'il était devenu trop vieux pour les chevaux, trop fragile pour son travail. Il tenta de s'imaginer la sensation d'envol procurée par un cheval au pied sûr et ne sentit que la couverture crasseuse qui lui meurtrissait la hanche, alors il souhaita la mort, se remémorant son retour, plus tard dans la journée, avec une jument de trait brun jaune, douce comme un chien et pourvue d'œillères, pour haler le corps hors du canyon avec l'aide de l'homme resté en poste afin d'éloigner les vautours qui tournoyaient déjà, le chargement de la dépouille raidie et maculée de sang de l'homme qui avait été leur patron et, même âgé, le meilleur lasso, celui qui échafaudait en secret dans sa tête les projets de travail et les délivrait chaque matin au compte-gouttes, comme si ses hommes étaient des enfants dont on ne pouvait attendre un plus grand effort de mémoire. Les autres cavaliers étaient partis porter la nouvelle qu'Ambrose Vega était mort et serait conservé deux jours dans la glacière avant d'être enterré dans la colline de sable derrière la maison, juste sous la crête du canyon où il était mort.

À son propre enterrement, Jules le savait, nul n'apporterait de whisky. Il fallait qu'un homme mourût en selle et au travail pour inspirer la crainte qui incitait les hommes à boire en l'enterrant. Vega avait été tué dans le combat de sa vie, et Jules savait que lui-même s'était montré trop prudent, qu'il avait vécu trop longtemps pour ce genre de cérémonie, outrepassé l'importance de sa propre vie et les limites d'une époque où les funérailles accordées aux défunts comptaient beaucoup pour les vivants. Il ne demandait que la mort, et la fin du dégoût.

Ils commencèrent à arriver le deuxième jour, au milieu d'un après-midi immobile et brûlant, alors que des tourbillons de poussière franchissaient les collines de sable, chariots chargés de femmes en longue robe et de leurs enfants, les hommes déjà un peu ivres assis sur les banquettes oscillantes, vêtus d'habits cousus main rapiécés et fraîchement lavés. Des cavaliers solitaires, hommes taciturnes aux traits amers qui vivaient dans des camps d'estive ou sur les cent soixante arpents poussiéreux de leur concession pionnière débroussaillée à la main où ils tentaient de faire pousser du seigle d'hiver — terre qui devait rapidement être abandonnée et restituée au désert, et où ne subsisterait qu'une cabane érodée remplie de sable —, commencèrent à apparaître sur la plaine dans la direction de l'ouest, points noirs se détachant sur la blancheur calcaire de Floating Dog Lake dans le lointain. Ces hommes transportaient leurs couvertures roulées derrière leur selle, et les sacoches de cuir noirci par la graisse qui battaient les flancs de leur monture rendaient de temps à autre un son sourd quand les fioles de whisky en terre cuite s'entrechoquaient à l'intérieur. Acheté avec les provisions du printemps et convoyé par chariots entre sacs de farine et de sucre et bocaux de candi sur des pistes coupant à travers de hautes broussailles et longeant des ruisseaux nourris par les pluies, le whisky allait à présent remplir sa fonction initiale, de médicament.

Vers le soir arriva Eldridge Carrier. Petit, blanc de cheveux alors qu'il avait à peine passé la cinquantaine, il était riche et parlait peu. Gendre d'un sénateur de Californie, il avait acheté trois autres ranchs outre celui de Black Flat à son arrivée dans le nord, avec l'argent du sénateur. Son bureau se trouvait à Prineville, à plus de cent cinquante kilomètres au nord-ouest dans le comté de Crook. Nul ne sut comment il avait appris la mort d'Ambrose Vega ni comment il avait couvert la distance aussi rapidement. Il apportait son propre whisky écossais et il étendit son couchage sur la colline de sable derrière la maison, loin des moustiques qui montaient des prairies marécageuses, à proximité de l'endroit où Vega devait être inhumé.

On alluma un feu dans la cour, devant la maison en

pierre et en planches brutes, en fait un simple baraquement de cuisine flanqué de quelques chambres à coucher. Seuls Vega et le cuisinier dormirent dans la maison. Les ouvriers bivouaquèrent dans la paille d'une grange près des écuries. La lumière du feu brûlait les yeux, et Jules demeura assis en retrait avec les autres hommes à observer les femmes attroupées autour avec leurs petits enfants, les traits empourprés, excités, tandis qu'elles rattrapaient en bavardages leurs mois d'isolement. D'autres enfants se poursuivaient en criant dans le noir, jouant à cache-cache dans les saules qui marquaient la lisière de la prairie. Les branches basses des nombreux arbres de la cour, lourdes de feuilles, étaient illuminées entre des ombres mouvantes et, tout en les regardant trembler, Jules ne cessait de sentir la croûte du sang séché sur les vêtements d'Ambrose Vega, de flairer l'odeur ténue et féconde du corps qu'il avait hissé sur la docile jument belge coiffée d'œillères, cette odeur d'amour qui est celle de la mort récente et du sang, ressentant la destruction du futur... quand une main se posa sur son épaule. C'était Eldridge Carrier, le visage irrégulièrement éclairé, sans chapeau, une bouteille de whisky à la main. Sa chevelure paraissait jaune à la lumière et elle était étonnamment longue.

Carrier déboucha la bouteille. « Prends-en une gorgée », dit-il d'une voix si fragile qu'elle aurait pu être le fruit de l'imagination. Jules en but un peu et lui rendit la bouteille. « Suis-moi à la cuisine, ajouta Carrier. J'ai à te parler. »

La vaste salle était éclairée par deux lampes à pétrole et tout autour, telle une frise le long des murs, des femmes se reposaient sur des tabourets et des bancs, volumineuses dans leurs robes, le visage rouge et inexpressif, vieilles pour la plupart. Elles se levèrent et s'enfuirent en rassemblant nourrissons et petits-enfants suçant leur pouce. « Tu sais lire », dit Carrier. Il posa la bouteille sur la table et des flaques dorées luisirent sur la toile cirée. « Dans ce métier..., reprit Carrier, après ce qui sembla un temps de concentration infini, tu peux boire du whisky. Sers-toi, répéta-t-il. Il y a des hommes qui en boivent du matin au soir. »

Jules reprit une gorgée et sut qu'Ambrose Vega, enfoui sous son épaisse couche de sciure humide en compagnie des blocs de glace coupés dans les ruisseaux l'hiver et conservés jusqu'à l'été, aurait gardé la bouteille à la main. « Tu es le seul qui sache lire, dit Carrier. Alors c'est toi qui prends la relève. »

Ces paroles inattendues, proférées par un homme qui, comme le constata alors Jules, était ivre, lui procurèrent une idée de lui-même qu'il n'avait pas envisagée jusque-là. Jules vit ce que pouvait devenir sa vie pour peu qu'il se donnât la peine de la planifier. « Vous m'envoyez une caisse de ce whisky, dit-il. Tous les mois. »

Carrier sourit. « C'est bon, répondit-il. J'ai l'habitude. » Des dents en or étincelèrent au fond de sa bouche. « Maintenant, nous allons examiner les livres. »

La chambre d'Ambrose Vega était sobre et austère. Il y avait une lourde table sous la fenêtre et, dans l'angle du fond, à gauche, un lourd coffre-fort cabossé qui donnait l'impression d'avoir jadis été peint en vert. Il renfermait trois livres, reliés en cuir rougeâtre usé et adouci par les manipulations. Le premier s'intitulait Argent, le second Chiffres, et le troisième Journal. Les pages étaient noircies de notes manuscrites et d'opérations rédigées d'une écriture élégante qui n'avait aucun lien avec l'homme dont se souvenait Jules. Le premier livre contenait l'historique de la trésorerie, le second un suivi qui portait essentiellement sur l'évolution du cheptel, et le troisième était un compte rendu au jour le jour des événements et des travaux effectués, avec des commentaires personnels sur les hommes et les chevaux, des estimations sur les réserves d'eau et de nourriture dans le désert, des analyses des erreurs commises et de leurs conséquences. « Mais tu sais lire, dit Carrier. Tu t'en sortiras sans peine. »Il était debout, la bouteille à la main, le dos voûté, le visage rouge et huileux de sueur, et Jules comprit qu'il était lui-même voué à se retrouver seul avec ces livres pour seuls conseillers. « Je te laisse la bouteille », dit Carrier, et il sortit précipitamment de la pièce, en claquant la porte.

Jules s'assit et feuilleta les pages du journal intime d'Ambrose Vega, en se demandant s'il découvrirait, écrit quelque part, le secret de ce qu'il devait faire à présent. Mais le livre ne recelait aucune confession intime. Une ligne, au 14 janvier, avait été biffée d'un gros trait de plume hésitant. LA NEIGE VIENT TOUJOURS DU SUD.

Même les femmes étaient ivres à l'enterrement. Les enfants couraient en tête du cortège que précédait le brancard en bois portant le corps, visage exposé, les joues incrustées de filets de sang noir séché. Le brancard, trop grand, ne tenait pas dans le trou étroit creusé la veille, tapissé de graviers, et l'assemblée s'écarta de la tombe, laissant Jules seul au centre de leur cercle, attendant que quelqu'un inclinât le brancard et fît glisser le corps dans le trou. C'est alors qu'un Indien infirme d'une cinquantaine d'années, de ces familles vivant dans les trois cahutes et sous la *ramada*[1] en saule près du ruisseau, se détacha de l'arrière du groupe et s'avança en boitant. Son nom était Davy Horse. Il l'avait reçu après avoir eu la jambe droite écrasée contre un poteau en genévrier solide comme le roc à cause d'un jeune poulain sauvage et vigoureux qu'il avait voulu chevaucher un dimanche matin qu'il était soûl, pour épater la galerie féminine. Depuis ce jour, il n'était plus jamais remonté à cheval et avait juré de ne plus jamais le faire, et son surnom lui était venu de ce vœu. Il se rendait partout à pied, d'une démarche lente et saccadée comme un crabe. Et voilà qu'à présent Davy Horse s'avançait, soûl, tenant une bouteille de whisky à un dollar à moitié pleine qu'il posa avec précaution dans le sable. Puis il se pencha sur le cadavre, le prit à bras le corps, le souleva

1. Mot espagnol : ramure ou abri couvert de branchages.

et, titubant en oblique, tomba avec lui dans la fosse. Epargnant à Jules un acte que ce dernier n'aurait jamais été capable d'accomplir. Devant la foule très calme, Jules regarda Davy Horse s'extirper de sous le corps et se mettre debout, un pied en appui sur une cuisse raidie, se hisser jusqu'à ce que ses épaules parviennent au niveau du sol, et tendre la main en silence. Jules prit sa paume moite de sueur. Puis Davy Horse, debout devant la tombe, répandit son whisky sur le cadavre et dans le sable, et les hommes du désert, leurs femmes et ces enfants venus assister aux funérailles se détournèrent et redescendirent la colline vers leurs chariots et leurs chevaux. L'enterrement d'Ambrose Vega était terminé.

Et aujourd'hui, Jules gisait seul et aveugle dans son lit, se rappelant l'homme différent qu'il était devenu. Le vent s'était arrêté, le tic-tac du réveil s'était tu. Il avait bien chaud et sa douleur à la hanche était éclipsée par une sensation de brûlure dans sa poitrine. Il revit la coupe bleue du ciel d'été et sa mère pleurant des nuits entières après que son père s'était noyé, il se rappela le rire de la petite femme Païute nommée Martha qui avait été sa cuisinière d'un hiver dans la maison de Black Flat, son rire dans son lit, et, lorsqu'il mourut, il pleurait la perte d'une femme inconnue et des enfants qu'il ne s'était jamais permis de souhaiter, des mains jamais touchées ; il sentit couler les larmes sur son visage quand le silence commença.

L'homme qui aimait les vautours

Au premier étage de l'hôtel Estaline, bien loin de la côte ouest du Mexique où il arpentait les plages sous la pluie tiède d'hiver avec cette fille bronzée qui s'appelait Oralie York, Ringman est debout, son blaireau pointé vers son menton dans la glace. Il tente de se rappeler l'apparence exacte des cils blancs d'Oralie, pareils à des entailles sur ses yeux sombres quand elle les fermait. La raison pour laquelle il est parti. Une seule raison.

« Cette araignée », avait-elle dit, les yeux étroitement fermés. Cela faisait des semaines qu'elle voyait des araignées. Des araignées à longues pattes, grandes comme des assiettes, la plupart d'entre elles couleur d'argent iridescent. Accroupi devant elle, Ringman avait gratté la croûte de sable sec sur ses cuisses. Ils venaient de rentrer d'une longue promenade sous la pluie de l'après-midi. De faire l'amour sur la plage. La chair d'Oralie était d'une douceur insensée. Pendant qu'ils tiraient tous deux sur de gros joints d'herbe mexicaine, Ringman racontait encore une fois le point culminant de sa guerre. Il avait la gorge en feu. Il épousseta du sable sur le bord du nombril d'Oralie. Elle releva les genoux.

Derrière la fenêtre ouverte, la pluie continuait à embrumer la rue boueuse. Ringman lui déposa un baiser sur les deux tibias, poursuivit son histoire des quatre généraux laotiens et des trois gardes du corps américains remontant en titubant un large sentier en sous-bois, frappés par les brillants traits de lumière qui transperçaient les frondaisons luxuriantes pendant qu'ils buvaient au goulot de bouteilles de Cutty Sark à étiquette jaune. Les généraux laotiens, des hommes trapus aux pommettes hautes et saillantes, étaient armés d'énormes pistolets de calibre .45 à crosse ornée de perles. Les Américains avaient des fusils automatiques M-16.

La fille dénommée Oralie était adossée contre le mur en plâtre vert, les talons calés dans l'armature en fer du lit de camp étroit. Les yeux fermés, elle frottait ses paumes contre ses petits seins tendus. « Ils me chatouillent », dit-elle en se mordant la lèvre inférieure. Ringman lécha le sel sur ses orteils, en enchaînant sur la clairière où trois enfants nus et une jeune femme s'étaient vite réfugiés à l'intérieur d'une hutte en paille. Vêtu d'un simple short effrangé coupé dans un pantalon vert, un paysan laotien, un vieil homme assis sur ses talons en train de tamiser du riz, avait observé impassible les inconnus s'avançant vers lui et secoué la tête quand ils lui avaient proposé du whisky.

L'un des Américains, un grand gars aux traits mous portant des lunettes Rallye à verres miroir, ses longs cheveux blonds lui arrivant aux épaules, braqua son fusil automatique en plein sur le front du paysan accroupi. Souriant et ivre, le gars souleva ses lunettes de soleil et, en dessous, ses yeux étaient bleu pâle quand il tira, la détonation, dans la mémoire de Ringman, similaire au fracas lointain d'un train de marchandises dans la nuit, tandis que la tête de ce paysan laotien éclatait et que son corps tombait dans le riz.

Ils attendirent tous, stupides, cloués sur place par le silence des oiseaux, puis ils se mirent à rire en brandissant leurs bouteilles comme à la santé de quelqu'un et ils burent au goulot, tous sauf Ringman, qui leva son fusil automatique M-16 et les exécuta pendant qu'ils buvaient, balles frémissantes tels des papillons traversant les corps qui tombaient en se vrillant, une expression de surprise sans effroi sur les visages. Les yeux blanc bleuté de l'ami de Ringman s'obscurcirent dans la mort et ils étaient ouverts quand il mourut.

« J'ai couru », dit Ringman, se souvenant de l'hélicoptère, rotor au ralenti, pales giflant l'air humide, et de son hurlement, putain d'embuscade, avait-il hurlé une fois à bord de l'hélicoptère, alors que celui-ci s'élevait, virait et s'éloignait en flottant dans l'air, pendant que Ringman gisait sur le sol métallique et tiède, tant de fois meurtrier.

Ringman ouvre les yeux. Oralie est dans la salle de bar en forme de A, tout en haut des pistes de ski au nord de Vancouver, au-dessus du Lion's Gate Bridge qui franchit Burrord Inlet en direction des pelouses de Stanley Park — où il était allé avec elle observer les manchots empereurs à plastron rouge — et English Bay au-delà des tours de la ville. Du moins y était-elle quand il est parti. Pensionnaire de cet unique hôtel dans une ville du nom d'Estaline, là-haut sur les falaises à l'ouest du Missouri, Ringman se souvient du bleu étincelant de l'eau de la mer l'été, si loin en contrebas. Debout, seul sous la véranda au petit matin. Voulant se rapprocher du centre du continent. S'éloigner de ses extrémités. Voilà comment il se trouve à Estaline aujourd'hui, et c'est ainsi que Ringman envisage le restant de sa vie. Il conduit le seul camion de ramassage d'ordures de la ville, un camion-poubelle International de trois ans à cabine superposée, il s'est lié d'amitié avec les ouvriers qui viennent le soir à la taverne en bas et, conformément à ce qu'il avait espéré, il ne s'est rien passé depuis longtemps. Il aime les lentes journées de travail, le bar le soir. Et, au moins dans la même mesure qu'il n'aime pas l'idée qu'il se fait d'Oralie l'attendant à Vancouver, autant dire foutrement bien peu selon lui, il aime une femme. Il termine de se raser.

En bas, le barman s'envoie son gin matinal. « Dwight, lui dit Ringman, tu sais que t'es presque un amour. » Le barman ne lève même pas les yeux.

« Je préfère te prévenir, reprend Ringman en passant

derrière le bar — leur rituel du matin —, je te pique une giclée de ton whisky.

— Le Paon, dit le barman, le blanc des yeux aussi jaune que le café bourré de crème que sirote Ringman, va bosser. »

Tous les matins, Ringman porte une combinaison blanche propre pour aller travailler. Voilà pourquoi Dwight l'appelle le Paon. Comme si c'était par coquetterie. Simple, la vie que mène Ringman, conforme à ce qu'il avait prévu, une vie dans laquelle les plaisanteries ne vont pas chercher loin. Son journal de Chicago daté de la veille étalé sur le comptoir, Dwight lit l'horoscope de Ringman. Avec un jour de retard, comme le quotidien, il s'agit plus de confirmations que de prédictions. « Si j'en crois ce que je vois, en lisant entre les lignes, précise Dwight, tu vas te taper la femme d'un autre. » Puis il lit les résultats du baseball et râle après Baltimore.

D'après Ringman, tout ça n'est que suppositions.

Jusqu'au soir où elle entre dans le bar, à moitié soûle. « C'est ça l'attraction fatale », dit-elle. C'est le début du printemps et les forsythias s'épanouissent en grosses grappes jaunes sous les fenêtres ouvertes. « Comme les abeilles », ajoute-t-elle.

« T'as joué au golf ? » demande Ringman. Elle a un coup de soleil sur les jambes, rouges contre le blanc de son short, et elle porte une des chemises de son mari, les pans sortis, le col effiloché déboutonné. Ringman décolle l'étiquette de sa Coors.

« Y a des choses que t'as pas besoin de savoir, répond-elle.

— Comme tu veux », dit Ringman en secouant la tête à l'adresse de Dwight pour lui signifier que c'est juste une petite dame éméchée qu'il n'a jamais vue avant, qu'il lui fait juste un brin de causette, et qu'il a trop de plomb dans la cervelle pour fricoter avec la femme d'un avocat.

« Je lui ai laissé du steak froid au frigo. Woody me veut à la maison, mais il peut toujours courir. Alors je reste, ajoute-t-elle, l'air à deux doigts de pleurer. T'as une chambre ? » demande-t-elle encore, sachant pertinemment que oui, en se penchant plus près, chuchotante, lui agrippant l'épaule. « Comment elle est ? »

Derrière le bar, Dwight fronce les sourcils. Au-dessus de sa tête, dans le miroir devant lequel sont disposées les bouteilles, Ringman voit entrer le mari. Il voit Woody Long, avec son sourire chevalin et un maillot de football délavé de l'université du Dakota du Sud. C'est en se promenant un dimanche vers la fin de l'automne que Ringman a vu Woody pour la première fois, il ratissait énergiquement les feuilles mortes sur sa pelouse de devant, vêtu de ce même maillot de foot. Ringman s'était assis sur un banc dans le parc à moins d'une rue de distance et l'avait observé avec envie. Woody va tapoter l'épaule de sa femme.

« C'est qui ton mec ? demande-t-il en hochant la tête vers Ringman.

— Jésus-Christ, priez pour nous », dit-elle. Ringman pense que Woody va la frapper. Il ferme les yeux et attend. « Personne que tu connaisses », répond-elle enfin.

Dwight décapsule trois autres Coors. « La tournée du patron », annonce-t-il. Il éponge le comptoir avec sa serviette. « Woody, remmène tes emmerdes chez toi.

— Tu sais quoi ? fait Woody au bout d'un moment. Y a dans ce monde une couche de merde d'au moins un mètre d'épaisseur.

— Tu l'as dit », dit Dwight. Il s'éloigne vers le bout du comptoir.

Woody regarde Ringman. « Y a pas à dire, t'as du goût », lance-t-il à sa femme.

Elle ne répond pas et tous boivent leur bière, puis, sans un mot, Woody et sa femme s'en vont, Woody ouvrant la marche. Les gens mariés, explique Ringman à Dwight le lendemain matin, les gens mariés ont leurs propres codes.

« Le Paon, dit Dwight, j'savais que tu t'en envoyais une, mais là, bordel. » Il sirote son gin en lisant la bande dessinée humoristique et, pour la première fois depuis des mois, il ne lit pas l'horoscope de Ringman.

Le grand vautour de Pondichéry meurt au-dessus de Bombay. Victime d'une crise cardiaque, il chute interminablement, tournoie, ailes repliées, à travers une tristesse meurtrière dont la cause n'est autre, Ringman le sait, que la couleur du ciel.

Ayant grandi nourri par la cuisine de son père, chili noir brûlant accompagné d'œufs brouillés le soir sur la véranda, compote de pommes glacée près de l'assiette, pendant que des chauves-souris grises plongeaient dans l'air fraîchissant entre les amandiers et les oliviers, Ringman a le sentiment qu'il connaît suffisamment bien la monotonie du temps, dans la Sacramento Valley, pour être certain qu'il est absolument possible de mourir de tristesse dans l'air au-dessus de Bombay. Une fois la vaisselle empilée, Ringman et son père écoutaient la radio, de la musique de bastringue qui sortait de la nuit en craquant sur les ondes des stations les plus méridionales de la San Joaquin Valley.

« Ces gens-là sont tombés sur la tête », disait son père, et son fauteuil en osier à l'assise basse crissait tandis qu'il taillait au couteau un autre de ses serpents ondulants, des crotales aux sonnettes finement sculptées, d'un réalisme parfait jusque dans les minuscules écailles du bout de la queue. Il les taillait dans des tiges de pin tendre que lui fournissait spécialement la scierie de Knight's Landing. Le vieux avait toujours parlé de cette idée comme quoi un jour, quand il serait à la retraite, il passerait les dernières années de sa vie à sculpter dans un bloc de bois dur à grain fin, du frêne peut-être, un crotale lové sur lui-même. « À boire et danser comme ça », qu'il disait. « Le cerveau ravagé », qu'il disait.

Dans la cuisine, le père de Ringman avait punaisé une photo en couleurs sur papier glacé d'un vautour de Pondichéry à tête orange détachée au rasoir d'un livre coûteux sur les oiseaux de proie qu'il avait pris à la bibliothèque de Woodland. Finalement épaissie par un dépôt de graisses de cuisine, l'image n'avait jamais bougé de là.

« Les vautours », avait-il dit en plantant un ongle dans le glaçage rose du gâteau que Ringman lui avait apporté pour son soixante-quinzième anniversaire. Il n'avait pas souri, il était simplement resté assis, les yeux fixés sur sa photo. « Personne peut leur faire la peau, à ces salopards ». Six semaines plus tard, il mourait en creusant des canaux d'irrigation dans son verger.

Maintenant, Ringman s'efforce d'imaginer qu'il est son père, qu'il essaie d'être l'un de ces oiseaux invulnérables. Ça ne marche pas. Ça n'a jamais marché.

Cependant, tard dans la nuit, Ringman se rend à la décharge où les longues coulées d'ordures descendent en pente des hautes falaises presque jusqu'à la rivière. Le Missouri est large et éclairé par la lune, Ringman se gare près du bord de la falaise et cette idée de lui-même en vautour le fait sourire. Des carcasses de voitures rouillées émergent du flot d'immondices tels des rochers dans une mer immobile, et tout en bas brûlent de petits feux. Ringman fume et attend l'aurore, la première lueur, l'heure où les mouettes et les pies commencent à tournoyer et à se quereller sur les détritus, et il s'imagine très bien nu et fou, toute chose dansant autour de lui tandis qu'il se pose sur le rebord de cette falaise, jusqu'à ce qu'il ne voie rien qui ne puisse être vu par les yeux fous et noirs d'un oiseau. Finalement, le jour se lève et il n'y a rien à faire qu'à aller bosser.

« Putain de drôle de façon de soigner un mal au ventre », dit Dwight, quand Ringman lui raconte ce qu'il fait là-bas la nuit.

« Le Paon, dit Dwight en repliant son journal, toi, t'es l'ignorance personnifiée. »

Ce jour lointain dans la jungle centrale du Laos, Ringman a vu la couleur des yeux blanc bleuté de son ami s'obscurcir à partir de leur centre pendant que la mort survenait dans ces dernières secondes après l'arrêt de la respiration. Des secondes que Ringman imagine être l'éternité, ce dernier instant où nous serions finalement tous vivants, et que nous nommons le paradis. L'instant où la vitre se casse, avant de tomber : aucune dose d'ignorance ne l'effacera jamais. Alors il part travailler.

Les lilas poussent dru le long des allées. Jolie ville que celle où Ringman travaille au printemps, aussi douce qu'un enfant endormi dans l'après-midi. Des branches raclent le camion et des pétales s'éparpillent derrière, blanc et lavande sur l'herbe.

Le jeudi après-midi, Ringman reçoit son numéro du *Sporting News*. En bas, dans cette taverne aux murs en pin décorée de fers à marquer les bestiaux suspendus au plafond par des pitons, la musique de Bakersfield évoquant un monde lointain de souffrance joue en sourdine dans le juke-box, et ça cause boulot et base-ball. Moyennes d'espérance de vie et botteleuses New Holland autopropulsées. Aussi, tous les jeudis soir, Ringman reste-t-il assis sur son lit à mémoriser des statistiques sportives.

Et quand il fait sa tournée des allées le jeudi après-midi, il se demande si les voisins cancanent, s'ils en ont quelque chose à faire, et il se souvient avec attendrissement de l'époque du dégel quand il retirait ses bottes dans le sas d'entrée, juste derrière la porte de service. Chaque fois qu'il entre dans cette maison, ce n'est pas de la culpabilité que Ringman éprouve, mais de la circonspection, comme s'il risquait de briser un plat en cristal taillé qu'elle aurait hérité de sa grand-mère.

Pendant qu'il vide les containers, Shirley sort sur la pelouse, en équilibre précaire sur ses hauts talons blancs. Elle tient à la main le numéro de la semaine précédente du *Sporting News* de son mari. « Café ? » dit-elle.

Le soleil fait briller des fils gris dans sa chevelure auburn. Il y a une bouteille de Wild Turkey sur l'égouttoir à vaisselle. Elle lui en verse une rasade dans sa tasse. « Toute notre vie, commence-t-elle, Woody et moi, on a fait tout comme il fallait. »

Elle parle et Ringman ne l'écoute pas vraiment, ce qui n'est pas de l'incorrection, il le sait. Dans cette cuisine impeccablement propre, elle n'a pas besoin qu'il l'écoute, elle a simplement certaines choses à dire. « Une salope », dit-elle, parlant de ces week-ends où sa mère disparaissait dans les chambres de cet hôtel de tourisme près de Colorado Spring.

« Ils l'invitaient à des fêtes là-haut, poursuit Shirley, rien que pour qu'y en ait un qui puisse la sauter dans une chambre. » Elle ressert du café et rajoute du whisky, et parle tout en essuyant l'égouttoir avec une éponge. « Alors je me suis tirée, dit-elle, pour pas devenir comme elle, et voilà que je suis pareille. C'est comme ça. » Elle hausse les épaules dans un geste d'impuissance, et sourit, comme l'hôtesse de l'air sortie de Denver qu'elle était chez Braniff à l'époque de son mariage.

« On avait de l'argent, dit-elle, l'un comme l'autre. On avait économisé. Ça fait dix ans, depuis que papa est mort, que j'ai pas remis les pieds chez moi. Elle est vieille maintenant. »

Ringman sait ce que c'est que d'être seul dans la maison où l'on a vécu étant marié. Son père l'a fait et, avant de mourir, il se plaignait de rêves qui se répétaient nuit après nuit, et dont l'anticipation lui gâchait le sommeil. Toujours ce rêve d'être debout pieds nus sur le dos d'un cheval gris en sueur, ainsi qu'il le racontait, et de sentir sous la plante des pieds la chaleur et l'humidité de l'animal pendant que les bouvillons qu'il rassemblait, quand il était jeune au Mexique, à Sonora au nord d'Hermosillo, galopaient autour de corrals en branches de saule saturés de poussière de pierre ponce, certains tachetés de blanc et les autres éclaboussés de rouge et d'orange et même de bleu et de vert reptiliens, ces couleurs s'étalant sur leur peau tendue comme de la mousse sur des rochers. À des kilomètres dans le lointain se dressaient des montagnes bleues couvertes de forêts qui ne ressemblaient en rien à celles qu'il avait vues au Mexique. Le vieil homme disait qu'il ne voulait pas en raconter davantage. « Mais je vais te dire une chose. Ces rêves-là, j'en ferais plus aucun si je pouvais fiche le camp de cette maison. »

Ringman fait le même rêve, de rien qu'il ait jamais vu, avec au fond, à gauche, une rivière lente qui coule entre des berges de gravier, dans l'obscurité épaisse d'arbres de bord de l'eau un soir d'été. En nage, Ringman se réveille. Il n'y avait pas de rivière près de chez lui, et pas d'arbres comme ça, aucune rangée épaisse de peupliers de Virginie au bord de l'eau. Il se demande si les rêves sont continus et passent d'une personne à une autre ; souriant dans l'ombre parce qu'il refuse de se prendre au sérieux, cette idée de lui-même en vautour, Ringman imagine des rapaces en train de manger des rêves, se querellant bec et ongles sur des restes qui ressemblent à des dépouilles de chats. Des bêtes écrasées sur une grande route de nuit dans le Nevada.

« J'en pleurerais, dit Shirley. Je devrais aller à la maison pour la voir. » Ses doigts sont vigoureux et froids quand elle touche la main de Ringman. En se demandant si elle durera autant que sa mère, deviendra l'une de ces vieilles femmes maigres et distinguées qui ont tourné les pertes de leur vie en plaisanteries, Ringman revoit sa propre mère en train de tousser et d'écraser une cigarette après avoir ri trop fort en racontant son histoire.

« Un de ces jours, dit Shirley, je vais prendre la voiture et me tirer d'ici. Direction le Wyoming. Parc de Yellowstone, direct, et faire serveuse de bar. »

Tout en souriant de ces mots, elle tressaille comme de surprise quand Ringman lui touche le genou, alors même qu'il sait par cœur ce qu'il va découvrir, collants moulant étroitement ses cuisses, chair voluptueuse, fraîche et lisse au-dessus de la lisière, même si elle a ce genre de peau rougeâtre qui marque si facilement. Avec les femmes aux yeux bleus, Ringman ressent toujours une distance, comme si, au-delà de ces yeux, il y avait le ciel et qu'il pouvait le trancher d'un coup de son rasoir luisant repassé sur le cuir et se retrouver en chute libre dans des espaces infinis qui vireraient finalement au rouge, en se refermant derrière tel le crépuscule d'une journée passée à voler à haute altitude au-dessus du Pacifique, avec la capacité de voir trop loin, en sombrant vers l'ouest. Shirley se déplace vers l'avant de son tabouret. Ringman hésite. « Je t'aime », dit-elle.

Dans la chambre où elle dort avec son mari, le mégot d'une cigarette filtre est écrasé dans l'œil du dragon qui orne le cendrier chinois en céramique sur la table de nuit. Ses genoux à elle sur ses épaules à lui, ils s'emploient à faire l'amour, un amour dont Ringman comprend plus tard qu'il fut trop sérieux et inquiet pour avoir été une véritable partie de plaisir, et après un moment de repos, elle l'enfourche, à son tour d'être dessus, et s'applique, le regard détourné, Ringman sait que s'il était un amant digne de ce nom, il lui confierait les délices qu'il trouve dans son lit, ferait pour elle l'inventaire de tous les détails de ce délire à la fois glissant et rassurant que le monde ne lui a jamais offert avec autant de générosité auparavant, pas même avec Oralie, et qu'il devrait le lui dire, et la complimenter, et la faire rire. Mais ils boivent seulement un autre café. Puis, avec son numéro du *Sporting News* posé sur le siège près de lui, Ringman continue à remonter les allées et à vider les containers. Tout en parlant à une image d'Oralie, comme si elle se trouvait là à côté de lui. « *Crazy arms*[1] », dit-il, citant cette vieille chanson, celle qu'il met tout le temps dans le juke-box, « *crazy arms.* » Il imagine Oralie en train de le regarder fixement, silencieuse pendant qu'il divague.

Les pieds sur le linoléum tiède, Ringman attend que l'aurore effleure les toits peints en rouge des maisons d'en

1. *Bras insensés.*

face, attend le spectacle du chat jaune traquant un oiseau à la première lueur. Dans cette chambre au premier étage de l'hôtel Estaline, le plus haut parmi les étroits bâtiments à ossature en bois qui bordent Dunbar Street, une chambre délimitée au fond d'un couloir par du contre-plaqué de dix-huit peint en vert, avec une porte elle aussi en contreplaqué portant les mots « Sortie de secours » imprimés dessus en lettres jaunes. La chambre qu'il a choisie en raison de son air provisoire. Parce qu'il voulait mettre à l'épreuve son intention de rester pour toujours.

D'autres nuits, il observe la lumière qui sort par les fenêtres ouvertes de la taverne luire interminablement sur les feuilles vernissées d'un peuplier d'Italie. Une porte claque. Au bout du couloir, le téléphone sonne. Ce n'est jamais personne, rien qu'un câble qui bourdonne. Et puis un soir, c'est Dwight.

« Le Paon, qu'il crie, descends un peu ici. » Derrière, on entend de la musique à fond. Il raccroche avant que Ringman ait pu répondre. C'était *Party Doll*, la chanson.

Le temps que Ringman se présente à l'entrée, Loretta Lynn en est à *« at least I didn't beg him*[1] ». Shirley est voûtée sur une boisson pâle dans un verre haut, tendre dans une robe verte et blanche, et son mari Woody est près d'elle vêtu d'un costume en coton gaufré blanc vert et chaussé de mocassins à glands en alligator blanc, son veston posé sur le dossier d'un tabouret de bar et les manches de sa chemise rayée citron vert sur blanc retroussées sur ses biceps. Il est bronzé comme Shirley et encore svelte comme il devait l'être du temps qu'il jouait dans l'équipe de foot de l'université.

« Le Paon, qu'il crie, on te cherchait. » Sur le comptoir, il y a une pile de billets verts et de monnaie. « Tu vois, le Paon, ce qu'on fait, crie-t-il, c'est payer à boire aux buveurs. » Ringman a comme l'impression qu'il dit vrai, qu'ils sont tous soûls, la dizaine d'habitués plus lui et Shir-

1. *Au moins je l'ai pas supplié.*

ley, et même Dwight, qui titube derrière le bar, les deux mains sur l'égouttoir de la machine à pression pour garder l'équilibre. Le seul à avoir l'air sobre est Burton Jackson.

« Le Paon, dit Woody, on a besoin d'un costaud. » Il veut lui serrer la main et tente de le faire descendre à sa hauteur. Il a la paume dure et moite. Loretta Lynn finit sa chanson et Tom T. Hall entonne *Spokane Motel Blues.*

« Écoute voir, le Paon, reprend Woody en agrippant durement l'épaule de Ringman, d'où tu es ?

— Cincinnati, Big Red Machine.

— Le Paon, arrête ton char, dit Woody. Je suis sûr que t'es étudiant en troisième cycle. Je parie que tu nous as tous bien eus. À nous regarder en coin et à te marrer. Étudiant en physique. » Woody sourit dans les yeux de Ringman comme un chien aveugle flairant son chemin.

« Je peux comprendre », dit Ringman. Woody lui tient le bras et tente de l'entraîner vers la table où Burton Jackson est assis.

« Le Paon, dit Woody, ce type m'a soulagé de cent vingt dollars, et il refuse de boire un coup tant que personne l'a battu. »

Ce à quoi ils venaient de jouer, c'est au bras de fer. Woody veut que Ringman fasse un bras de fer avec Burton Jackson. Ce qui est idiot parce que Burton Jackson bat tout le monde. Et tout le monde le sait. Plus grand que la moyenne, Burton est musclé par les travaux des champs, nourrir les bêtes à l'ensilage l'hiver et charrier des bottes de foin l'été, et il a le bon bras de levier, avec ses poignets solides et ses longs avant-bras. Ringman secoue la tête.

« Écoute-moi, insiste Woody, je te paye un verre. » Il rit et claque Ringman sur l'épaule. « Pour te mettre en forme, un bon petit verre. Peut-être que t'es plus d'attaque après un verre.

— Ouais, pourquoi pas.

— Un gin, dit Woody. Un gin anglais. Double.

— Avec des glaçons », ajoute Ringman.

C'est comme s'il n'avait rien dit. Woody ne lui jette

même pas un regard, il se contente de secouer la tête sans un mot, les yeux fixés au plancher. « Putain, mec, reprend Woody, je te comprends pas. Tu t'amènes ici, d'abord t'es pas dans la ville qu'y faut, et puis tu commences à faire des tiennes. J'arrive pas à comprendre. »

La musique s'est arrêtée et Dwight bourre le juke-box de pièces de vingt-cinq *cents* avant d'appuyer sur des boutons au hasard.

« Je te soupçonne d'avoir été à la guerre, dit Woody, comme la musique reprend. Ça, je peux comprendre. »

Woody tient son visage tout près de Ringman et il a les yeux fixés sur le menton de Ringman. « Je sais ce que ça fait, dit-il. Quand je suis rentré de Corée, j'ai pas tourné un robinet pendant deux ans. J'vivais chez ma mère. »

Haggard chante *Sidewalks of Chicago*[1]. De la musique douce, sympa.

« Bon sang, dit Woody en tirant sur le bras de Ringman. Viens un peu ici. Je veux te montrer quelque chose. » Ils se dirigent vers la porte ouverte. « Regarde un peu par là-bas. » Par-dessus toitures et arbres sombres couverts de feuilles, les étoiles de la Voie lactée sont denses, le ciel de la nuit plus consistant que Ringman se l'est jamais imaginé. « C'est un joli coin » ajoute Woody.

« Tu sais quoi ? reprend-il, quand ils sont debout sur le trottoir en planches. J'aime la musique classique. Je l'aime n'importe comment. N'importe quelle sorte de musique classique. Je vais te dire autre chose. Cette femme sera à la maison, avec moi, quand le jour se lèvera. N'importe comment, on doit être à Mitchell demain. On doit y aller coûte que coûte. Tu comprends ça ?

— Ouais, dit Ringman.

— Bien, c'est juste pour que tu saches. Juste pour que tu saches. On l'a fait des tas de fois. Partir en voiture à Mitchell après une nuit blanche. C'est juste pour que tu comprennes. Tu sais rien de tout ça, poursuit Woody. Dans

1. *Les Trottoirs de Chicago.*

le temps, on serait allés n'importe où après des nuits blanches. T'as pas une cigarette ?

— Non, dit Ringman. J'en ai jamais.

— Bon, fait Woody. C'est réglé. Tu sais fichtrement bien qu'elle sera là-bas demain matin.

— Peut-être qu'on devrait aller chercher une cigarette, dit Ringman.

— C'est ça. Dis-moi ce que j'ai à faire. Tu sais combien j'en ai vu, des hommes morts ? demande Woody. Je suis assez vieux pour que mes amis meurent. Tu sais ça ?

— Pas vraiment, dit Ringman. Non, j'sais pas. »

Leurs ombres s'allongent devant le seuil éclairé telles des flèches lumineuses projetées dans la rue. De l'intérieur, on entend Haggard chanter. « Des hommes morts », dit Woody, fixant de nouveau Ringman et faisant jouer ses épaules comme pour s'échauffer. « Comme nous tous.

— Des conneries, fait Ringman en souriant à Woody. Pauvre vieux con, va.

— Ouais, dit Woody en détournant les yeux.

— J'ai des amis à moi qui se sont fait tuer », commence Ringman, prêt à risquer une conversation avec Woody, dans l'espoir de tirer quelque chose au clair, en se demandant en même temps dans quoi il est embarqué.

Il s'était passé deux jours avant qu'ils reviennent à la clairière pour enterrer les morts. La hutte en paille avait été brûlée et le cadavre du paysan laotien enlevé ainsi que son riz, comme s'ils ne s'étaient jamais trouvés là.

« Des vautours étaient en train de leur bouffer la figure, dit Ringman, ce qu'il leur restait de figure. » Les charognards refusaient d'abandonner les corps, et Ringman une nouvelle fois avait balayé la clairière à l'arme automatique et regardé les grands oiseaux mourir, s'affaler sur le sol et soulever la poussière de leurs ailes frénétiques. Ringman tente de revoir ces cils blancs sur les yeux sombres d'Oralie. Comme des yeux blanc bleuté tailladés au rasoir.

« Ouais, fait Woody en lui claquant l'épaule. Ouais, des conneries.

— C'est sûr », dit Ringman, mais Woody s'est déjà détourné pour rentrer à l'intérieur. Il est en train de commander à boire quand Ringman franchit le seuil.

« Le Paon et moi, braille Woody, faut qu'on bosse ensemble sur ces trucs. »

Il décoche une bourrade dans l'épaule de sa femme, durement, et elle renverse son verre. « C'est pas vrai ? » qu'il braille.

« Nous, les anciens de l'université, faut qu'on se tienne les coudes », qu'il braille.

Dwight sert à Ringman son double gin en éclaboussant le comptoir, et enfin, Shirley pivote sur son tabouret.

« Ce qu'il aimerait, dit-elle, légèrement titubante quand elle se lève, c'est danser. On devrait danser. » Elle dit ça pendant une interruption dans la musique, et sa voix résonne fort dans la salle. Maladroitement, elle déboutonne avec lenteur deux, trois boutons du haut de la chemise de Ringman. « Dansons, chuchote-t-elle. Qu'est-ce que ça peut faire ?

— Est-ce qu'elle est pas chou ? braille Woody. Tu sais quoi ? Les femmes comme elle, c'est vicieuses et compagnie depuis l'école primaire. » Il rit.

La musique reprend, et cette fois, c'est Linda Ronstadt et *Crazy arms,* et Shirley se colle jambes écartées contre Ringman, et lui, les bras refermés autour d'elle, son verre toujours à la main, danse, évolue lentement sur le plancher inégal avec elle pendant que tous les regardent, que la fumée de la salle lui pique les yeux et qu'il se dit, rien à foutre après tout, prêt à glisser sa main sur son cul et à laisser la bagarre éclater, quand derrière lui un fracas se produit et la musique se tait dans un gémissement discordant.

À moitié vautré dans les entrailles crépitantes d'étincelles du juke-box, les éclats de verre pailleté de la machine crissant sous ses pieds, Woody saigne de la bouche. Ce qui s'était passé, découvrit plus tard Ringman, c'était que Woody avait voulu tirer Burton Jackson de sa table en lui disant que c'était son tour de danser. « Cette femme, elle se cherche un troupeau de cochons, avait dit Woody, alors tu peux bien y aller. »

« C'est là que Burton lui a flanqué son poing dans la figure », raconta Dwight le lendemain matin.

Tenant une serviette en papier mouillée contre sa lèvre tuméfiée, essayant de parler, Woody avait fait plusieurs fois le tour de la pièce d'un air digne. Pour finalement brailler : « Si vous voulez savoir ce que je pense, cette chemise est foutue. » Il avait essoré la serviette et une eau rougeâtre avait dégoutté sur le plancher.

Burton Jackson avait secoué la tête en suçant sa phalange coupée. « Queel ccoon », avait-il dit, et, bras ballants le long du corps, épaules en avant, il avait avancé sur Woody ; c'était Shirley qui l'avait arrêté.

Plantée là comme ça, soûle et légèrement titubante, elle avait dit : « Je t'éclate la tronche. »

Burton Jackson s'était redressé un peu et avait secoué encore la tête.

« Tu m'as bien entendu, avait-elle dit, je t'explose la cervelle. »

Burton Jackson avait fait demi-tour et pris la porte.

« Et ça vaut pour tout le monde », avait-elle ajouté, puis elle avait conduit Woody dehors, l'avait mis dans leur Chrysler blanche et avait démarré, les pneus chassant des projectiles de gravier par la porte ouverte.

Au matin, Ringman sirote son café. Dwight est posté près du juke-box en miettes, son verre de gin à la main. « Ce que t'aurais dû faire, dit-il, c'est les conduire en voiture à Mitchell, ces deux-là. Tu devrais te payer un peu de rigolade. Mais comme tu le fais jamais, va bosser.

— De la merde », dit Ringman, sachant que son tour est venu, repensant au matin où il a quitté Oralie sans même lui dire qu'il partait, il l'a juste laissée endormie, il a pris l'ascenseur et fait du stop pour s'enfoncer vers l'intérieur du pays, passé le Lion's Gate Bridge en direction de Stanley Park où il s'est arrêté, en manière d'adieu, voir une dernière fois les manchots empereurs, avant de prendre vers le sud et l'est jusqu'à ces terres plates. Son tour de laisser quelqu'un d'autre faire le nettoyage.

« De la vraie merde », dit Ringman. Bientôt, il sera debout sur la terrasse avec Oralie, les yeux tournés vers l'eau de la mer en contrebas, et vers la ville, et il espère que ses yeux auront le goût du sel quand elle les embrassera. Des oiseaux prendront leur essor et disparaîtront au détour de l'isthme de terre, sans jamais tomber. La couleur de l'air n'est que lumière.

« De la merde », dit Dwight.

Sentant le fusil automatique sous son bras, Ringman sait que son tour est venu, qu'il pourrait avec une parfaite aisance se tenir debout dans la rue et pivoter sur lui-même pendant que la mitraille continuerait, la rue d'une ville quelconque, pendant que les hommes avec leurs chapeaux gris et leurs costumes à fines rayures tomberaient, pendant que les femmes mourraient avec leurs fourrures sur le dos. Et puis se détourner d'un tel carnage.

« De la merde de chouette », dit Dwight, tandis que Ringman est là, terrifié par la présence de fragiles ossements blancs enchâssés dans ces crottes grises, et que le gin s'écoule en gargouillant du doseur en plastique.

Riches

Abigail souriait de son sourire lent. « Il est mort jeune, disait-elle. La vie qu'il menait était trop dure pour sa santé. »

C'était toujours ainsi qu'elle commençait à parler du seul homme qui en eût jamais valu la peine. Virgil écoutait son silence après le petit souffle de son rire et faisait ce qu'elle lui demandait, en gentil garçon, il imaginait les montagnes glaciaires du sud de l'Alaska et la frange de prairies côtières où cet homme vivait parmi la brume et les jacassements d'un corbeau qui avait appris à dire son nom.

« Ben, disait Abigail. Il avait un corbeau qui savait dire "Ben" avec l'accent anglais. » Elle riait et imitait les croassements d'un corbeau imaginaire.

Pendant qu'elle se reposait avant l'arrivée des hommes, Abigail vidait le contenu de sa boîte en tek tapissée de velours violet et, sous le regard de Virgil, faisait le compte des pièces d'or, et des billets verts, et de ses bijoux. Toujours avec la porte fermée.

Elle gardait la bague pour la fin, avec son diamant taillé en forme d'iris d'œil de chat dans son sertissage de platine. Elle la glissait à son doigt comme une alliance et tendait la main pour faire jouer des prismes de lumière. « Ben nous a rapporté cette bague des mines d'or, disait-elle. Il l'avait gagnée au jeu, il nous a rendus riches. »

L'été de ses treize ans, Virgil travailla à l'extérieur de la maison, pour Preston Kahler, un homme resté célibataire car, disait-il, il ne voyait pas avec quelle femme il aurait pu se présenter chez lui, dans la demeure de son père à Baltimore. Virgil somnolait sur le traîneau à foin derrière l'attelage de juments grises de Preston Kahler, et cet été opéra une transformation en lui.

Dehors, dans cet éclat intense du soleil qui se déposait comme du métal sur les feuilles vert sombre des saules, Virgil comprit que la vie d'Abigail dans l'isolement de ces maisons blanchies à la chaux nichées sous des rangées de peupliers d'Italie, perdues dans la lumière du soleil, avait toujours été spéciale. La vraie vie, c'était prendre de la distance, baisser les yeux vers l'ouvrage, se concentrer sur les rivets de harnais en laiton des guides de trait raccommodées qui luisaient sur le chaume jaune des prairies, puis relever les yeux vers l'horizon plat et ce qu'Abigail appelait le bleu hollandais du ciel.

Virgil s'asseyait comme un homme près de Preston Kahler dans la cuisine peinte en jaune et attendait Abigail en écoutant Kahler parler, jusqu'à ce qu'ils soient interrompus par le cuisinier, un homme aux allures de taureau, avec de gros bras et le crâne rasé, qui avait travaillé comme serveur dans les wagons-restaurants avant d'être viré des chemins de fer pour le seul crime, selon Abigail, d'arrogance et d'injure.

« Il faut qu'on s'en aille, disait Kahler. Ce cuisinier ne supporte pas l'oisiveté. » La maison s'éveillait. Là-haut, à l'étage, Virgil sentait la présence des femmes, aucune voix mais comme des mouvements dans l'air, l'une d'elles s'assouplissant les doigts peut-être, une autre sirotant un cognac. Le couloir du premier étage était dans l'ombre, portes closes, sa seule lumière, chaude et ambrée, pénétrant en bouquet à travers les rideaux des fenêtres du fond, son atmosphère chargée du parfum de l'encens destiné à masquer les odeurs de ce qu'Abigail appelait le commerce de la chair.

Virgil savait que dans sa chambre Abigail se réveillait,

son lit défait, sa nudité teintée d'un soupçon de rose sur la pâleur des draps de lin, ses côtes dessinant comme des ombres sous sa chair tandis qu'elle s'étirait et gémissait. Bientôt les femmes émergeraient de leurs heures de sommeil, le corps chaud et à demi vêtu, pour attendre, dans le calme, devant la salle de bains commune, le soleil de la fin de l'après-midi qui filtrait par les fenêtres, décorant négligemment leurs seins et leurs cuisses de motifs d'ombre et de lumière, tandis qu'il circulerait parmi elles tel un enfant, les observant.

Mais avec ses mains durcies par les foins, Virgil n'était plus un enfant. Ce n'était pas qu'il n'eût jamais travaillé à l'intérieur de la maison. Abigail l'avait élevé dans des villes de scieries telles que Witchapec où elle l'avait recueilli quand sa mère s'en était tout bonnement allée, puis Adel, Estaline, Ryegate, Vermillion, avec toujours les voyages en train d'une ville à l'autre à travers les hautes plaines, dans un circuit en boucle, et Virgil avait travaillé dans toutes les maisons, transportant le bois pour la cuisine et les pots de chambre, taquiné par des femmes ridées à l'odeur douce, récoltant des pièces de dix *cents* qui venaient grossir le pécule d'Abigail dans sa boîte en tek, et de temps à autre en butte à la haine des plus jeunes, des femmes au regard sévère devant leur miroir, la peau luisante après le bain, qui le maudissaient en l'accusant de les avoir espionnées ou d'avoir dérobé un objet perdu, chausson ou brosse à cheveux.

Ces demeures de femmes étaient, Virgil le comprit après en être parti, des enclaves à l'abri du feu des hommes aux mains balafrées par les clous recourbés qu'ils plantaient dans les sabots des chevaux. À chacun son devoir, disait Abigail, et Virgil comprenait que celui de ces hommes était de continuer à faire leur travail terre à terre, dans un isolement que rien d'aussi incroyable que la nudité ne venait soulager.

Abigail était assise sur son lit, des ombres bleues jouant sur la face interne de sa cuisse tandis qu'elle se coupait avec soin les ongles des pieds, et elle leva à peine les yeux lorsqu'ils entrèrent. Virgil avait toujours su ce qui se passait dans ces lits, toujours su que l'élégance, l'accouplement et la mise au monde d'un enfant de temps en temps constituaient l'activité de ces femmes. Ces choses-là, ainsi que la gentillesse, qu'il ne comprendrait jamais, disait Abigail, tant qu'il ne serait pas un homme. C'était la gentillesse, disait-elle, le principal. « Ils viennent ici, et on leur soutient la tête en leur racontant une jolie histoire. Voilà ce que l'on fait. »

Abigail lui avait appris quelle attitude avoir dans des pièces comme celle-ci, avec sa fenêtre orientée à l'est dans la direction du matin, fraîche durant l'après-midi, féminine à cause des miroirs encadrés de dorures ouvragées et des draperies de lin jaune, son châlit à volutes de cuivre et le lourd service de toilette en porcelaine blanche, bassine et broc sur la coiffeuse en noyer à tablette de marbre, tout cela dissimulé derrière des murs de bois ordinaires, peints en blanc, écaillés, gondolés, dans une bâtisse battue par les vents.

Ses ongles terminés, Abigail se renversa sur son monceau d'oreillers en duvet d'oie, exposant les touffes de poils sombres sous ses aisselles et l'épaisse toison broussailleuse entre ses jambes, et elle sourit sans rien dire, faisant luire une dent en or, tandis que Kahler s'asseyait sur une des chaises à assise de velours. Virgil se sentait apparenté aux hommes qui arrivaient ici du dehors, la peau brunie par le soleil, pour s'asseoir en clignant des yeux dans la pénombre comme s'ils avaient peur de casser quelque chose tout en regrettant vaguement de ne pouvoir le faire.

« C'était vers minuit », racontait Preston Kahler, évoquant une nuit chaude où il s'était promené dans les faubourgs d'une ville d'Europe après la guerre, avec une fille aux bras maigres et aux courts cheveux blonds, une fille qui s'était tenue debout à l'ombre d'une statue, en effleurant de ses doigts le socle de granit adouci. « Quelle chance tu as, avait dit la fille. Tu peux rentrer chez toi. » Sa façon de parler, telle que la décrivait Kahler, était empruntée, hésitante.

« Dans un parc », disait Kahler. Les arbres qu'il décrivait étaient couverts de feuilles, les pelouses élégantes et entretenues, épargnées par les bombes, dans une ville bâtie à l'origine sur pilotis par une tribu qui vivait sur un lac pour fuir la fureur sanguinaire de ses voisins, et qui protégeait ces poupées de pierre ventrues que des archéologues avaient découvertes à proximité, des symboles d'espoir dans la bouche de Kahler. Abigail souriait en l'écoutant, et il finit par bégayer.

« Elle m'aimait », dit-il, et il parla des doigts de la fille contre sa nuque, au petit matin, tandis qu'ils regardaient le soleil dissiper la brume à la lisière de l'eau. « Mais peut-être que Virgil pourrait rester avec moi, pour l'hiver, je veux dire... » Il s'interrompit, les mains ouvertes, écartant ses doigts fins et légèrement calleux.

Abigail demanda à Virgil s'il voulait bien sortir et le garçon s'en alla, troublé et presque inconscient de la présence des femmes dans le couloir, de leur chair blanche et gris bleu dans les ombres changeantes. À la longue table de la cuisine où elles se relayaient pour manger selon une hiérarchie complexe fixée par l'âge et le rang, ignorée du cuistot, tout suant dans la chaleur de la cuisinière en fonte noire longue comme une barque, Virgil imagina une autre vie, Abigail et lui dans cette maison blanche où Preston Kahler vivait comme une femme, des aquarelles dans des cadres ouvragés ornant ses murs.

Virgil n'était entré qu'une seule fois dans cette maison, lorsqu'il avait partagé un repas avec Kahler. « Je t'ai négligé, avait dit Kahler. J'avais promis à Abigail. » Ils avaient mangé du rôti de cerf et des patates douces à la guimauve fondue, des choux de Bruxelles importés de la côte, et du sorbet à la pêche fait maison. C'était comme un retour au foyer après des semaines passées à dormir dans une cabane, dérangé par les ébrouements des chevaux et leur galop dans les pâturages nocturnes.

Le cuisinier eut un sourire. « Tu f'rais mieux d'amener du bois fendu si tu veux manger », dit-il à Virgil. Des gouttes de sueur mates perlaient sur son front et la viande grésillait dans les poêles à frire en fonte.

Les femmes étaient à demi vêtues, le corps luisant d'humidité après le bain. La caisse à bois fut remplie après trois voyages jusqu'à la pile de bûches régulièrement coupées, qui mesurait trente mètres de long l'hiver précédent, un éparpillement de copeaux marquant le rectangle où le bois avait été entassé et recouvert de toiles goudronnées sous la neige épaisse. Virgil se rassit à table et observa les femmes remplissant les tasses de café, remuant le sucre, courbant le dos pour souffler sur leurs premières gorgées. Sans tarder, les hommes arriveraient et claqueraient les portes pendant que ces femmes aux yeux alanguis attendraient au salon en se caressant les cuisses de leurs ongles et en riant de tout.

« Tu as l'air si grand garçon. » C'était une fille qu'il n'avait jamais vue auparavant, seize ans peut-être et certainement moins de vingt, au parfum lui rappelant son enfance, assise près de lui, un gros bleu au mollet, celui qu'elle balançait. Elle pencha la tête pour l'observer, et d'une main lui toucha la nuque. « J'ai toujours voulu un p'tit chéri comme toi, dit-elle. T'es pas un brin timide ? Cesse donc de faire semblant, personne n'est dupe. »

D'autres femmes prirent leur tour à table, comme elles le faisaient avec les hommes, au moment où Preston Kahler entra dans la cuisine, s'assit et dit à Virgil de monter à l'étage. Les yeux de Kahler étaient vagues et il clignait, comme s'il était sur le point de pleurer. La fille près de Virgil tendit sa main pour faire inspecter ses ongles.

Abigail était toujours au lit, mais elle portait à présent une robe de chambre. La boîte en tek était ouverte sur ses genoux. « Il t'aime », dit-elle, le regard plongé à l'intérieur, faisant sauter doucement le diamant dans sa main.

« C'est notre talisman, disait-elle toujours à propos du diamant. Il nous protège. Alors on ferme la porte. »

Preston Kahler, dans la cuisine jaune, en regardant

Virgil monter à la chambre d'Abigail, s'appuya contre le dossier de sa chaise et revit le garçon nageant si tranquillement dans l'eau du torrent, songea comme ils pourraient être bien au chaud dans la maison cet hiver, et passer les heures à regarder tomber la neige, sans aucune autre envie que de rester à l'intérieur. Preston Kahler se servit une tasse de café.

Abigail s'essuya les yeux avec un coin du drap. « Il m'a dit, commença-t-elle, il m'a dit qu'il t'aime. Je le prenais pour un gentleman. Il m'a dit qu'il pouvait te donner de l'argent... Te laisserai-je vivre avec un tel homme, en le sachant ? ».

Virgil imagina son homme à elle en Alaska en train de construire son bateau, enfonçant des chevilles en bois dur dans les planches de la coque dressée à la verticale sur la plage de gravier, devant une cabane en pierres aux fentes mangées par la mousse, cet homme en train de tresser des lanières de cuir cru, avec le ciel couvert au-dehors et l'herbe longue agitée par un vent fort. Plus tard, dans la consolation de sa vieillesse, Virgil se demanderait si un homme en Alaska finissait par voir dans le blanc de la neige et de la glace la couleur des choses telles qu'elles étaient.

Abigail regardait fixement l'intérieur de sa boîte en tek. « Il ne s'est rien passé, dit-elle, si ?

— Non, répondit Virgil. Rien.

— Tu comprends de quoi je parle ?

— Je crois que oui. » Mais il ne comprenait pas, pas exactement.

« Il m'a proposé de l'argent, dit Abigail.

— Pour quoi ?

— Pour toi. Il veut t'acheter. Il te veut comme si tu étais un animal. Mais on n'aura jamais à prendre l'argent de personne. »

En bas, Preston Kahler cassa sa tasse vide, l'abattant d'un coup sec sur la table, en brisant net l'anse. Le cuisinier se retourna, sourcils froncés.

« Je sais, dit Virgil. On n'a pas besoin d'argent. » La

pièce était imperceptiblement obscurcie par l'approche du soir quand une femme poussa un long cri en bas dans la cuisine.

C'était un cri étouffé, à vous glacer les sangs, presque comme un écho.

Abigail demeura immobile un long moment, la tête figée à la manière d'un animal qui se sait traqué tandis qu'elle écoutait le silence après ce cri. Elle épongea ses paumes sur sa robe de chambre. « On ferait mieux de descendre », dit-elle.

Au bas des marches, en regardant au fond du couloir vers la cuisine, Virgil aperçut un bras de femme levé contre le mur jaune. Abigail le rattrapa, ses ongles plantés impérieusement dans son épaule, et Preston Kahler se débattait pendant que le cuisinier lui maintenait la tête dans l'évier fumant, éclaboussant tout et pateaugeant dans l'eau. Un face-à-main brisé gisait sur le sol.

Le visage ruisselant de Kahler était rouge et paraissait enflé lorsque le cuisinier le relâcha. Abigail s'avança, les pans de sa robe ouverte flottant derrière elle. Kahler la frappa de son poing fermé, et elle s'abattit en chancelant contre la table, puis s'affala sur le sol, une tache d'urine s'élargissant sur sa robe de chambre.

Dans sa vieillesse, Virgil se rappellera avoir frappé avec le tranchoir, la chute lourde de l'instrument de cuisine, son manche graisseux si bien en main tandis qu'il plongeait l'acier affûté dans la face interne du poignet délicatement veiné de Preston Kahler, clouant l'homme sur la table et laissant la main au poing desserré choir lamentablement, pendant que le sang jaillissait à travers la pièce, éclaboussant les murs peints et le visage d'Abigail qui se détourna du sang rouge répandu en fines gouttelettes sur la soupe aux pois cassés vert jaune dans les bols blancs.

Les yeux de la jeune fille quand elle agrippa Virgil pour l'empêcher de frapper à nouveau étaient comme deux pierres sombres striées de lumière jaune. Plus tard, en caressant les cheveux de Virgil, elle dit : « Ils viendront plus jamais se frotter à toi, ce genre d'hommes. »

En vieillissant, Virgil se rappellerait l'odeur âcre de brûlé du foin en train de sécher sur la prairie et le visage émacié de Preston Kahler devenu livide alors qu'il gisait, évanoui, la bouche béante, ses yeux encore bleus fixant le vide, le bras cloué par ce tranchoir fiché dans la table, tandis que le cuisinier garrottait son bras au-dessus du coude à l'aide d'un torchon trempé. Ça fera ça de sang en moins à nettoyer, avait dit le cuistot, la figure luisant de sueur, ses yeux virant sous l'angoisse à l'orange sale.

Quand Abigail serait morte, Virgil la reverrait avec sa bague reflétant la flamme vacillante du gaz, les couleurs jetées par la pierre précieuse passant du violet au blanc en touchant son visage, Abigail ainsi illuminée, tuée par la rupture d'une petite artère au cerveau que Virgil apprendra à imaginer telle une aube instantanée de lumière rouge suivie d'un flot de sang à l'intérieur de son rêve.

Une luminosité verte d'après-midi perçait à l'oblique sous un orage descendant sur le désert. La lumière dessinait en diagonale un long rai plumeté sur le plancher. Pas encore devenu homme, Virgil s'était approché de son corps et avait chuchoté son nom en observant l'ombre statique scintillante de ses yeux, avait touché sa joue et les longues mèches de cheveux emmêlés qui continueraient à pousser dans le cercueil, certain qu'elle devait voir la texture ordinaire de ce mur ou bien quelque vestige de souvenir, ses doigts blancs refermés sur sa poitrine alors qu'elle se regardait dans le miroir en racontant comment son père l'observait. Sa joue était d'une douceur immobile quand Virgil la toucha. Son absence inerte ne lui renvoya rien sinon cette odeur ténue qu'il assimilerait toujours à celle des bêtes prises par la mort, lorsqu'il y repenserait des années plus tard. Allongé dans son lit, il cherchait une indication de ce qu'il ressentirait lorsque flamboierait cette obscurité, et c'était cette odeur pasteurisée d'étable et de laiterie qui lui revenait.

« Je ne peux laisser personne te réclamer », avait dit Abigail. Mort subite, déclara le coroner, sans agonie. Après l'enterrement, se souvenant des stries de lumière jaune reflétées par les yeux de cette fille dans la cuisine, Virgil s'était balancé dans un fauteuil sous une galerie, retraçant pour lui-même les détails de l'histoire d'Abigail sur son homme de l'Alaska, qui descendait des montagnes au printemps jusqu'à l'embouchure d'une rivière avec des îles au large, un homme hirsute, vêtu d'étoffe grossière, vagabondant par les collines basses au milieu des buissons chargés de baies rouges. Les prairies seraient marquées du passage des élans, et les orignaux dresseraient leur grosse tête simple au-dessus des marécages, les perdrix feraient bruire leurs ailes sous les feuilles des fougères, de minuscules ruisseaux d'eau claire serpenteraient à travers le sous-bois pour alimenter des marais salants, et des skuas bruns replieraient leurs ailes de faucon pour fondre comme des pierres sur les poissons en mer.

Les blanches oies des neiges vivraient dans leur sécurité, comme un rêve, et s'envoleraient en vastes formations pendant que cet homme donnerait des claques pour chasser les moustiques. Virgil imaginait une jeune fille indienne acceptant volontiers de se coucher au soleil au bord d'un chemin parmi de hautes herbes dont les graines s'accrocheraient à leurs jambes en sueur, et leur odeur serait moins celle de corps pas lavés que le relent âcre et salé des animaux en hibernation, et Virgil se demanda quel homme pourrait abandonner un tel mode de vie, avant de se souvenir que tout cela n'était qu'une histoire surgie de sa propre imagination.

Finalement, lorsque Virgil fut vieux et estropié par toute une vie passée à escorter des chasseurs de ranchs à touristes dans ce qui reste encore d'espace sauvage autour de la Sun River le long des montagnes rocheuses du Montana, il s'arrêta sur les marches d'une taverne à l'abri d'un bouquet de peupliers près d'une grande route, et porta son regard loin vers l'ouest et ses étincelantes montagnes bien-aimées, puis il entra dans la taverne pour s'asseoir dans le soleil qui projetait à l'intérieur les motifs des vitres propres et tiédissait la surface en bois dur du bar où tant d'hommes étaient plongés dans la contemplation de leurs mains.

Virgil observa une jeune femme en train de laver les verres, ses bras remuant dans l'eau savonneuse et des lambeaux de mousse accrochés à ses coudes. Il avait peaufiné son rêve de saisons gagnées par un froid de plus en plus intense, de mers envahies par les glaces, d'un bateau à voilure carrée naviguant doucement le long de la côte découpée, et de l'homme solitaire à son bord, fasciné par le spectacle d'aigles à tête blanche festoyant sur des récifs rocheux, dépeçant les saumons à chair rose happés dans la mer, et les baleines s'élevant autour de lui pour chanter, frappant l'eau de leurs énormes fanons avant de disparaître. Dans les yeux humides et impénétrables de la fille devant son évier, Virgil ne verra qu'une bienveillance toute simple lorsqu'elle sourira à son histoire.

« Qu'est donc devenu le diamant ? demande-t-elle.

— Vendu, dit Virgil. J'ai utilisé l'argent pour mon éducation. Suis allé jusqu'à Hong Kong, puis j'ai dû travailler pour payer mon retour, j'ai chargé des noix de coco sur des cargos à vapeur.

— Je regrette que vous ne m'ayez pas attendue », dit la fille, et elle élargit son sourire. Lorsque Virgil aura fini de boire son verre, il lui laissera toute sa monnaie, plus qu'elle n'aurait estimé la valeur de sa gentille facétie.

« On tombe sur un vieux bonhomme comme ça de temps en temps », conclue-t-elle, après avoir parlé de Virgil à son mari, et elle reste un instant songeuse avant de s'apprêter à raconter une nouvelle histoire.

Fais attention à ce que tu veux

Pinkie et moi avions fait le trajet depuis le Montana pour venir camper au milieu des trembles de la Steens Mountain, juste au-dessus du plateau du sud-est de l'Oregon où nous vivions autrefois.

« Lui, c'est Vito », a déclaré Grâce, et je me suis dit en moi-même, ouais, c'est celui-là le Vito. Elle nous avait parlé de lui au téléphone. Un simple coup de fil, un dimanche matin où elle était à jeun, et elle avait réussi à nous soutirer, à Pinkie et moi, le souverain remède familial. Grâce était de nouveau amoureuse, et fauchée.

Et ce gars-là, avec toutes ces bagues aux doigts, et pas la moindre chemise sur le dos, ouais, ça devait être Vito. Vingt-six ans peut-être, ou vingt-huit ou trente-sept, et trop de bagues, et un sourire niais comme s'il était plus craintif qu'un chiot et n'avait qu'à prendre la pose avec sa jolie tête bouclée pendant que Grâce monopolisait la parole, beau gosse, et bronzé avec ça, comme un fondu de ski nautique. Le genre à vous mettre le grappin dessus quand vous avez quelques dollars en poche.

Après que j'ai eu vendu le ranch, Grâce s'est installée à Santa Fe. Ce Vito, disait-elle, était propriétaire d'un motel qui s'appelait Le Sous-Marin, un nom super, pas vrai, pour un établissement situé en plein désert, dans les hauts plateaux du Nouveau-Mexique. Grâce allait transférer sa luxueuse galerie d'art indien chez lui. Comme disait Pinkie, avec ce brin de malveillance dont elle sait parfois faire preuve : « On paye pour qu'elle case son affaire. »

« Vito, viens ici, a dit Grâce. Voici ta nouvelle famille, en quelque sorte. »

Toujours à galoper comme un cheval de course, c'est ce que les gens disaient de Grâce autrefois, quand elle faisait les quatre cents coups. Et voilà qu'elle était là, mince et bronzée, car elle s'entretient physiquement, vêtue d'un de ces shorts blancs trop larges qu'elle aime tellement maintenant, impeccablement propre et repassé, mais vraiment court. Des jambes de danseuse de cabaret chez une femme qui va sur ses quarante-trois ans, le filigrane violet de petits vaisseaux éclatés quasiment indiscernable, de la boue sur les pieds, encore en train de poser.

Grâce a avancé sa langue entre ses dents.

« Notre Femme », ainsi que mon père se plaisait à appeler ma mère, avait choisi le prénom de Grâce comme un ultime espoir. « Pour qu'elle ait une chance d'être peut-être différente de nous autres », disait-elle. Ma mère était l'une de ces femmes de ranch qui revendiquait son droit à courir à cheval derrière le bétail pendant qu'on payait une gouvernante pour tenir la maison. Mais elle a laissé tomber et désormais elle vit au sommet d'une montagne surplombant l'océan Pacifique et Los Angeles. Elle milite au sein du Sierra Club et pour la protection de la Nature, et me bénit d'avoir vendu la propriété. « Sinon, me dit-elle en me fixant de ses prunelles d'un bleu tout britannique, j'aurais suivi le pauvre bougre dans la tombe. »

Depuis que nous sommes arrivés, Vito n'a pas quitté sa position adossée au petit cabriolet décapoté Mercedes couleur chamois — Grâce a toujours su voyager léger. Voilà bien un truc qu'on n'aurait jamais imaginé à l'époque où on allait à cheval : une automobile de trente mille dollars garée à moins de deux kilomètres du plus haut sommet de la Steens.

Cette montagne est l'un de ces escarpements de faille que les pressions profondes de la terre ont érigés dans ce pays de falaises, un versant qui s'élève sur cinquante kilomètres de genévriers et d'herbages pour culminer à une altitude de 3 000 mètres au sommet d'une chaîne festonnée jusqu'à la fin du mois d'août d'une neige sale amoncelée. Les étendues de déserts à armoise qui s'en vont vers d'autres montagnes, c'est chez nous. J'aurais pu m'y laisser tomber. Côté est, ça descend sur près de deux kilomètres de falaises en escaliers jusqu'à la « playa » alcaline du désert d'Alvord. Rien qu'une grande enjambée, et vous disparaissez.

Les trembles changeaient de couleur. Au matin, il y aurait un cercle de glace dans le seau d'eau. Certaines feuilles étaient couleur de citron vert, d'autres d'un jaune moribond et décoloré dans le soleil déclinant. À quelque cent kilomètres à l'ouest, du côté du soleil bas sur l'horizon, je distinguais l'ombre de Bidwell Mountain dans le nord-est de la Californie. Nous avions élevé pas loin de sept mille cinq cents vaches à viande d'ici à là-bas.

« On a des affaires à régler, ai-je dit à Grâce. Toi et moi. » Vito a abandonné sa position indolente, et Pinkie est descendue de la Blazer pour venir près de moi. Bonne vieille Pinkie au cœur gros comme ça, comme disent les gens, elle est devenue de plus en plus menue au fil des ans, ses cheveux couleur de mousse rousse plaqués sur son crâne — plus que la peau et les os —, l'air aveuglé par le soleil couchant. Et voilà le Vito qui s'amène, pieds nus et boitillant pour venir à notre rencontre.

« Enchantée, a dit Pinkie. Enchantée, vraiment. » Elle s'est avancée d'un pas devant moi comme elle le fait toujours dès qu'il y a de l'hostilité dans l'air. C'est un signe de bon sens que j'ai appris à identifier au fil des ans. « Les affaires peuvent attendre, a-t-elle ajouté. Prenons plutôt un verre. Tout le monde a le gosier desséché. »

Pinkie et moi ne buvons qu'après le coucher du soleil. Surtout du gin que nous achetons en bouteilles de deux litres avec bec verseur en plastique. Pinkie a ses chevaux et moi j'ai mon atelier, et ce sont de bonnes choses bien physiques que nous faisons sur nos cent quarante hectares de fléole des prés et de dactyles, le long d'un ruisseau qui coule toute l'année, dans la vallée de la Bitterroot au Montana. C'est l'endroit idéal que nous avons dégoté après dix-huit mois de tractations avec des courtiers en immobilier : pins Douglas et tamaracks dans sa partie la plus élevée contre l'étendue sauvage de la Selway, et ces montagnes étincelantes dans le soleil après les premières neiges.

Nous avons vendu le ranch et obtenu ce que nous souhaitions. Sans pour autant être devenus d'authentiques locaux. Pinkie a lu des guides de voyage, et nous avons pris l'avion pour découvrir le monde. J'ai ainsi pu vivre au bord de la Dordogne dans le sud de la France, et sur la crête surplombant la mer près de Ronda dans le sud de l'Espagne, mais guère longtemps. Nous sommes allés à Londres et au Mexique, et à Paris, nous avons mangé cette fameuse cuisine française, qui vaut certainement le détour mais pas la damnation. Nous avons décidé de nous établir dans la Bitterroot.

C'est une existence privilégiée que bien peu de gens comprennent, mais qui implique que vous devez inventer vos propres désirs ou courir le risque de perdre les pédales et de dériver dans ce genre de folie que rapportent les journaux. Il y a toujours un enculé pour aller jouer de la gâchette et prétendre qu'il a répondu à des injonctions divines. Alors, je travaille dans mon atelier.

Dans l'obscurité d'avant l'aube, je fais passer le café exotique que Pinkie achète sur catalogue, et je lis. Ça peut paraître très scolaire, mais dans notre coin de l'est de l'Oregon, j'étais le seul homme à abriter plus de cent livres sous son toit, et je dois bien en avoir un millier à l'heure qu'il est. *La Divine Comédie,* avec ses illustrations d'autrefois pleine page à l'encre et au crayon, qui provient de la bibliothèque que mon grand-père a transportée depuis l'Illinois dans un chariot bâché avec son *Book of Common*

Prayer[1] devenu si fragile avec l'âge que je ne l'ouvre plus guère. *Harney County Oregon, and Its Range Land*[2] de George Francis Brimlow, sur le pays où j'ai grandi, et *Le Guide des Indiens d'Amérique du Nord, volume 9, Sud-Ouest,* publié par le Smithsonian Institute, sur le Nouveau-Mexique, où Grâce est installée. Des livres sur de vrais sujets, pas des livres ennuyeux.

Grâce a découvert quelque chose, je le lui ai concédé, quand elle m'a montré ses poteries de la Mimbres Valley dans le sud du Nouveau-Mexique. Les Indiens s'en servaient dans leurs rites funéraires — ils les posaient sur le visage des défunts, munies d'un trou à la base afin que les morts puissent respirer s'ils le souhaitaient, et les ornaient de dessins représentant des oiseaux qui dansent ou bien des figures géométriques qui font le tour des poteries et se joignent parfaitement de l'autre côté — et ça, c'est authentique, peu importent vos croyances ou votre compréhension du monde.

Mais Grâce a vendu ces poteries de la Mimbres Valley. C'est devenu sa spécialité. Autant dire qu'il vaut mieux réfléchir à deux fois en ce qui concerne Grâce.

Au lever du soleil dans le Montana, j'aime arroser les luxuriants parterres de fleurs qui entourent notre maison en rondins, préparer le terrain pour la bonne chaleur de l'après-midi, les abeilles et les colibris. J'arrose le patio dallé de pierre, puis je vais m'acquitter des menus travaux d'entretien de l'environnement qu'exige une superficie de terrain aussi réduite. Sans tarder, je me retrouve dans mon atelier, où je hume les odeurs d'acier et de laiton, et le souvenir de l'huile de lin chaude, avant de me perdre dans le ronronnement délectable du tour. Je m'adonne à la réparation d'armes anciennes. Je les recalibre. Certains

1. Liturgie officielle de l'église anglicane.
2. L'Oregon du comté de Harney, et ses montagnes.

disent que je les bousille. Mais je ne les vends pas. Je les garde. Le soleil descend jusqu'au moment où le plancher huilé de mon atelier s'étend tel un monde à part entière sous les longs doigts de lumière qui entrent par les fenêtres du fond. C'est alors que Pinkie revient de soigner ses chevaux, et nous avons gagné notre petit verre de gin.

« Rien qu'un verre », dit Grâce, et elle lâche ce petit rire fébrile que nous connaissons tous. J'ai ouvert le coffre de ma Blazer, et pris dans la glacière le Tanqueray et les citrons froids, lourds, et dociles. Pinkie a sorti nos verres en cristal de la mallette en cuir rembourrée, j'y ai laissé tomber les glaçons et j'ai répandu cette odeur propre et capiteuse du gin.

« Toi ! » a fait Grâce. Elle me regardait. « Toutes affaires cessantes, là tout de suite, tu vas serrer la main de Vito. Ensuite, on pourra peut-être prendre un verre. J'ai bien dit peut-être. »

Je me suis donc exécuté tel un soldat, j'ai pris la main du gars, qui était brune et sèche et assez dure pour se demander où il bosse, et Grâce a esquissé un geste délicat de ses doigts écartés en prenant sa première gorgée de gin. Et Vito, soulevant son verre de cette main puissante, a finalement articulé quelques mots, avec un accent européen. « À la vôtre, et à toute chose en ce monde. »

« Et maintenant, toi et moi, grande sœur, ai-je dit à Grâce, on va aller causer de nos affaires en privé.

— Ah, vous les gosses », a fait Pinkie. Elle s'est rapprochée de Vito et a passé son bras maigre piqueté de taches de rousseur autour de sa taille nue. « Sois pas jaloux, elle lui a dit en l'étreignant, je reste avec toi. » Je me suis demandé si sa peau aussi était sèche au toucher. Elle a levé les yeux vers lui et fait claquer plusieurs fois ses adorables quenottes, comme une jolie fille de la campagne aguicheuse et futée.

Pinkie peut être surprenante parfois. Venant de n'importe qui d'autre, on pourrait se poser des questions, mais Pinkie est mon épouse depuis que j'ai rejoint l'US Air Force après ma première année de techniques de l'élevage à l'université d'État de l'Oregon, et elle m'a toujours été fidèle en tout, pour autant que je le sache, c'est pourquoi je la chéris comme l'on peut chérir l'endroit où l'on souhaite que soient éparpillées ses cendres. Mais son esprit m'est indéchiffrable.

« Tu veux y aller, ou pas ? » ai-je demandé en regardant Grâce, et elle a levé les mains comme si elle était triste et résignée, mais qu'elle venait quand même, et Vito a souri, rien de plus étincelant au monde que ses dents.

J'ai des raisons de m'interroger sur l'air arrogant que nous devions afficher. Les yeux de Vito étaient doux comme ceux d'un enfant quand j'ai refermé le coffre de la Blazer, et, l'instant d'après, Grâce et moi avions filé.

« Nous y voilà », a dit Grâce, et elle m'a regardé comme si rien de conséquent n'avait changé dans notre façon de prendre nos distances. On commence à connaître la chanson, Grâce et moi.

En définitive, ce chez nous est bien tel qu'il est apparu lorsque nous avons parcouru ces longs kilomètres dans l'après-midi finissant en laissant derrière nous une traînée de poussière à perte de vue, maintenant l'un et l'autre notre verre de gin en équilibre, sans rien à nous dire, avec le vent chaud qui nous soufflait au visage. Je conduisais, voilà tout, et n'allais pas ailleurs que chez nous.

Laissez-moi vous dire que mes mains tremblaient quand j'ai arrêté la Blazer et que mon regard a embrassé cette terre que j'ai travaillée, et aussi quand j'ai tenté d'allumer une cigarette, ce seul monde qui aurait jamais dû m'intéresser s'étendant autour de moi, aussi intouchable que ces rêves dont on ne se souvient pas au matin. Alors j'ai levé mon verre de gin à l'adresse de Grâce. Je n'avais rien à dire. Arrivé à un certain âge, chacun d'entre nous a dans sa propre histoire des lieux sur lesquels retourner, et ces routes secondaires, c'était exactement cela pour Grâce et moi.

Trois générations de nos ancêtres ont vécu sur cette terre où rien ne coule jusqu'à la mer et où tout un chacun prend soin de sa petite personne. Règle à laquelle Pinkie et moi n'avons pas dérogé jusqu'au jour où nous avons compris qu'il nous suffisait de prendre l'argent pour être riches. Nous avons donc converti cette vie-là en argent — une pleine valise de chèques de voyage, a dit Pinkie un jour, de la gomme neuve sur nos quatre pneus et chaque jour un lieu nouveau où vous n'êtes pas obligés de connaître l'histoire de quiconque, sinon la vôtre. Tous les billets d'avion de première classe que vous voulez.

Mon arrière-grand-père est arrivé dans la vallée comme instituteur de classe unique, mon grand-père a élevé des vaches achetées à crédit sur les terrains libres de toute propriété du désert et consacré sa vie entière à acquérir de la terre, et mon père a exploité ces terres à la perfection — six mille hectares de prairies à foin arrachées aux marécages et quatre mille hectares de tourbe irrigués, drainés et parcourus de canaux pour la culture de l'orge. La chance a certes été au rendez-vous, mais quand nous l'avons laissée, cette vallée tournait comme une mécanique bien réglée dont le sang vital est l'eau. Dans notre système d'irrigation, on pouvait pomper tant qu'on voulait pour amener l'eau dans les hauts fossés et irriguer sans discontinuer, jusqu'à épuisement des réserves. C'était du moins notre plaisanterie favorite.

Mais qu'y avait-il de drôle, je vous le demande, à s'accroupir par un matin de juin près des sillons où l'orge levait au soleil, vert jaune, droite, colonisant les anciennes terres à joncs ? Ça puait l'engrais à l'azote liquide et la vieille pourriture, et ça n'avait rien de comique. Mes souvenirs de propriétaire me ramènent toujours à ce passé.

Et voilà que Grâce et moi foncions sur cette route à deux voies qui traversait les champs de notre enfance. Les clôtures étaient tendues et les barrières closes, les canaux propres et l'orge prête à être moissonnée — tout cela avait de quoi vous rendre fou, savoir que quelqu'un d'autre possédait une terre qui jadis avait été la vôtre autant que peut l'être votre propre corps. À moins que vous ne raisonniez comme je le fais, en apprenant à considérer ces terres d'exploitation comme une pure création dont l'objectif est de durer. Ce travail-là n'appartient à personne, qu'à lui-même.

Nous avons traversé les prairies d'Island Ranch et de Bell, des insectes s'écrasant sur notre pare-brise, et de Buena Vista et de Sod House, où mon père a fait ses débuts en travaillant pour son propre père. Nous rendions hommage à toute la longueur de cette vallée de la Donner und Blitzen River où Peter French, dans sa maison blanche en bois scié à la main, a établi la première enclave de civilisation au nord de la ligne de chemin de fer de la Southern Pacific.

À Diamond, Grâce a fait une descente au vieux magasin en pierre pendant que je l'attendais, assis au volant, me regardant les mains et espérant ne pas être vu. On ne vend pas ses biens dans un tel pays en y conservant beaucoup d'amis. Grâce est ressortie chargée d'une caisse de bouteilles de Budweiser à long col, une belle femme emportant sa caisse de bières avec l'assurance de celle qui connaît les règles du jeu dans cette partie du monde, à défaut de rien connaître d'autre, et à l'évidence elle était ici chez elle, nimbée de lumière par les derniers rayons de l'après-midi qui illuminaient les bosquets de lilas et de peupliers entourant les vieilles bâtisses.

« T'as rencontré quelqu'un que tu connaissais ? » ai-je questionné, et Grâce a simplement hoché très sérieusement la tête comme pour dire évidemment qu'elle avait rencontré quelqu'un qu'elle connaissait, et je me suis dit qu'elle devait connaître des gens dans tous les magasins de campagne à cent cinquante kilomètres à la ronde tandis qu'elle décapsulait deux bouteilles et que la bière froide moussait sur ses mains. La nuit est tombée pendant que nous roulions toujours à cent vingt, cent trente sur des routes qui n'étaient plus que des pistes gravillonnées, et nous avons balancé nos longues bouteilles sur les panneaux de signalisation qui bientôt se sont mis à nous renvoyer l'éclat étincelant des phares. Je pensais aux bals de campagne d'autrefois et aux retours hallucinés à la maison après le lever du soleil.

À l'extrémité nord de la vallée, un vaste escarpement de lave s'élève à plusieurs centaines de mètres au-dessus des marécages. Au pied de cette falaise se trouve un chenal dénommé The Narrows où de l'eau échappée de la Blitzen River vient s'évaporer dans une enfilade de fonds de lacs alcalins. C'était un lieu sacré pour les Indiens Païutes. Sur la paroi lisse des énormes rochers qui ont dû s'ébouler des falaises au cours de quelque tremblement de terre, ils ont peint des dessins tremblotants à base de simples traits, figurant des serpents, des hommes, des soleils, lesquels devaient symboliser, dans leur conception, des journées de voyage ou de bonne fortune. Avant l'arrivée des étudiants en anthropologie, on pouvait ramasser à poignées de petites pointes de flèches en obsidienne délicatement éclatées, dans les joncs tout le long du grand marécage, du moins quand l'automne était sec.

Personne dans ma famille ne s'intéressait à ce genre de choses, mais moi cela me passionnait, et je traquais les pointes de flèches dans le silence des après-midi d'octobre pendant que les oiseaux migrateurs descendaient de la toundra canadienne. J'ai donné la plupart de ces flèches, ce qui est bougrement stupide quand j'y pense. J'aurais dû les laisser là où je les avais trouvées, et qu'importe la suite. Les parterres de fleurs chez Pinkie et moi étaient délimités par des mortiers de pierre dans lesquels les femmes indiennes broyaient le grain, et je ne veux pas savoir qui s'en est emparé depuis que nous sommes partis.

Pendant tout le trajet du Montana jusqu'ici, je m'étais

promis une petite excursion dans les Narrows. J'en ai passé des jours tapi dans les joncs à l'abri des regards, prêt à attendre le temps qu'il faudrait, pourvu que ces bataillons d'oiseaux s'amènent, se mettent à planer et piquent vers l'eau somnolente. J'ai passé plus d'un après-midi, là-bas, à être quelqu'un d'autre.

John Charles Fremont[1] a raconté comment il avait fêté la Noël 1843 en campement dans les Narrows avec son régiment de l'armée américaine alors qu'ils ralliaient la Californie en traversant ces pures contrées sauvages d'antan, isolés de tout ce qu'ils connaissaient, tremblant en présence de tant de signes païens. Ils avaient bu tout le cognac dont ils disposaient, ration après ration, et tiré leur obusier.

Je voulais penser à cet obusier canonnant encore et encore, obus après obus, dans la tourmente de neige de 1843, et à ces milliers de canards à tête rouge, de sarcelles, de colverts, d'oies des neiges, d'oies rieuses du Canada, tous prenant leur essor dans un concert de clameurs, ainsi qu'ils ont coutume de le faire en masses aveugles et gigantesques, à l'air vibrant du soupir de leurs ailes, et à ces immigrants d'Europe centrale enrôlés dans l'armée américaine, baragouinant tout en buvant leur cognac dans un quart en fer-blanc passé de main en main, regrettant de n'être pas soûls. Grâce et moi nous étions lancés dans cette course à travers la Steens comme si nous avions des affaires à traiter, et voilà que nous étions embringués dans ce qui ressemblait plutôt à une escapade aventureuse de gosses, pour autant que quelqu'un s'en soit soucié.

Un vieux chnoque campait dans les Narrows avec sa caravane de fortune. Il n'avait pas dû venir de bien loin,

---

1. Officier et homme politique américain, explorateur du haut Mississippi et de l'ouest des États-Unis.

avec ce semi-remorque attelé à sa petite camionnette Dodge 1956.

Un vieux bonhomme sale, vous voyez, carré dans un fauteuil de jardin en alu, un demi-gallon de vinasse maison posé à ses pieds, tisonnant sa pipe de cette manière qu'adoptent ces enfoirés pour vous faire savoir que rien ni personne ne leur fera presser le mouvement. Il était tout seul dans l'infini crépusculaire du désert sans personne à qui causer, sauf un petit chien de berger australien aux yeux fous, un chien qui vaut bien ses trois cents dollars pour quelqu'un ayant un troupeau de brebis à garder. Mais non, vous pensez, ce machin-là est un chien de compagnie.

« Z'étaient ici, a dit le vieil homme sans prendre la peine de se lever, lorsque la poussière soulevée par notre arrivée a été retombée. Fameux amis que vous avez là. » Avec un sourire, il a refermé solidement ses dents blanches en résine sur le bec de sa pipe, comme le font tous ces vieux gus.

« Avec des fusils de chasse », a-t-il ajouté, et il s'est levé alors. Il avait une jambe plus courte que l'autre et portait une botte à semelle compensée à un pied. « Pour dégommer des pigeons en fer-blanc, comme s'ils se prenaient pour le roi de Prusse. Les cons, va.

— Ouais, ai-je acquiescé, comme si ce charabia avait un sens.

— Ouais, ben, a-t-il repris, on peut pas dire qu'ils ont perdu beaucoup de temps à vous attendre. » Il pointait sa pipe en direction d'un versant couvert de graminées, et ses yeux lançaient des éclairs comme s'il les distinguait encore.

« Des amis de merde, oui, a-t-il conclu.

— Vous devriez boire quelque chose, a dit Grâce en lui tendant ce qui nous restait de gin, la voix moins empâtée qu'empreinte d'une légère circonspection. Ça vous ferait du bien. » J'aurais dû choisir cet instant pour mettre un terme à tout ça. J'aurais dû faire remonter Grâce dans la Blazer et renoncer à mes fantasmes sur John Charles Fremont.

« Vous avez du George Dickle ? » a demandé le vieux. Grâce a ri comme s'il ne laissait pas de l'amuser avec ses façons excentriques, et elle a tété le gin tiède directement au goulot.

« De la Budweiser », a-t-elle répondu en s'essuyant la bouche du revers de la main. Les phares éteints, je voyais l'ombre de la Steens Mountain se profiler, obscure, contre un ciel qui s'emplissait d'étoiles, et j'ai cherché à distinguer la lueur de notre feu, vers là-haut dans les trembles. Mais non, rien. Il devait être trop loin.

Le vieil homme s'est rassis. « Boire et tirer à coups de fusil », a-t-il dit. Son grand sourire, tout en fausses dents, semblait un peu phosphorescent dans la lumière. « J'ai une bouteille de Dickle. Si cette fille veut bien donner un coup de main à un invalide et monter la chercher, dans la caravane sur le comptoir.

— Cette fille ? a répliqué Grâce. Mon cul, oui. » Mais elle avait déjà la main sur la poignée, prête à aller chercher le whisky. Nous nous sommes passé sa bouteille, le tout ponctué de gorgées de bière. « Ces cons, a dit le vieux. Truffer de plombs tout ce qui bougeait. »

Grâce a glapi : « Ces cons ! C'est vous le con. On n'a jamais entendu parler de ces gens. » Elle avait la voix lointaine, barrée, d'une façon que j'avais oubliée, mais que j'aurais dû me rappeler. Faites boire Grâce et assumez les conséquences.

Le vieil homme plissait les yeux comme s'il n'avait jamais vu pareille bouche chez une femme, et le visage de Grâce a eu un léger rictus tandis qu'elle continuait à bégayer, comme si un fusible avait sauté dans son cerveau.

« Je t'ai déjà vu plein de fois, mignonne, a-t-il dit, s'adressant sans détour à Grâce comme s'il en savait long sur elle. Je travaillais à l'atelier de mécanique, au ranch. » Tout en parlant, le vieux ne cessait de caresser le fourneau rougeoyant de sa pipe. Il avait des doigts épais et noueux, produit d'une existence d'os fracturés et cicatrisés, des ongles noirs à vie et pour la plupart absents. Il puait la sueur et le diesel comme un vrai de vrai d'un de ces ateliers de grosse mécanique. Je n'avais aucun doute sur le ranch dont il parlait.

« Y a pas de raison que tu t'en souviennes, a-t-il poursuivi, flirtant toujours avec l'humiliation en s'en prenant à Grâce. Mais moi, je t'ai vue aller et venir au volant de cette Buick, bille en tête, des quatre et des cinq fois par jour, comme si t'avais des choses sérieuses à magouiller. »

S'il fallait l'en croire, j'avais dû le faire travailler à une certaine époque, et lui verser un salaire. Il avait Grâce dans le collimateur. À faire travailler trop de gens, on ne récolte que des ennemis.

« Pas étonnant, a-t-il ajouté.

— Pas étonnant quoi ? » Grâce s'était quelque peu ressaisie. Je me disais ce vieux schnock a intérêt à faire gaffe.

« Pas étonnant que tu te ramènes attifée comme une star de Broadway. Non mais tu devrais te regarder. Vous autres, dans ta famille, vous vous êtes toujours pris pour les maîtres du monde.

— On l'était, a dit Grâce. Tout était à nous. Tout ce putain de pays. » Elle était penchée au ras du visage du vieux, comme si elle ne se lassait pas de le renifler.

« Tu parles, Charles. » Le vieux commençait à se lever de sa chaise, et je ne peux guère lui en vouloir. Grâce était prête à lui balancer sa bouteille de whisky à travers la figure. Mais je veillais, je n'ai eu qu'à faire pivoter la bouteille au creux de sa main et à la lui retirer d'un coup sec, et j'ai perçu un craquement qui aurait pu être un os de son poignet. Dans cette seconde d'indécision, j'ai cru qu'elle avait quelque chose de cassé.

Il est toujours stupéfiant de voir comment la colère peut vous tomber dessus sans prévenir, et en un rien de temps, vous avez fracassé le crâne d'un type, ou cassé le bras à quelqu'un, et vous vous retrouvez planté là, vidé, sans savoir où aller. La vérité, c'est qu'on peut parfaitement tuer quelqu'un. Voilà pourquoi je me limite au gin, le soir avec Pinkie. Que j'essaye du moins. Ça ressemble à une leçon qu'il faut réapprendre sans cesse, tous les deux ou trois ans.

« Vous autres, dans cette famille, vous étiez qu'un ramassis de cinglés, a dit le vieux, tous autant que vous étiez. » Voilà maintenant qu'il me foudroyait du regard, ce petit salopard de mes deux, et j'ai reçu ses postillons quand il a gueulé. J'aurais pu le tabasser à mort avec cette bouteille et me tirer en voiture.

Un geste de trop et ta vie est foutue. Il ne faut jamais perdre de vue ce que l'on attend de ce monde, et se retenir avant de commettre l'irréparable. J'ai lâché la bouteille aux pieds du vieux, dans le gravier, à côté de son berger australien aux yeux blancs qui nous observait sans broncher. À nouveau j'ai apprécié le Montana, où personne n'a jamais travaillé pour nous moyennant salaire et ne le ferait jamais de toute façon, et où les gens se foutent pas mal que je sois riche ou pauvre.

Ces choses-là ont dû se lire dans mon regard. Le vieux a reculé en traînant son pied lourd dans le gravier, le visage radouci et indulgent. « Bah, et merde, a-t-il fait. Y a pas de quoi en faire un drame. » C'est alors que je l'ai reconnu.

Son nom m'est revenu, d'un coup, et je l'ai prononcé. « Whitney Bosworth. » Une fois son nom retrouvé, je connaissais parfaitement le bonhomme. Difficile de se représenter les pans entiers de vie qui peuvent s'effacer de notre mémoire. Ce vieil homme avait travaillé pour mon père quand ils étaient jeunes tous les deux, et que mon père avait fait venir dans ce coin les premiers tracteurs Caterpillar pour labourer les terres à joncs. Je revoyais son nom inscrit dans ces vieux registres de paye que mon père tenait de son écriture ronde d'écolier. « C'est un de ces gaillards qui savent entraîner les autres, disait mon père. Ils bossent comme des damnés si tu sais les prendre. » Ce type-là tenait à se faire appeler par son vrai prénom, Whitney.

« Bon sang de bois, a dit le vieux, et il mâchonnait de nouveau son dentier. Pourquoi tu pouvais pas garder les choses en l'état ? » Il a contracté ses mâchoires sur sa pipe et pris ma main dans l'une des siennes, qu'il avait dures et calleuses. Malgré tout le fer que j'ai passé mes loisirs à marteler, le salaud était plus costaud que moi.

Sans transition, nous nous sommes retrouvés affrontés l'un à l'autre, poigne à poigne, et ce type était plus solide que de l'acier trempé. Ce Whitney Bosworth avait travaillé deux semaines pour moi un automne, et je l'avais viré. C'était ce genre de type qui se croit plus malin que celui qui rédige les chèques.

Mes ancêtres ont cultivé ce pays comme s'ils en avaient le droit, et cette vie révolue de mon enfance garde dans mon esprit un aspect étrange, comme un reportage du *National Geographic.* Ces Indiens Païutes peignant sur les rochers leurs représentations de soleil et de lune en attendant l'arrivée des migrateurs et de John Charles Fremont... La vérité, c'est que nous n'avons jamais possédé une seule chose d'importance. Je le lisais clairement dans les yeux du vieil homme. Il ne voulait absolument rien de ce que j'avais. Puis ses muscles se sont relâchés et j'ai trébuché vers l'avant. Il a arraché sa main à la mienne.

Le vieux bonhomme a laissé voir ses dents blanches comme s'il allait être bien aise de notre départ et il nous a congédiés d'un geste vague de sa grosse main, une moue aigrement satisfaite sur ses lèvres qu'il tordait tout en tapant sa pipe contre sa semelle épaisse pour vider les braises du fourneau. Je suis remonté dans la Blazer, j'ai allumé les phares et j'ai regardé le vieux Whitney Bosworth bourrer de nouveau sa pipe de tabac. J'ai remercié le ciel quand Grâce est remontée côté passager sans avoir besoin d'exhortations. Car sinon, je vous jure que j'aurais démarré et que je l'aurais plantée là.

Peu importe la chaleur torride de la journée, ça se refroidit toujours en altitude dans la Steens le soir venu. Il faisait nuit noire quand nous avons rejoint le pied de la montagne, où la route franchit la Donner und Blitzen River. Grâce n'avait pas décroché un mot, mais elle avait reniflé sans arrêt, et vous l'imaginez, avec cette caisse à moitié vide de Budweiser entre nous, des larmes ruisselant sur son visage et passablement bourrée.

À certaines époques, il est arrivé à Grâce de boire pendant des semaines et des mois d'affilée, et je ne vois pas comment j'aurais pu lui en vouloir. Elle n'avait rien de spécial pour la tirer du lit le matin. Même avec la propriété, je souffrais moi-même d'une angoisse qui me taraude encore aujourd'hui. J'ai cinquante-deux ans, j'ai réussi à amasser autant d'argent que quiconque peut en rêver en Amérique, j'ai épousé pour la vie entière quelqu'un d'aussi super que Pinkie, et ça ne suffit pas.

Ça n'a jamais suffi, ni pour moi, ni pour Grâce. Si ce n'est pas atterrant et imbécile. Mais dites-moi un peu comment il aurait pu en être autrement avec des gens comme nous, à qui rien n'a pratiquement jamais été refusé. Enfant gâtée, dit Pinkie quand elle a la dent dure avec Grâce. Et c'est aussi de moi qu'elle parle, je le sais.

Mais peu importe, je n'en pouvais plus d'entendre ces reniflements, alors je me suis garé près du pont enjambant la Donner und Blitzen, les phares éclairant la surface de l'eau et les saules sur la rive opposée.

« Tire ton cul de là, ai-je dit, après avoir contourné la voiture et ouvert la portière de son côté.

— Non, a-t-elle répondu d'une petite voix boudeuse.

— Grâce, il faut qu'on dessoûle. C'est tout simple. On va aller se laver la figure.

— Tu vas foutre le camp.

— Tiens, voilà les clés. C'est toi qui as les clés. Personne ne peut foutre le camp. » J'ai pris sa main, toute mouillée d'avoir essuyé ses larmes, et j'ai déposé dans sa paume les clés de la Blazer. J'avais un double aimanté sous le capot. Je ne céderais à personne mon dernier jeu de clés. J'en ai vu balancer de toutes leurs forces leurs clés au beau milieu d'un torrent, et laisser tout le monde en carafe.

Nous avons traversé une plage de graviers pour arriver au bord de l'eau, moi soutenant Grâce pour qu'elle ne tombe pas, et nous nous sommes accroupis là comme une paire de ratons laveurs dans la nuit, pour nous asperger le visage de l'eau froide descendue des glaciers. On s'est séchés avec les pans de ma chemise, et c'est le moment qu'a choisi Grâce pour m'envoyer au dépourvu un crochet à l'estomac.

Vous pouvez penser ce que vous voudrez, mais Grâce est une fille élevée dans un ranch, et elle a fait le coup de poing contre quelques bonshommes dans sa jeunesse. C'était un bon petit coup vif, décoché avec tout le poids de l'épaule, et balancé avec précision droit dans le plexus solaire. Je suis tombé à genoux dans les graviers.

Grâce, ça a toujours été la fille aux jambes longues, toute sa vie. « Putain de toi, m'a-t-elle dit, quand mes yeux ont enfin réussi à la voir, et elle avait le regard dur comme c'est pas permis dans la lumière des phares. Je vais l'épouser. Il en vaut bien dix de nous autres. Tu le sais. » Il n'y avait rien à répondre.

« Pas de problème », ai-je dit. Nous sommes restés ainsi un instant, moi à genoux, essuyant mes yeux pleins de larmes, et Grâce inflexible, puis elle m'a tendu la main. « Je vous emmerde tous autant que vous êtes », a-t-elle ajouté.

Grâce a été mariée à cinq hommes différents, dont deux fois à l'un — une main de fer du nom de Benji Spaulding. Elle a cessé de parler de lui désormais, et prétend ignorer où il se trouve. Ce qui est loin d'être une tragédie, quel que soit le cinéma qu'elle nous fait.

« Mais c'était quelque chose, ce mec, disait-elle naguère. Vous pouvez pas avoir idée. » Pour elle, peut-être. Elle a épousé Benji pour la seconde fois en même temps que Richard Nixon a été viré de la Maison Blanche.

Grâce travaillait au ranch, tuant l'été comme assistante comptable, une sorte d'emploi fictif pendant qu'elle se sevrait de son précédent épisode alcoolique. C'était après le 4 Juillet et la moisson allait commencer. Grâce était partie de Burns, la ville où nos gosses auraient dû aller à l'école si quelqu'un de notre génération s'était donné la peine d'en avoir, avec un chargement de fruits et de légumes dont elle avait pris livraison au Safeway. Sept cents dollars de produits frais destinés à la cantine du camp des moissonneurs. Six jours plus tard, on a retrouvé son break garé derrière la Deer Mount Tavern. Les portières étaient verrouillées et les vitres hermétiquement closes, et ce chargement de végétaux croissait et multipliait dans la touffeur de juillet. On a dû vendre le break. Le type qui l'a acheté a arraché ses housses de sièges et d'appuie-têtes, sans jamais parvenir à se débarrasser de cette puanteur de légumes pourris, à ce qu'il a prétendu.

Grâce nous avait appelés en PCV vers la fin août, de Minot dans les Dakotas, en disant qu'elle avait retrouvé Benji au Safeway et qu'ils s'étaient remariés. Elle avait besoin d'argent pour rentrer à la maison.

Elle m'a attirée contre elle et nous sommes restés là, appuyés l'un contre l'autre, sur la berge d'un fleuve, au milieu d'une autre nuit dans le désert. Elle tremblait assez pour en perdre toutes ses bagues.

« On devrait aller nager », a-t-elle dit, et je l'ai reconduite jusqu'à la Blazer. Après ma première année d'agriculture à l'université d'État de l'Oregon, où j'ai été recalé à des trucs du genre éléments d'agronomie et de pathologie végétale dont je me foutais éperdument, j'étais rentré à la maison pour m'asseoir au clair de lune sous les saules au bord de ce même cours d'eau après avoir nagé nu avec Grâce, dans ces années où mon père l'envoyait dans une école privée en Arizona où elle apprenait, d'après ce que j'en savais, les manières cul-serré de servir le thé en société. Pour qu'elle soit bonne à marier hors de la propriété. Dans le schéma traditionnel de nos pères, les hommes héritaient, et les femmes devaient se marier.

« Ce qu'ils t'apprennent, disait Grâce, c'est à baiser pour de l'argent. » Elle sortait à peine de l'enfance et c'était depuis toujours une forte tête, nous étions là, assis dans l'herbe, les yeux levés vers les lumières de notre maison, et je la détestais, sachant que les autres gars étaient déjà à ses trousses, m'apitoyant sur moi-même.

Après cet été-là, je suis retourné à l'université et j'ai épousé Pinkie, au cours d'une grandiose cérémonie au mois de décembre, chic noir et blanc et cravate, dans une église presbytérienne où Pinkie, radieuse et parfaite comme une porcelaine, s'est avancée vers moi dans sa robe blanche immaculée. On a conclu notre pacte avec le diable, Pinkie et moi, et on s'en est bien tirés.

Et ce soir-là, dans la lumière des phares, Grâce souriait comme si son cœur allait se briser, de petites rides dures se formant autour de ses yeux comme si elle connaissait tous mes secrets et pouvait en pleurer. Parlons-en d'aller nager. Mais ça, c'est un vieux truc à elle, et je me demande encore jusqu'à quel point elle juge que tout est ma faute.

« C'est bon, on y est, ai-je dit en réglant le chauffage au maximum. On finirait par nager dans la merde, si on fait pas gaffe. »

Le comble, c'est que Grâce et Vito avaient apporté des sacs de couchage mais pas de tente, ce qui est parfait pour dormir à la belle étoile en montagne —, des pulls de ski, des chaussettes en laine et des caleçons longs moulants en soie, voilà toute la chaleur dont on puisse rêver.

Et de la musique classique. Qui aurait pu croire que je me trouverais transporté par cette pure et cristalline élévation de sentiment que j'ai appris à reconnaître comme étant un concerto pour clarinette de Mozart, et par Vivaldi, et par des sonates de Bach à la flûte ? Ce cabriolet Mercedes avait des haut-parleurs d'une limpidité à rompre le cristal, et quand j'ai coupé le moteur de la Blazer, la musique s'élevait parmi les trembles, si forte qu'elle semblait faire vibrer les feuilles jaunissantes.

Au cours de nos voyages au-delà des mers, quand Pinkie et moi cherchions à échapper à la routine de notre vie de propriétaires, nous avons résidé en étrangers dans des pays étrangers, nous risquant rarement à goûter autre chose que des œufs brouillés au petit déjeuner, dans ces endroits où l'on se rend avec de l'argent, Mérida dans le Yucatán, les lagons de Basse-Californie en février pour les baleines, et une visite complète de la Dordogne et de la côte Atlantique du nord de l'Espagne où nous avons pu ramper dans ces grottes profondes où des êtres humains nus ont laissé l'empreinte de leurs mains et peint des animaux préhistoriques sur les parois.

Ce que j'ai retiré de nos voyages, je le savais déjà : l'importance de la méditation intérieure, de l'immobilité en soi-même, de la respiration paisible, pendant que les ombres des nuages du désert défilent à grande vitesse sur une terre accidentée sur laquelle il est impossible de marcher. Ni moi ni personne ne devrions oublier l'époque où nous étions indiens dans nos aspirations. Qui aurait pu croire que j'aurais ma révélation sur les mouvements complexes de la musique classique au milieu des trembles, sur les terres de rassemblement des gardiens de brebis, en ce lieu que les vieux pionniers appelaient la Prairie des Putains ?

Des étincelles montaient du feu de camp vers les cieux, et Pinkie et Vito étaient vêtus pour la nuit, Pinkie d'un pull de ski orange vif et noir emprunté à Grâce, et Vito d'une chemise de flanelle beige que tout un chacun peut se procurer dans le catalogue Orvis[1]. Je suis resté un moment assis au volant, ma vitre baissée, absorbé dans cette musique, et j'ai pensé : à quoi sommes-nous arrivés dans ce pays ? Pinkie a souri comme si elle était contente que nous soyons sains et saufs.

Grâce a posé sa main sur mon bras. « C'est un chic type, a-t-elle dit. Il fait des choses bien. » Ce n'est que plus tard que j'ai appris ce qu'il faisait au juste, et la réussite de son entreprise. Vous en apprécierez tout le bien.

« On a ouvert le vin, a dit Pinkie, pour l'aérer. »

1. Catalogue de vente par correspondance de vêtements de qualité, chics et chers, pour la pêche, la chasse et l'extérieur.

Quelles que soient ses autres compétences, ce Vito est un cordon-bleu. Il s'appelle Vito Stasser et il a vécu les dix-sept premières années de sa vie à Bombay, où son père allemand était missionnaire luthérien, avant de filer en Hollande, puis à Londres, et pour finir le Nouveau-Mexique.

« Hippie », a-t-il dit, et il a souri de toutes ses fabuleuses dents en levant les yeux de la grosse cocotte en fonte qu'il avait posée sur les braises et dans laquelle il touillait du chili vert sans haricots. Nous avons mangé un fromage à pâte molle fondu sur le feu, une salade de melon et de fruits frais dans leur jus, de grosses tranches de pain au levain tartinées de beurre, d'ail et de miel, et le chili vert rendu bien onctueux par de la mélasse et généreusement garni de viande hachée de veau et de porc, de dés d'agneau et de cerf marinés, le tout parfumé d'épices provenant de Dieu sait où au Mexique.

Le coffre de la Mercedes était bourré à craquer, une vraie caverne d'Ali Baba : quatre glacières, des bouteilles de vin, des casseroles, des plats et des plateaux de cafétéria à compartiments. Je l'ai regardé manipuler la petite poêle dans laquelle il avait mis le beurre à fondre sur un lit de braises, et peler les gousses d'ail avec une sorte de précision intense. Ces mains brunes et sèches. Il tuait sûrement les animaux qu'il mangeait, même les poulets, il les vidait et les préparait lui-même. C'était évident.

« Tu vois, soufflait Grâce. Tu vois. » Je voyais, oui, et je la fermais. J'avais pas besoin de voir. Je lui donnerais toujours l'argent de toute façon.

Nous avons savouré cette première bouteille de vin rouge en adultes, et accompagné nos crackers d'un mets dont je n'aurais jamais osé rêver : du steak tartare d'élan, haché et accommodé la veille, et apporté jusqu'à nous enveloppé dans de la glace.

« Il a troqué sa recette hier soir dans le restaurant où nous étions », a dit Grâce, relatant d'une petite voix emplie de fierté l'épisode de la veille à Winnemucca, où Vito avait demandé en échange au chef cuisinier d'un restaurant basque de le laisser hacher la viande d'élan avec sa machine.

Même Grâce n'était pas encore très soûle, bien que nous vidions bouteille sur bouteille de vin rouge d'Espagne, de France, d'Italie et de Californie. Avant de commencer à trancher les melons, le Vito avait ôté de ses doigts fins ses bagues en or surmontées de lourdes pierres, les faisant glisser l'une après l'autre à la façon d'une femme et les alignant telle une ribambelle de décorations sur le tableau de bord capitonné de la Mercedes.

« Un jour, nous débarquerons tous en Amérique », a-t-il dit en levant vers moi son regard calme avec ce qui ressemblait à une parfaite innocence. Il se prétend Allemand et cependant ses yeux sont marron comme ceux d'un animal de la prairie.

« Ma mère avait des ascendances pakistanaises, a-t-il ajouté, comme si, ainsi que cela arrive parfois, il avait lu dans mes pensées.

— Certainement », ai-je dit. Grâce avait raconté qu'il était propriétaire d'un motel qui s'appelait Le Sous-Marin et j'ai pensé à ces femmes brunes et souriantes qui se présentent à vous à la réception des motels dans tout l'Ouest des Etats-Unis, et à l'odeur de curry qui s'insinue jusque dans l'entrée comme un nuage de fleurs jaunes.

« De toute façon, a dit Grâce, que le monde entier nous appartienne ou pas, qui s'en soucie ? » La réponse à cette question est probablement personne, à mon avis. Essayez donc de comprendre pourquoi c'est nous qui avons toute l'opulence, nous, des gens qui font de leur vie quelque chose de si lamentable sans faire jamais la moindre concession.

L'été de mes dix ans, mon père m'a envoyé avec son équipe d'hommes à cheval pour la saison de marquage. Nous campions à South Corral, près du cercle de pierres d'un corral érigé naguère par les dresseurs de chevaux sauvages. Nous quittions le vallon alors que le soleil émergeait à peine de l'horizon matinal au-dessus de Steens Mountain, niché au point le plus haut dans une échancrure semblable à une meurtrière, des traînées de vieille neige luisant dans sa lumière neuve. À partir de ce moment, cette montagne est devenue un rêve éveillé au-dessus des déserts dans mon enfance de jeune garçon.

La Steens n'a plus vu de troupeaux de brebis depuis le début de la Première Guerre mondiale, mais ce temps-là est resté fameux. Quand leurs clients étaient loin, menant en altitude dix à quinze milliers de brebis, les putains de Burns s'ennuyaient ; elles entassaient alors dans des chariots de location de grandes tentes et des cargaisons de whisky et de bonne chère, et déplaçaient leur négoce en pleine montagne.

Imaginez ça, des tentes plein la Prairie des Putains, des feux de camp, et les bergers avec ces femmes vénales et hilares. Sans de pareilles histoires, j'aurais pu passer mes journées à dormir. Mozart vibrait dans l'air pur et tandis que je contemplais le spectacle des étincelles montant de notre feu vers le firmament étoilé et infini, je me suis pris à penser que ma vie n'était qu'erreurs, et que tous, sauf moi, avaient claqué la porte de la chambre douillette où ils étaient nés.

Chacun connaît au fond de son cœur ce dont parle mon *Book of Common Prayer*. Rivages de rêve et cités de cristal. Je pense à ma mère au sommet de sa montagne dominant le Pacifique, avec les habitants de la côte qu'elle a appris à connaître, et je me demande ce que, précisément, elle œuvre à conserver, comme si je pouvais redevenir son bébé, engrangeant des secrets. « Moi », dira-t-elle pour toute réponse.

Là-bas dans la nuit, ces trembles et ces bouleaux âgés sont ornés de vieux signes incisés dans leur écorce parcheminée — crânes et ossements en croix d'où ruissellent de longs chapelets de larmes, verres à vin à long pied et bouteilles de whisky, et cuisses écartées avec, entre les deux, les fentes jumelles du vagin et des fesses —, blessures cicatrisées dans l'écorce blanche boursouflée et difforme là où la sève a coulé, gravées par ces femmes de l'été et leurs bergers, pendant si longtemps éloignés du monde du commerce ordinaire. Loin des rues de Burns où l'on construisait des maisons avec de vraies briques.

Je me suis levé en me léchant les doigts, projetant un long éventail d'ombres dans la lueur du feu. « J'ai un truc à vous montrer », ai-je dit à Vito, avec ce qui au départ paraissait être juste de la bonne humeur, et je suis allé chercher ma lampe torche Police Special. Je les ai conduits dans la nuit tel un vieil explorateur d'antan, et nous avons traversé l'herbe haute et broussailleuse de la prairie avant de pénétrer dans la forêt, chacun emportant un verre de cet excellent vin rouge et Pinkie emmenant en plus une bouteille qu'elle tenait par le goulot.

Chacun se taisait, et je suis encore dans l'incapacité de nommer ce que j'entendais montrer, au-delà d'une fierté simplette pour ce lieu, tandis que nous nous éloignions du feu en trébuchant parmi les ombres dansantes. Venez voir ça, pensais-je, si toutefois je pensais quoi que ce soit, venez voir un peu comment des adultes pouvaient s'inventer un avenir à des années-lumière du petit monde de commerce huppé qui fait votre quotidien.

Figée dans mon faisceau de lumière, je vois Grâce effleurer de ses doigts blancs les cicatrices rugueuses de l'écorce recouvrant ces incisions anciennes, perdue dans ses pensées, se passant la pointe de la langue sur les lèvres, tandis qu'elle s'imagine ce que je voulais leur faire comprendre à tous. Comme si elle pouvait goûter la fumée du feu de bois, et l'odeur des brebis, et toutes nos aspirations anciennes.

Mais subitement, je n'ai pu supporter davantage la vue de son empressement, sa respiration superficielle, et, d'un brusque moulinet du poignet, j'ai fracassé ma lampe-torche contre le tronc d'un arbre. Je peux encore le ressentir, le tube fragile d'aluminium, le fracas du verre, puis le noir complet et ma respiration dans le silence, et cette foutue lampe torche jetée dans l'herbe haute. Personne n'a rien dit ni manifesté de surprise. Mais aussi, je ne voyais pas leur visage.

On s'est mis en route sous la lueur des étoiles, vers notre petit feu dans le lointain, les ombres des feuilles d'arbres formant un dai pommelé au-dessus de nos têtes dans la douce clarté de la lune basse, et c'est là que j'ai brusquement eu froid pour la première fois depuis que nous avons vendu la propriété, et que je me suis mis à trembler, incapable de m'arrêter ou de m'en cacher.

Les raisons du départ : voilà ce qu'il me faudra méditer un de ces jours. Une nuit, au début de mars, à l'époque où j'étais encore un paysan serreur d'écrous, perdu sous la bruine sur les berges glissantes de notre canal, je vérifiais le débit de mon eau d'irrigation, accroupi près de la pompe 100 CV Dodson Lake, quand j'ai perdu les pédales. Les petits nœuds que j'avais dans le cerveau se sont tous défaits.

Au printemps, il fallait que j'aille vérifier mes pompes toutes les nuits, et celle-ci n'était qu'une nuit parmi d'autres. Dans la lumière de mes phares, le ventilateur de soixante centimètres de diamètre de cette pompe circulaire tournait si bien, avec son bourdonnement électrique régulier de mécanique bien réglée, que le but de toute chose s'est dissous dans ce ronflement, comme un oubli absurde et presque risible dans les premières secondes, sauf que ma mémoire a refusé de revenir.

C'est simple à dire, comme ça. C'est comme lâcher une manivelle et la regarder tomber dans le vide avec cette étonnante lenteur, pour aller s'abîmer dans l'eau tout en bas. Centrez-vous à l'intérieur de ma nuit et de ma pluie, écoutez ce bourdonnement électrique et ressentez, à la lumière du tableau de bord, cette incapacité à déterminer une raison logique à l'action de vos mains, ce vertige pendant que la pluie piétine doucement le toit de la camionnette. Il n'y avait guère plus de raison de rester assis là pour l'éternité que de ne pas le faire. Sans doute ces expériences sont-elles propres à chacun de nous, et jamais confiées.

Ça paraît dingue ce que je vous raconte, mais il n'y avait pas de quoi rire. Ce moteur électrique qui tourne, et rien d'autre que le noir d'encre du dehors au-delà du faisceau des phares, sauf les lumières de notre maison qui tremblotaient comme les lumières tremblotent toujours quand on les regarde du haut d'une véranda, à travers une moustiquaire. Pinkie était là-bas, et c'était l'unique certitude rassurante que je parvenais à garder au premier plan de ma conscience. Tout le reste pouvait se pétrifier, disparaître sous la glace, s'anéantir. Je me suis cramponné à mon volant pour ramener en douceur ma camionnette à la maison et retourner vers Pinkie, sur ces routes rendues visqueuses par notre boue de printemps. J'ai tenté d'allumer une cigarette et l'allumette a tremblé comme un petit animal, douée de sa vie propre.

Comment peut-on parler d'être en vie quand l'être qui habite votre cerveau a foutu le camp ? Je peux parler de câbles parcourant le monde pour rejoindre cette pompe et son tournoiement, de nos canaux rassemblant l'eau de partout pour la conduire en bas des pentes, des rats musqués aspirés dans les pales de la pompe et recrachés dans nos champs si élégants, et savoir seulement que mon long flirt avec le rancher en moi était terminé.

Toute chose était devenue abruptement cristalline, et figée comme le verre qui durcit. Il n'y avait rien à éprouver, une fois que j'eus retrouvé mon calme et au moins accepté de reconnaître que certaines choses étaient révolues pour la vie. Pinkie crut que j'avais attrapé la grippe, c'est seulement au bout de quelques semaines que je lui ai dit que nous partirions pour toujours dès que j'aurais trouvé un acquéreur. Je ne lui ai jamais raconté le reste, mais la troisième nuit, elle est venue dans mon lit alors que je tremblais, et elle s'y est prise très lentement pour m'attirer en elle, et m'aider à trouver l'apaisement. Ce n'est pas que je tienne à vous raconter cela, non, seulement vous faire comprendre que ma vie s'était brisée. Seulement vous faire comprendre qu'il est nécessaire de bien faire attention à ce que l'on est.

Donc nous n'avons pas parlé, Pinkie et moi, mais vous pouvez imaginer son inquiétude lorsque j'ai été pris de tremblements cette nuit-là dans la Steens. Cette fois, c'était seulement la lumière en tête d'épingle envoyée par les étoiles, et les doigts de Grâce effleurant ces vieux sexes de femmes gravés dans l'écorce fragile des trembles.

« Enfoirés, a craché Pinkie au visage de Grâce. Vous allez dégager d'ici. » Lorsqu'ils se sont éloignés pour redescendre vers le feu, Pinkie a sorti ma chemise de mon pantalon, défait les petits boutons en nacre et la boucle en argent de mon ceinturon, ôté sa propre chemise et dégrafé sa propre boucle en argent.

Ses seins tachés de son sont petits et fermes. Elle a retenu son souffle quand je les ai touchés, sachant ce qui était en train d'arriver. Elle m'a encore une fois allongé sur le dos dans cette herbe haute, et m'a attiré dans ce qu'elle doit savoir être sa perfection, son havre, son humidité glissante et embrasée, et comme toujours, le remède a suffi pour le moment.

Comme si rien n'était arrivé, nous nous sommes éveillés avec du givre saupoudrant nos sacs de couchage, nous avons bu du café fumant sorti du Thermos en inox, et nous avons grimpé lentement par les ravins couverts d'herbe rase pour nous tenir debout sur le plus haut sommet de la Steens, avec le soleil aveuglant dans notre dos, cherchant à voir jusqu'où nous pouvions projeter des ombres avant qu'elles ne se dissolvent. Par des matins de septembre aussi parfaits, si aucun feu de forêt dans les lointaines Cascades n'enfume l'air, on peut voir les cinq États depuis la plus haute ligne de crête de la Steens même jusqu'aux cimes blanches de l'État de Washington par-delà la Columbia River au nord.

Les longs versants en dessous de la crête sont entaillés d'immenses canyons résultant de quelque âge glaciaire, des parois parfaitement creusées s'incurvant sur une hauteur de neuf cents mètres jusqu'aux cours d'eau pour la pêche avec leurs bosquets de saules et de trembles : Big Indian, Wildhorse, Blitzen, Kiger Gorge. On s'imaginerait bien prendre son essor et émerger des flancs des falaises tel un oiseau au regard perçant volant au-dessus des inscriptions faites sur la terre : vastes canyons laissés par les glaces, routes gravillonnées, clôtures bien tendues.

On pourrait aussi redescendre le long d'une piste de gibier jusqu'à la tiédeur des berges le long de la Blitzen. S'imaginer en équilibre sur les épaisseurs de mousse vert vif, des bécassines courant sur les bancs de gravier et des hardes de cerfs mulets aux oreilles frémissantes dévisageant les intrus sans rien de plus qu'une perplexe curiosité.

Là-bas, à Santa Fe, avec suffisamment d'argent pour durer si elle sait économiser, Grâce a déménagé sa galerie dans le motel de Vito, qu'il a transformé en école où les artistes des « pueblos » viennent faire de la statuaire de dimensions héroïques, en néon et en résine époxy. C'est ce qu'a raconté Grâce la dernière fois qu'elle a téléphoné. Je lui ai dit que j'étais prêt à acheter une poterie Mimbres si elle en avait une en sa possession. Elle m'a répondu non, qu'il y avait des choses qu'elle ne tenait pas à posséder. Elle a dit qu'elle voulait s'impliquer dans la création artistique. Sur le toit, a-t-elle ajouté, nous avons un bison en résine rouge, aussi grand qu'une Buick, souligné d'un néon.

Elle m'a dit : Tu dois arriver à mettre un nom sur ce qui te rend fou. C'est toi, lui ai-je dit, Grâce, c'est toi. « Ah, vous les mecs », a-t-elle répliqué. Nous avons ri. Fais attention. Reste insatiable, lui ai-je répondu en me demandant ce qu'elle désignait sous le terme de folie. Tu dois savoir ce que tu veux mais c'est ce qui n'est pas encore atteint qui te fait avancer.

Entends-tu ta mère parler ?

Ils m'ont proposé du travail à la scierie quand les chantiers de bûcheronnage ont fermé, mais nous avions assez d'argent et je déteste le froid et la sonnerie des trois-huit la nuit, l'humidité partout et le hurlement des scies. J'ai préféré rester à la maison avec Ruth.

Nous habitons dans l'une de ces villes bâties par les compagnies de l'industrie du bois sur leurs collines de forêts secondaires. On peut se poster devant notre grande fenêtre et ne rien voir d'autre en contrebas dans la végétation rase que les toits dégoulinants de maisons vertes à ossature de bois et des piles de bois fendu couvertes de bâches en plastique, de vieilles balançoires et des épaves de voitures, la plupart sans vitres ni pneus, brillantes et lavées par la pluie, tachées de rouille ; on peut contempler la pluie ridant la surface noire et luisante des flaques sur l'asphalte noir, et on a de quoi rester songeur.

La place où Ruth garait sa Desoto était vide, et je me suis dit qu'elle avait dû descendre pour être au Mercantile à l'ouverture. Ma 4 × 4 Chevvy était sur cales dans l'appentis derrière la maison. J'ai pensé passer l'après-midi à la remettre en état pour redescendre vers le sud.

J'en suis encore surpris à présent. J'ai laissé l'idée me traverser l'esprit, avec la saveur du café, car je m'étais demandé à quel moment elle me viendrait. Elle m'était venue comme ça. Je me sentais déjà partir.

Il s'agissait d'un rêve dans lequel Ruth restait définitivement en arrière. Pendant un long moment, je n'ai même pas réussi à voir son visage, ni à comprendre comment j'étais arrivé dans cette cuisine peinte en jaune, en Alaska. L'idée de partir m'est tombée dessus à l'improviste, comme un visiteur. J'ai soufflé sur la vitre et tracé mes initiales dans la buée.

Il faisait jour autant qu'il le ferait jamais. Le café était fort et sucré, je m'en suis servi une autre tasse, puis j'ai allumé une deuxième cigarette. Certains jours, rien ne bouge. On peut se mettre à la fenêtre le soir et voir le même brouillard que le matin, duvetant le canyon au fond duquel la rivière creuse son lit vers l'océan.

Ce qui sauva ce jour-là, ce fut la vieille Desoto de Ruth. Elle avait les phares allumés. Ruth conduit lentement et sûrement.

Dehors, on entendait la rivière. Debout sous la véranda, ma tasse de café à la main, je l'ai regardée se garer.

Ruth avait un sac en papier dans les bras, et elle a contourné les flaques pour me rejoindre. Ses cheveux étaient mouillés sur son front et les épaules de sa veste trempées. Elle a souri en me tendant le sac, et j'ai su que je n'irais nulle part.

Au cours de l'hiver, Ruth a parfois l'air bouffie et bizarre. Certains soirs, elle sort seule voir un film et rentre alors que je dors déjà. Mais elle souriait, et comme je pouvais lire clairement en moi-même, j'ai été tenu de sourire aussi.

« Va éteindre les phares », j'ai dit, et je lui ai pris le sac.

Ruth est repartie en courant sous la pluie, a passé la tête à l'intérieur de la voiture et tâtonné pour trouver la commande. Sa jupe était remontée haut et plaquée sur ses cuisses, et j'ai aperçu le sombre réseau de veines au creux de ses genoux.

L'été où nous nous sommes rencontrés, Ruth était doré foncé et ses jambes avaient l'air tout droit sorties d'un magazine. Elle travaillait de nuit comme serveuse de cocktails chez Brownie's, et passait ses journées à dormir sur la plage. Je l'ai surprise là un matin de bonne heure et je n'ai échangé que quelques mots avec elle, cette première fois. Je la voyais souvent depuis qu'elle travaillait chez Brownie's. Je l'ai réveillée, non pas tant pour entamer une quelconque aventure avec elle que par curiosité, pour comprendre ce qui pousse ces femmes en cavale à agir comme elles le font. On en voit à la scierie, sales et mouillées, bossant trop dur et bien décidées à rester aussi célibataires que possible. Et celle-ci était entraîneuse chez Brownie's, ce qui constituait la deuxième raison de mon intérêt.

Elle m'a dit qu'elle arrivait toujours à s'endormir avec le bruit de l'océan, et elle a souri en n'ayant pas l'air mécontente du tout de me voir. Je me demande depuis combien de temps je ne l'ai pas vue nue en pleine lumière. Elle avait de longs cheveux blonds, et elle était assez ferme et étroite, même après deux gosses, mais c'était une fille un peu trop facile.

C'est la première chose qu'on m'a dite sur elle. Qu'elle avait deux gosses qui vivaient avec son premier mari, mais qu'elle était chaude et plutôt bonne. Elle ne parle jamais de son autre vie et n'a jamais suggéré d'aller voir ces mômes-là.

Elle a claqué la portière et elle est revenue.

« J'ai du bacon et des œufs, et du jus de fruits, a-t-elle dit en reprenant le sac. Je vais nous faire un vrai petit déjeuner. »

Les champs sentaient le feu. On pouvait imaginer que de petites traînées de feu brûlaient derrière les moissonneuses. Mon père écrasait les épis d'orge mûrs entre ses mains calleuses, soufflait sur la balle et mordait dans les grains, les mâchait comme si c'étaient des choses à manger. Couché sur le dos, caché entre les rangs d'orge, je humais l'odeur de feu pendant que les tiges frémissaient dans la brise.

Je ne voyais que le ciel. Ruth aurait pu être avec moi, l'oreille tendue, silencieuse. Ruth et moi, cela aurait fait un beau souvenir d'enfance.

Ruth sourit quand elle détourne les yeux vers la fenêtre dégoulinant de pluie. On se demande qui elle voit dans son reflet, et quel genre de famille elle voit en elle et moi.

Nous vivons près du Kuroshio [1], sur une grande île couverte de forêts de cèdres où il ne neige jamais. Tout arrive par bateau ou hydravion. Ruth et moi ne nous racontons pas grand-chose de notre vie antérieure, nous en tenant à cet accord tacite ; nous sommes ici, et nous avons de la chance.

Le premier matin, après notre réveil dans son lit, elle est venue passer la journée avec moi. C'était son problème. Avant midi, nous étions descendus à la taverne, une vieille grange obscure bâtie en planches et en bardeaux de cèdre, qui s'appelle chez Brownie's depuis l'époque de sa construction, au tout début de ce patelin. Personne ne sait qui était ce Brownie dont elle porte le nom. De grandes fenêtres enfumées donnent sur la rue, au cas où quelqu'un aurait envie de regarder dehors.

Tout l'hiver pendant qu'il pleut, les gens se réunissent autour d'un poêle en forme de barrique constitué de morceaux de conduites soudés ensemble, les yeux rivés sur la petite fenêtre en mica de la porte par où l'on voit le feu. Les ombres dansent sur les murs et sur nos visages.

« On va leur donner un petit sujet de commérage », avait dit Ruth ce premier matin. C'est là que j'ai dit que c'était

---

1. *Courant noir*, en japonais. Courant d'eau chaude de l'océan Pacifique.

son problème. J'aurais dû lui dire que j'étais fier de franchir la porte avec elle.

C'était en octobre, et j'étais déjà parti pour passer un autre hiver à abattre des arbres. Les nuages étaient suspendus très bas dans le brouillard qui montait de la mer. Nous sommes restés tout l'après-midi assis sous la véranda de chez Brownie's, sur le banc en bois où tout le monde a gravé ses initiales. Avec nos boîtes de bière et à l'abri de la pluie, nous regardions deux religieuses longer le trottoir en planches de leurs tout petits pas. On voyait bien le mal qu'elles s'étaient donné pour se rendre précieuses ici-bas.

« Ils croient que c'est sérieux », avait dit Ruth.

Je dois m'accorder quelque crédit. J'ai compris d'entrée de jeu qu'elle n'était pas juste une simple conquête d'une nuit.

Les draps rouge foncé sont inséparables de Ruth, comme le charme qui la sauve. Elle les change tous les jours. Elle dit que l'hiver est assez mouillé comme ça sans avoir en plus à se coucher entre des draps humides.

La pluie ruisselait de la gouttière galvanisée au-dessus de la fenêtre. Ruth serait à l'intérieur, collée au poêle à mazout, en train de lire. Je la voyais d'ici, emmitouflée dans une couverture de la Baie d'Hudson que j'avais achetée à Victoria. Elle a toujours une pile de magazines par terre près du fauteuil à bascule neuf qui était censé m'être destiné quand nous avons emménagé ensemble.

Il se trouve que j'apprécie de rester assis à la table de la cuisine, sous l'ampoule nue. Ruth voulait y mettre un abat-jour, mais j'ai refusé. La cuisine dispose d'une grande fenêtre. Je peux apercevoir tout le canyon à travers le reflet de mon visage sur les carreaux et imaginer les bancs de saumons, et les vieux pêcheurs tlingits[1] avec leurs chapeaux ronds en cèdre.

1. Peuple indien côtier et insulaire du sud-est de l'Alaska.

Mon père et ma mère étaient endormis, et, debout sur le seuil, je les ai regardés dormir dans le carré de lune entrant par la fenêtre. Je suis parti en suivant la longue rangée d'ombres projetées par les peupliers plantés entre le canal d'irrigation et le chemin qui partait de la maison. Arrivé sur la grand-route à l'aurore, tandis que les arroseurs automatiques projetaient leurs arcs au-dessus de la luzerne, j'ai fait du stop et j'ai été pris à l'arrière d'un camion à plateau sans ridelles. La dernière chose que j'ai vue, ce sont les arbres sur la berge élevée du canal d'irrigation ; je les vois encore aussi clairement que si c'était hier. Mon père était exactement comme moi. Mais Ruth ne ressemble en rien à ma mère. Je me demande quel souvenir un môme garderait de cet endroit où nous vivons en Alaska.

Les bouts de carton que Ruth a cloués sur les trous laissés par les nœuds du bois virent déjà au vert. Au moins, on ne l'a pas achetée, cette maison. J'ai eu raison sur ce point. C'est pas la maison de nos rêves. Nous voulons construire une maison en rondins de cèdre.

Ruth a toujours un pichet de jus d'orange au réfrigérateur. Ça décape le goût de mes cigarettes. Cette première nuit, dans l'une des cabanes du bord de plage où elle vivait seule, affirmant qu'elle n'était venue dans le nord que pour l'été, alors que j'habitais encore dans les baraquements du camp de bûcherons, Ruth a dit que dans son enfance, elle avait appris à dormir nue. Je peux presque sentir la saveur de son corps.

Tout l'hiver, mes godillots sont restés posés contre le mur, graissés et prêts pour le jour où je pourrais retourner bûcheronner en forêt. Il y a de quoi se demander quel plaisir on peut trouver à abattre ces cèdres poussés à l'état naturel, et quel genre de bonhomme passerait autant de temps que je l'ai fait à tronçonner des arbres. Les cèdres sont les plus beaux arbres du monde.

Le coin rouge fiché à l'arrière saute, j'éteins ma Stihl à longue lame, et je m'assieds là, laissant le silence s'établir. Je travaille seul, c'est dangereux je le sais, mais je tiens au silence lorsque j'éteins la tronçonneuse. La sciure dégage une odeur de médicament. À cet instant précis, je ne désire rien d'autre.

Les arbres de première génération chutent droits comme des anges, fendant l'air du froissement de leurs aiguilles, et ils sont morts. Comme les Indiens, j'ai appris à dire aux arbres que je regrette, mais pas au point de renoncer à en tronçonner un autre l'après-midi. On tue pour se remplir le ventre, et ensuite on leur dit que c'était nécessaire.

On peut sourire de ce genre de choses.

C'est ma meilleure vie, au milieu des bois, et cet hiver, elle me manque et il y a des moments où j'en crève, assis chez Brownie's tout au long des après-midi pluvieux à les écouter parler poisson. Je me demande si abattre des arbres est un vrai travail. Mais j'oublie ce genre de préoccupations lorsque Ruth et moi descendons la colline en direction de la salle de cinéma, dans l'obscurité naissante qui s'égoutte, que nous saluons tout le monde et que Ruth est excitée comme une gamine.

« J'ai marché sous la pluie, dit Ruth. Une fois que t'as été endormi, je suis partie marcher sous la pluie. Il faut que tu me dises ce qui allait pas chez toi », ajoute-t-elle, et elle promène ses doigts froids sur la grande cicatrice le long de la face interne de mon bras.

Chaque étape avait semblé logique à l'époque. Je vois encore la peau tendre et pâle de l'intérieur du bras s'ouvrir au fur et à mesure que la lame progressait vers le poignet, mes chairs s'écarter d'une façon parfaitement nette et propre tout le long de ma plaie, la gaine dure et blanche du derme, et la viande rouge et suintante au fond, avant que tout ne soit noyé par le sang.

C'est de folie que je vous parle là. Je restais étendu dans des lits, et je croyais entendre la voix de ma mère, et je ne dormais jamais, jusqu'au jour où j'en suis venu à croire que j'avais, implanté à l'intérieur du bras, quelque minuscule appareil composé de fils métalliques parcourus d'impulsions électriques me délivrant des messages, comme une petite machine au cœur même de mon bras, et tout cela était un coup monté. Ensuite j'ai réussi à dormir, car j'étais sûr que quelqu'un pourrait me le retirer à l'aide d'un bistouri.

C'est cette idée qui m'a porté préjudice. Je me suis renseigné, et je suis allé trouvé le meilleur médecin de Klamath Falls pour lui demander de m'opérer le bras et de couper ces fils que j'avais à l'intérieur. Le truc cinglé, quand il a refusé de le faire, ç'a été de m'opérer moi-même.

Ça paraissait assez judicieux de penser que mes problèmes pourraient être résolus par la magie de ce qu'ils appellent des scalpels micro-affûtés. C'était de ces choses qu'on arrive à croire, comme les bébés croient à ce qu'ils ont appris avant leur naissance. C'était comme savoir où se trouvent le haut et le bas. Mais ce problème avec moi est terminé. Assis dans notre cuisine, je lis des magazines de chasse, et je m'imagine traquant des oiseaux aquatiques comme s'ils étaient mes amis.

C'est de folie que je vous parle là, mais je n'en parlerais pas à Ruth. « Nous sommes tous nés avec trop de temps devant nous. » Voilà ce que je lui ai dit.

Nous avons les nuits pour raviver nos souvenirs les plus précoces. Dans les miennes, un chien rouge est vautré dans la poussière près de l'allée en béton délabrée, à côté d'un petit genévrier rabougri dans la pelouse.

Et un orage éclate.

Cela se passait devant l'immeuble où nous habitions quand j'étais petit dans la ville d'ouvriers agricoles de Malin, à l'extrémité nord des terres à pommes de terre qui dévalent vers Tule Lake et la Californie. Ma mère me promenait sur les trottoirs, m'emmenait dans les magasins et chez le barbier où tout le monde souriait quand je grimpais sur la planche installée en travers des bras du fauteuil.

Ce chien rouge aboyait la nuit, mais le plus souvent il dormait, ratatiné dans la poussière. Ce que je vois, ce sont de grosses gouttes de pluie. Je peux encore les compter alors qu'elles éclatent dans la poussière. Je peux fermer les yeux et me rappeler ces gouttes de pluie qui crépitent une à une.

Comme dirait ma mère : « Chaque chose à sa place. » J'entends encore sa voix aussi clairement que la mienne.

L'exploitation de mon père, cent hectares de culture d'orge, était située au sud de la base aérienne de Klamath Falls, il embauchait des ivrognes pour garder ses quelques centaines de dindes, et il pouvait toujours compter sur ma mère. Je partais avec lui à bord du camion à plateau gris, pour aller vérifier la bonne santé de ses dindes, avant de rentrer à la maison retrouver ma mère.

Ma mère et lui, dans ces bonnes vieilles années d'après-guerre, s'étaient surnommés eux-mêmes « le monde libre ». Mais ils jouaient à ça comme à une plaisanterie, au cours de soirées avec d'autres hommes et femmes.

Des hommes venaient dans la cuisine quand mon père n'était pas là, et ma mère servait du whisky. Ils s'installaient à la table avec leur verre, ma mère riait en se tenant debout près d'eux, et ces types lui encerclaient la taille tout en me souriant.

« Va un peu dehors », me disait ma mère, et elle dénouait déjà son tablier.

« On a commencé notre vie commune sur le tard, ta mère et moi, m'expliqua mon père. Alors on a gardé nos petits terrains de jeux. » Il m'a expliqué que pendant ses jeunes années à Tule Lake, pendant la Grande Dépression, il y avait trop d'espace pour gamberger. Il m'a dit qu'il était devenu fou pendant ces années-là, et que je devais faire bien attention si j'avais hérité de son imagination.

J'avais treize ans quand mon père m'a raconté cela, peut-être une façon pour lui d'expliquer le cours de sa vie. C'est là que je suis parti pour la première fois, en regrettant de ne pas entendre ma mère me dire au revoir.

« Si tu veux pas me répondre..., a dit Ruth. Moi, je voulais simplement te raconter ce qui s'est passé. » Debout devant la cuisinière, elle s'occupait des œufs au bacon.

« T'avais pas le moral, ai-je dit, alors tu t'es descendu quelques bières et puis t'es partie marcher sous la pluie, et tu t'es sentie mieux. Un truc qui n'arrive qu'à toi.

— Je suis allée en voiture jusqu'à l'océan et j'ai marché sur la plage. Avant le lever du soleil. » Elle retournait les œufs. « Juste ça, et je me suis sentie mieux. »

Ruth se teint les cheveux en doré et ils ruisselaient d'eau de mer quand elle s'est avancée sur la plage d'été, sortant de l'océan. Ruth a secoué la tête, et j'ai su que son visage aurait le goût du sel. C'est là précisément la première fois qu'elle m'a rappelé ma mère. Ma mère jeune, ses bras nus rouges sous la pluie d'été. Les gouttes brillaient sur ses cheveux noirs et elle riait dans la lumière jaune des éclairs.

C'est juste avant le 4 Juillet, par un temps très chaud, limpide et calme, que je suis arrivé dans le Nord. Le banc de brouillard stagnait au loin sur l'océan. Après quelques verres, je voyais la froide marée grise d'été monter sur le sable, et je pensais aux peupliers d'Italie qu'on pouvait apercevoir sur trente kilomètres au-dessus des champs de luzerne dans les environs de Tule Lake, par une bonne journée bien ensoleillée. Il suffisait de les imaginer avec assez de précision pour que ces arbres se rapprochent au point que leurs feuilles deviennent réelles, à les toucher.

La folie est vraiment un endroit où l'on peut apprendre à vivre. On peut apprendre à y demeurer pour toujours. C'était une raison pour boire. Je ne me suis jamais imaginé autre part qu'à cet endroit quand je buvais ; ce fut seulement par la suite.

À Victoria, je me suis équipé d'un trousseau complet de vêtements polaires, comme si cela allait me changer illico en homme de l'Alaska, je me suis payé un rasage chez le barbier, et j'ai pris le ferry en direction du Nord. Ce n'était pas le meilleur chemin pour se rendre là-bas, mais c'était un moyen pratique et la bonne saison pour observer les oiseaux de mer et tous les animaux marins, de la baleine jusqu'aux plus petits poissons.

Les journées étaient tièdes et ensoleillées, et, quand nous avons accosté en milieu d'après-midi, l'odeur des conifères nous est parvenue, dominant les effluves de moteur diesel. J'ai déambulé sur la grève plate en direction de l'océan, un vent soufflait de l'horizon bouché par le brouillard, et j'ai trouvé un foyer entouré de pierres où l'on avait cuit du poisson. Le sable était encombré de boîtes vides de baies rouges, et il y avait des journaux déchirés dans les herbes. Il y avait de quoi se demander qui avait fait ça.

À la tombée de la nuit, j'étais assis sur le banc devant chez Brownie's, et j'écoutais des hommes parler de saumons et de bûcheronnage. L'intérieur de chez Brownie's avait l'air d'une grotte. J'ai pensé aux scieries où j'avais travaillé, au hurlement des lames et à la sciure mouillée, et, tandis que j'étais assis là comme un étranger sous les lumières de l'enseigne, je me suis demandé si j'étais encore tombé au mauvais endroit.

Donne-toi un été, je me suis dit. Je n'avais personne à prévenir. Mes vêtements étaient pliés dans un sac en toile de l'armée et j'avais six billets de mille dollars sur moi. Ma tronçonneuse me rapporte cent cinquante dollars, les bonnes journées. Il faut être idiot pour travailler pour rien.

« On devrait se marier », a dit Ruth. Elle lavait nos quelques assiettes et les rangeait sur les étagères au-dessus de l'évier. Elle a continué à les empiler soigneusement l'une sur l'autre, s'est essuyé les mains, puis elle est venue se mettre devant le poêle à mazout. « Je pourrais avoir un autre bébé, a-t-elle ajouté. C'est pas trop tard. Ça pourrait être ma vocation. » Elle a souri comme si cela promettait d'être amusant.

Je me suis levé, je lui ai tourné le dos et j'ai gagné la chambre. J'ai refermé la porte et je me suis assis sur le lit. *Ça pourrait être ma vocation.* Je n'entendais aucun bruit dans l'autre pièce, même pas les mouvements de Ruth. Au bout d'un moment, j'ai tiré ma vieille valise noire fatiguée de sous le lit. Une fois la valise ouverte, le geste suivant a été facile. Ruth pouvait entrer, se planter sur le seuil et regarder pendant que je faisais mes bagages.

Je dirais : « Je vais prendre un peu d'argent pour le voyage. » Elle baisserait les yeux un instant, son visage n'exprimerait pas le moindre sentiment, et je penserais qu'il allait être facile de se tirer d'ici sans problème. « Regarde-moi bien, dirais-je. Je suis parti. »

Quand la valise serait prête, je passerais devant elle en revenant dans l'autre pièce, je mettrais mon ciré et ma casquette de cuir, puis je sortirais pour aller dans l'appentis où ma Chevrolet 4 × 4 est sur cales. L'intérieur de l'appentis serait sec, la pluie rejaillissant sur les branches de cèdre. Le sol en terre ressemble à de la poussière mêlée d'aiguilles de sapin.

Une bouteille de whisky est cachée sous le siège dans la Chevvy. Deux longues goulées et j'aurais envie de rire, et je m'assiérais par terre, le dos contre le mur, en sifflotant *ring-dang-doo, what are you*[1].

Ma mère m'avait flanqué une raclée pour cette chanson, et m'avait lavé la bouche dans le canal d'irrigation. C'est à cette chanson que je pense quand je veux me souvenir de ma mère, de sa façon de rire et de m'étreindre, alors que nous étions assis dans l'herbe, l'eau dégoulinant en petites

1. *Ring-dang-doo,* chanson de Sam the Sham and the Pharaos.

rigoles de ses cheveux. Ça, en revanche, ça n'est pas de la folie, ces souvenirs de l'eau s'écoulant dans ce canal d'irrigation à travers le petit barrage en séquoia, et de ma mère qui savait quelque plaisanterie que je ne comprenais pas.

Ruth est venue et s'est assise à côté de moi et de ma valise noire sur le lit, les coudes sur les genoux et la tête basse, ses cheveux pendant devant sa figure comme si elle était une épave avec rien d'autre à faire que se regarder les mains pendant qu'un bonhomme décidait de sa vie. J'ai dit : « Ma mère avait une blague à propos des situations de ce genre. »

Ruth n'a pas réagi.

J'ai poursuivi : « Ma mère me disait que tout ce que l'on possède c'est comme de la porcelaine de Chine. Parce que ça vient jamais de Chine, et qu'on a toujours peur que ça se casse.

— Génial comme blague », a dit Ruth, et son visage était celui d'une vieille femme quand elle l'a levé vers moi.

Ce n'était pas qu'elle pleurait, non. C'était simplement ses yeux qui avaient vieilli, et la tonicité de sa peau qui s'était relâchée sur ses os. Sa lèvre inférieure pendait, découvrant ses dents tachées par d'innombrables cigarettes. Je vis clairement les années à venir, je nous vis vieux tous les deux, dans quelque maison où elle ressemblerait à ma mère et où la radio serait toujours allumée dans la pièce à côté.

Là-bas, à l'hôpital de Klamath Falls, une infirmière a déverrouillé la porte et je suis entré me faire soigner par ma mère, moi, un type de trente-quatre ans incapable même de faire confiance à son propre cerveau.

Les mains de ma mère étaient froides. Que pouvais-je lui dire ? Que j'avais vécu trop longtemps en observant mon père se transformer en ermite dans la maison qu'il avait construite à l'angle de sa propriété près de la base aérienne où les pilotes de l'US Air Force décollaient à peu près toutes les heures, avec une précision de métronome, dans leurs avions à réaction ? Pouvais-je lui dire que les avions à réaction vous rendent fous, fous de réponses à tout ?

Elle m'avait montré une vieille photo de mon père : un jeune homme dont juste le bout de la langue pointait entre des dents blanches, les mains profondément enfoncées dans ses poches, le bord de son chapeau de citadin incliné sur un œil, comme si le déclenchement de l'appareil photographique allait tout arrêter pour l'éternité à cet instant précis dans la cour de son école. Derrière lui, on voyait une pancarte où était peint le mot *Dindes.* « Il y a jamais eu de meilleur homme que lui, avait dit ma mère. Et maintenant, il t'a rendu fou. »

On pourrait prendre la même photo de moi, au fin fond de ma forêt à côté d'un grand cèdre abattu, et être en droit de se dire : *Mais pour qui il se prend, bon Dieu ?* Nous avons tous vu de ces photos d'hommes morts à présent, leurs longues scies croisées devant quelque énorme arbre à abattre, leurs manches retroussées au-dessus des coudes.

Ma mère m'avait dévisagé avec une moue sur ses lèvres douces et n'avait plus rien dit, comme si sa langue s'était figée, la privant de l'usage de la parole. Puis elle avait secoué la tête. « Je vais te raconter le plus drôle, avait-elle repris. Le plus drôle de l'histoire. » Elle avait jeté un regard circulaire autour d'elle sur la maison où elle s'était retranchée : mobilier de luxe en bois dur et manteau de cheminée décoré d'une quantité de trophées gravés gagnés à des concours agricoles. Flèches d'argent surmontées de répliques de taureaux de race Angus argentés.

À la voir, rien pourtant n'avait l'air drôle.

« Les choses ont changé, avait-elle dit. Les choses changent toujours. » Elle tentait de donner l'impression que c'était une source d'espoir. J'imagine le premier mensonge, et l'époque où ils ont fini par comprendre qu'on ne peut avoir confiance en personne. Je les imagine finissant par vouloir posséder n'importe quel putain de truc passant à leur portée. C'est simple. On va crever, alors autant se jeter sur l'argent et le sexe sans tarder.

Un après-midi, elle avait mis les voiles à bord d'une Lincoln Continental conduite par un costaud au surnom de Cutty. « Cutty avait conservé cette maison du temps où il était marié, raconta-t-elle. Ton père voulait même pas coucher avec moi. Cutty, lui, a su s'y prendre dès le début. »

Elle avait ôté ses lunettes sans monture pour les nettoyer. Il y avait une boîte de Kleenex sur chaque table dans cette maison. J'ai soulevé l'un de ces trophées surmontés d'un petit taureau de race Angus argenté, et, comme un enfant, j'ai pensé : c'est donc comme ça qu'il faut faire pour être riche.

La lumière de l'automne filtrait dans la maison de ma mère à travers des rideaux graisseux. Elle n'en sortait jamais. Elle avait une femme de ménage deux fois par semaine, et un garçon venait la livrer à domicile tous les jours. Ma mère se contentait de me faire à manger, en attendant la réconciliation.

Il n'y avait rien à savoir. C'était peut-être vrai, pour ma mère et Cutty. C'est peut-être le grand amour, entre elle et lui. Au fil des ans, Cutty s'est hissé de simple vendeur aux enchères à éleveur de bestiaux de pure race. Il envoyait toujours des fleurs de Bakersfield ou des villes où se déroulaient les concours. C'était pour lui la période de l'année la plus chargée, m'avait-elle dit.

Pendant neuf ans, j'ai passé mes étés à travailler dans les bois et mes hivers à crécher avec mon père dans sa maison. Les après-midi d'hiver, je descendais en voiture jusqu'à la Suburban Tavern pour faire quelques parties de billard, puis je rentrais à la maison mélanger une boîte de thon avec des nouilles et les passer au micro-ondes. Personne, pas plus mon père que moi, ne nettoyait jamais vraiment la cuisine, et plus ça allait, plus je me sentais accordé aux vibrations de ces micro-ondes, et chaque jour j'étais un peu plus sur le point de découvrir qu'on m'avait truffé d'électrodes pour recevoir les idées des autres.

À cinq cents mètres à peine au sud de la maison de mon père se trouve une salle de bar qui fut aménagée au cours de la Seconde Guerre mondiale dans un préfabriqué de Quonset[1], avec des pompes à essence devant. Mon père est toujours prêt, avant toute autre chose le matin, pour une petite promenade jusqu'au bar en vue d'avaler un verre et de tailler une bavette. Dans certaines de ces histoires, on peut apprendre à vivre, vous savez. Mais c'en est assez de la folie. C'est un lieu où l'on nage comme au fond de l'océan noir en compagnie de poissons étranges. On peut ne jamais avoir envie de remonter. C'est un coin où je pourrais me rendre et me trouver chez moi.

Les mains tremblantes tandis qu'elle remplissait la valise noire, Ruth a replié chacune de mes affaires. La lumière sans abat-jour du plafond éclairait brillamment notre chambre, et Ruth bougeait comme une créature sous-marine. « Très bien, a-t-elle dit. Très très bien, putain de merde. »

Elle avait le visage empourpré et cet air perdu qu'on pourrait imaginer n'appartenir qu'aux bêtes, les yeux vitreux comme des pierres, et elle les dardait d'un côté à l'autre, rapides comme des lézards. Je me souviens de ma mère tard dans la nuit, lorsqu'elle était soûle dans notre cuisine aux fenêtres ternies par le givre. Je me réveillais à son rire et me glissais hors de ma chambre où les manteaux des gens étaient empilés sur l'autre lit, et elle ne me regardait même pas avec ces yeux-là.

« Vraiment génial, putain de bordel, a dit Ruth. Pauvre petite merde, va », et je ne savais pas si elle parlait d'elle ou de moi.

Ruth a déplié mon pantalon de travail Carhart en toile

1. Type de préfabriqué consistant en un demi-cylindre de métal ondulé riveté sur une base en acier.

raide avec ses bretelles rouges, le bas des ourlets déchiré et les genoux tout englués de résine, et elle l'a enfilé. Elle a remonté la ceinture et passé les bretelles sur ses épaules, sa robe toute chiffonnée à l'intérieur, et elle est restée plantée là comme une fille de cirque. « Qu'est-ce que t'en penses ? a-t-elle dit. Tu crois que je pourrais travailler dans les bois ?

« Tu devrais avoir un bébé, a-t-elle ajouté. Tu devrais te retrouver couché sur le dos, et écartelé, et sentir l'odeur de ton sang tout autour. Mais tu pourras jamais. Qu'est-ce que tu peux ? »

Voilà ce que je pouvais. Je pouvais lacer mes godillots, et je pouvais m'en aller retirer les cales sous ma Chevrolet et passer l'après-midi à nettoyer les bougies jusqu'à ce qu'elle ronronne à la perfection comme la machine à coudre du siècle. Ce serait le crépuscule et le ferry blanc de l'Alaska arriverait en dansant dans les longs creux océaniques, tandis que debout à la balustrade de la véranda, une bouteille de whisky à la main, je regarderais les montagnes couvertes de cèdres s'abandonner à la nuit, sous les cimes enneigées dans le fond à l'est. Je pouvais aller n'importe où en Amérique. Mais Ruth souriait, et ce n'était pas son sourire de chic fille. « Tu ferais mieux de m'écouter », a-t-elle dit, puis elle a lâché les bretelles et enjambé mon pantalon de travail tombé à terre.

« Tu sais ce que je peux faire, moi ? a-t-elle repris. Je vais me coucher sur le dos et me déchirer pour faire un bébé. »

On se demande où est la différence entre moi et les femmes, et si les femmes aiment vraiment penser qu'il y a cachée en elles une créature qui grandit et qui sera un jour un autre être, quelque créature tapie qui leur dicte leur conduite. Ruth était là, devant moi, avec ses trente-neuf ans, et ses autres bébés loin derrière elle dans une autre partie du monde, trop vieille pour ce qu'elle prétendait souhaiter, debout là, les mains ouvertes et contemplant sérieusement la possibilité de mourir pour un bébé.

On pense aux explorateurs d'antan. Il faut savoir qu'il y avait un moment où ils sentaient l'odeur de leur terre depuis le large et où les nuages se dispersaient, et il leur venait à l'esprit que cette côte qu'ils découvraient était un rivage que jamais personne de véritablement semblable à eux n'avait eu la chance de fouler auparavant.

« Je dirai : Bébé, mon bébé, entends-tu ta mère parler ? a dit Ruth. Est-ce que tu m'écoutes, mon bébé ? »

Ruth et moi étions là, dans l'éclat de la lumière reflétée par la vitre, je nous voyais clairement, et je n'ai pu faire autrement que me demander ce que nos enfants verraient s'ils nous observaient et cherchaient à déceler des indices sur les êtres qu'il leur faudrait devenir. La peau de Ruth paraissait livide par plaques comme si le sang s'était retiré d'elle. « Ce sera ça, a-t-elle dit, ou bien tu peux foutre le camp d'ici tout de suite. »

Ces explorateurs d'antan ont dû observer leurs montagnes, tout en s'efforçant de penser que ce lieu dont ils ignoraient tout était bien ce qu'ils avaient toujours désiré. On tente de contrôler le tremblement de ses mains, et on a envie de dire, d'accord, ça va marcher, c'est ce que je choisis, je vais rester ici.

« Nous allons tailler des bardeaux », ai-je dit. Chancelant dans la pièce, tout en retirant mes affaires et en les replaçant là où je les avais prises, repliant le long des coutures aussi soigneusement qu'il pouvait l'être ce pantalon Carhart en toile toute raide, je me sentais comme un enfant sur un parquet glissant et Ruth épiait mes gestes comme si tout à coup elle n'était plus très sûre de savoir ce qu'elle voulait, après tout. Elle voyait bien que je n'allais nulle part, et que le reste était de son ressort. Il n'y avait absolument rien à dire, et je suis encore incapable de définir la chance que j'ai vu s'offrir à moi, si ce n'est en termes, de tâche à accomplir.

« Tu m'accompagnes ? » ai-je dit. Dans ce pays, les gens

couvrent leur maison avec des bardeaux taillés dans du cèdre massif. Nous sommes sortis cet après-midi-là pour acheter un billon de cèdre au fil bien droit que nous nous sommes fait livrer. Ruth évitait au maximum de me regarder ou de m'adresser la parole, mais elle m'a accompagné.

Cette nuit-là, Ruth a dormi dans son fauteuil avec ses magazines. Il était assez tard, le lendemain, quand nous avons terminé d'ériger un abri couvert de plastique transparent pour protéger notre ouvrage de la pluie et, côte à côte, nous avons commencé à tailler des bardeaux. Nous bâtirons une maison où les tâches que nous aurons à accomplir pourront être remplies par le temps que nous avons devant nous.

Les gens nous regarderont bâtir, et nous serons les seuls à connaître le secret. Nous observerons des inconnus sur les plages de sable. Nous saurons qu'ils nous envient notre maison en rondins de cèdre. Nous vivrons avec un jardin qui ne donnera rien d'autre que des fleurs jaunes et orange, et nous aurons un autre jardin planté de choux. Nos chiens et nos chats dormiront sur les lits, et Ruth et moi, nous sculpterons des visages dans les murs en rondins de cèdre, et ces visages nous souriront dans nos rêves et seront nos amis et nous préviendront du danger, nous rendant nos regards comme si nous étions le monde entier, observant nos gestes comme nous observons les oiseaux de mer picorant à marée basse dans les rochers.

Il y aura des cabanes avec des passages couverts pour rejoindre la maison. Mon père pourrait vivre dans l'une, et ma mère pourrait nous rendre visite, et Ruth et moi, mon père et ma mère pourrions descendre tous ensemble à la salle de cinéma, puis aller chez Brownie's après la séance.

On a parfois la tête emplie de petites bêtes qu'il faut leurrer en agitant des choses devant leurs yeux. Nous vivrons dans notre maison comme les anciens vivaient dans les leurs. Peut-être apprendrons-nous ce que c'est que d'être éveillés tard dans la nuit, tandis que nos enfants tendront l'oreille pour nous écouter parler et rire, et que nous tendrons l'oreille pour les écouter, eux aussi.

Table

« Terres d'Amérique »

Collection dirigée par Francis Geffard

SHERMAN ALEXIE
Indian Blues, roman
Indian Killer, roman
Phœnix, Arizona, nouvelles

CATHRYN ALPERT
Rocket City, roman

RUDOLFO ANAYA
Sous le soleil de Zia, roman
Bénissez-moi, Ultima, roman

GAIL ANDERSON-DARGATZ
Remède à la mort par la foudre, roman
Une recette pour les abeilles, roman

JAMES D. DOSS
La Rivière des âmes perdues, roman
Le Canyon des ombres, roman

DAVID JAMES DUNCAN
La Vie selon Gus Orviston, roman

GRETEL EHRLICH
La Consolation des grands espaces

JUDITH FREEMAN
Et la vie dans tout ça, Verna ? roman

DAGOBERTO GILB
Le Dernier Domicile connu de Mickey Acuña, roman
La Magie dans le sang, nouvelles

PAM HOUSTON
J'ai toujours eu un faible pour les cow-boys, nouvelles

RICHARD HUGO
La Mort et la Belle Vie, roman

THOMAS KING
Medicine River, roman

WALTER KIRN

Pouce ! roman

WILLIAM KITTREDGE

La Porte du ciel

KARLA KUBAN

Haute Plaine, roman

CRAIG LESLEY

Saison de chasse, roman

La Constellation du Pêcheur, roman

DEIRDRE MACNAMER

Madrid, Montana, roman

DAN O'BRIEN

Brendan Prairie, roman

LOUIS OWENS

Même la vue la plus perçante, roman

Le Chant du loup, roman

Le Joueur des ténèbres, roman

DOUG PEACOCK

Mes Années grizzlis

SUSAN POWER

Danseur d'herbe, roman

LESLIE MARMON SILKO

Cérémonie, roman

DAVID TREUER

Little, roman

BRADY UDALL

Lâchons les chiens, nouvelles

JAMES WELCH

L'Hiver dans le sang, roman

La Mort de Jim Loney, roman

Comme des ombres sur la terre, roman

L'Avocat indien, roman

La composition de cet ouvrage
a été réalisée par Nord Compo
l'impression et le brochage ont été effectués
sur presse Cameron
dans les ateliers de ***Bussière Camedan Imprimeries***
à Saint-Amand-Montrond (Cher),
pour le compte des Éditions Albin Michel.

Achevé d'imprimer en août 2000.
N° d'édition : 19144. N° d'impression : 003374/4.
Dépôt légal : septembre 2000.